第十二日

项维 ——

—— 著

SPM 南方出版传媒　广东人民出版社

· 广州 ·

图书在版编目（CIP）数据

第十二日 / 项维著 . ——广州：广东人民出版社，2017.3

ISBN 978-7-218-11555-9

Ⅰ．①第… Ⅱ．①项… Ⅲ．①推理小说－中国－当代 Ⅳ．① I247.5

中国版本图书馆 CIP 数据核字 (2016) 第 324478 号

DI SHIER RI

第十二日　　　　项维　著

版权所有　翻印必究

出 版 人：肖风华

特约编辑：刘　盼
责任编辑：钱飞遥
责任技编：周　杰

出版发行：广东人民出版社
地　　址：广州市大沙头四马路 10 号（邮政编码：510102）
电　　话：（020）83798714（总编室）
传　　真：（020）83780199
网　　址：http://www.gdpph.com.
印　　刷：北京富达印务有限公司
开　　本：880 毫米 ×1230 毫米　1/32
印　　张：9　　字　　数：230 千
版　　次：2017 年 3 月第 1 版　2017 年 3 月第 1 次印刷
定　　价：35.00 元

目　录

第十二日

第一章　我杀了人

一

唐成周惯例坐在那个靠角落的位置，叫了一份牛三星跟艇仔粥，外加一份炒牛河。

都是些传统小吃。

每天到这家叫信记的店吃上一顿这些传统小吃，似乎也将要成为他的一个传统。

信记离他住的地方颇远，而这些传统小吃在这个城市随处可见，他之所以每天都会来这个信记，一是因为他总会去附近的绿湖公园晨运，二是因为他习惯了这家店的味道。

这大概是他身上存有的这个国家里大多数人一般的特点：一旦喜欢什么，就会是那种东西的最忠实顾客，这种东西，可以是一个品牌、一家铺子，或是世界上其他的任何事物。就比如上世纪30年代时国内的铁匠对汉堡的旧马掌情有独钟，于是纽约、利物浦、巴黎的旧马掌想卖到这里，却只能先运到汉堡销过来才有市场；就比如凉茶王老吉，虽然加多宝花了那么多的力气做宣传营销，但这里的大多数人，认定的依然是王老吉，原因，除了王老吉这个名字比加多宝更平易近人，还是因为国人根深蒂固的，对一种东西喜好上就习惯性地、固执地喜欢下去的脾性。

信记的牛三星并不比其他店的特别：牛三星的汤清见底，青碧的韭菜下是灼熟过的牛心、牛肚、牛腰，间中夹杂着酸菜跟姜丝；炒牛河的河粉油光发亮的，摆在时蔬围成的圈里，微焦、散着肉香的大片牛肉点缀其中；艇仔粥热气腾腾，葱花、姜丝跟花生米混着鲩鱼肉片，一勺舀下去，露出了掩藏在碗底的海蜇皮跟油条段，还有大虾跟炸猪皮，用料十足。

他默默地吃完结账，背起黑色的运动包出了门，骑上门口的山地车，沿着公路一直向南，到三岔口后再向南，越过了两条公路，拐进了一条小道，停在了一个叫文荆小区的住宅入口。

那门卫已经知道这个借道者每天这个时候的行程，朝他点点头，便让他进去了。他推着山地车经过几幢大楼，大概是建筑内的阴影投在了他的脸上，他出来的时候脸色明显沉了下去。

另一个出口就在眼前，他的脚步如往常那般慢了下来，视线一直飘向门卫室。

就跟平时一样，有两个门卫正聊得起劲。

一高一矮，一胖一瘦，形成鲜明的对比，矮胖的那位满脸笑意，整个人安详得和蔼可亲。

他推着山地车慢慢地经过了门卫室，听到那老人得意地说："你不知道，这是她送我的礼物，看看，多有心，所以啊，我以后不打麻将了。"

二

他换下运动服，穿上白色外褂，首先拿起桌上的黑色记事本，翻了翻，确定后又合了起来，将桌面的文具以及档案收拾得整整齐齐的，接着将办公桌对面的沙发——两张单人沙发窝椅、一张三人沙发，擦得干干净净的，然后把抱枕放了上去，退后几步看看位置不怎么对，于是又重新尝试了几个角度，当觉得橘黄色的抱枕放的位置与米白色的沙发配合得相得益彰的时候，他才作罢。

随即他又把诊室里的装饰摆设，确定一次后，这才坐到其中一张沙发窝椅里，看看时间还没到，于是转动椅子朝后，透过敞开的几个落地窗，看到外面暖融融的阳光，眯缝起眼睛，抬头，看到了正对红色木棉花燃烧得灿烂的疗养院楼上三层的某个窗户，好一会儿，他看了看手腕上的手表，转过身去，等着。

时间过得好慢，等待的时间，总是那么慢。

他几乎是数着墙上的挂钟秒针一步一步滑过去的。

当越接近那个约定的时间，他的心情就越紧张。

坐立难安的他甚至整理了自己的着装几次。

身上的白大褂会不会让她觉得紧张？需不需要换另一身色调柔和，看起来又不会过于严肃的衣服？但如果换了便服，她会不会觉得自己不够专业？还有，白大褂下面的西服，能让她看出来自己的成熟稳重吗？要怎么表现，才能让她觉得自己是个稳重可靠的男人呢？

"唐医生？"助理说。

"是。"他一下站了起来，然后才意识到自己的反应有点过于突兀了，缓和了语调，"什么事？"

"苏小姐来了。"

他下意识地便笑了，又很快地收敛起来。

他看着她进来，尽量柔和地，跟她打了招呼，请她坐到了沙发上。

她是他的病人，苏见心。

苏见心的脸色有点阴沉，她看了看那三张沙发，选择了其中一张半圆形的沙发窝椅，把抱枕抱在了怀里，踢掉高跟鞋，盘腿坐了进去。

他把另一张沙发窝椅拉到了她的对面，也坐了下来。

"工作很忙吗？"

最近这几次她来做咨询的时候，都是非常疲惫的样子。

苏见心的视线有点涣散，她看着他的时候，眼睛明显是失去焦点的，表情也相当的茫然，此刻似乎没有听到他在问什么，呆呆地一声不吭。

"苏见心？"

苏见心回过神来，勉强笑了一下："抱歉，我走神了。"

"没事，你要不想说，可以不说，我就陪着你，不过，你两个小时的就诊费可就浪费了。"他故作轻松地说。

"不，我想说，很想说，可是……"苏见心双手捂着脸，低下去，摇头，"不能说。"

"没什么不能说的，我是你的心理医生，你有什么事情都可以跟我说。"

"不，如果我说了的话，我就完了。"

"怎么会呢？你对我说的事情是完全保密的，除了你跟我，没有第三者知道。"

苏见心笑了。

"说吧？有事情压在心里不好受，你说出来，有助调节情绪。"他怂恿着让她开启心扉，诉说一切苦恼，他愿意成为那个可靠的倾听者，为她排忧解难。

"无论是什么事，你都不会说出去？"

"不会。"他发誓。

"其实，我，我已经被这件事折磨了好久了。它，它就这么藏在我心里，好痛苦。"苏见心带着哭腔，眼圈发红，"我不知道该怎么办好？我想了很久，想要找方法弥补，或者挽救，可是，没有用了，他……"

这就是这几次她表现得那么低落的原因?

"苏见心,见心,别慌,没什么事情是挽救不了的,慢慢说,看看我能不能帮你。"

苏见心抹了抹眼角的泪,伸手抓住了他的手。

他低头,看着她如同抓住浮板般,死死地抓住自己的手,忍不住用另一只手紧紧地握住了她的手,心里一阵窃喜,甚至没听清楚她说了什么。

"我杀了人。"

"什么?"

"我说,我杀了人。"

他似乎这个时候才意识到什么,抬头,看着一脸恐慌的女人。

"你……"

"是真的,你还记得戴乐的那桩案子吧?我从来没跟你提过。"苏见心深怕他不相信,补充,"他是被我杀死的。"

三

他记得,案子很轰动,新闻持续报道了许久,因为戴乐是本市小有名气的音乐家,曾在市内多家剧院举办音乐会,并多次代表本市赴海外演出,同时兼任星航音乐学院的钢琴师,据称在死者遇害前已接受奥地利一家音乐与戏剧艺术学院的邀请,任职钢琴教授。

报纸上说警方正在展开调查,并没有透露调查到了哪个阶段,有无嫌疑人。

而此刻,苏见心说,她杀了戴乐。

看苏见心的神情,并不像是开玩笑。

"你杀了戴乐？"

苏见心点点头。

"警察到现在也还没找到你？"

苏见心继续点头，"可是，我好害怕，他们迟早会找到我的，你说，我要不要去自首？"

"不，不，既然都已经过了一个多月了，警察还没有找到你，就是说，他们无法找到可以把他跟你联系起来的线索，这样百分之五十的机会他们不会查到你身上，另外的百分之五十，我们只要弥补上了，你就不是嫌疑人了。"

"可是，我杀了人。"苏见心惊讶于他的反应。

"有些人就是该杀的。"唐成周微微笑了，"对吧？这世界上有一些人，他们干着最卑劣无耻的勾当，伤害了许多人，毫无价值可言，却依然活得好好的，要是有人能除掉这些人，那真是件大快人心的事情，所以在某种程度上，杀人并非是一件完全错误的事情。"

苏见心愣了，呆呆地看着唐成周。

"为了纠正他人的错误，不惜让自己也置身于错误之中，从这一点上看，你很有勇气呢。"

"是，是这样吗？"苏见心想笑，却笑不出来。

"是的。"唐成周不舍地放开了苏见心的手，"那么，当务之急，我们来看看现场是否留下了破绽会导致警方查到你头上，如果有，我们就得修补上这些破绽，你能回想一下，你可能留下了什么线索吗？"

没有等苏见心回答，唐成周继续说了下去，"不过，既然一个多月的时间里警方没有查到你，所以，估计现场留下的线索不多，至少没有直接指向你的，所以你暂时没有出现在他们正在调查的受害人社会关系圈子里，就从这一点上看，你的嫌疑不大，做得好。"

苏见心勉强笑了笑。

"但也不能不考虑日后警察找上门的时候，因为应答不当引起他们的嫌疑。"唐成周思忖了片刻，问，"那一天是什么时候？"

"六月十二日。"

"六月十二日。"唐成周拿起了记事本，翻了翻，看着那一天的病人预约，"大概什么时候？"

"下午四点左右？我不太清楚了。"

"如果，我是说如果，如果警察真的查到了你头上，你就跟他们说，六月十二日下午四点到六点的时候，你在我这里预约了见面，明白吗？"

"可是……"

"见心，你做得很好。"唐成周把手放到了苏见心的肩膀上，"你杀了戴乐，戴乐必然有死的理由，如果他死了，对你来说是一种解脱的话，你就不需要责怪自己，也不需要把这件事情当成是负担。"

苏见心不知道该说些什么好，直直地看着他。

他忍不住低下头去，直视着她的眼睛："见心，听我说，什么都不要想，回去好好睡一觉，你不会有事的。"

"我……"

"你不必有罪恶感，也不需要愧疚，更别怕会被抓起来，有我呢！"唐成周笑了，"有我在，不会让你出事的。"

四

是的，他不会让她出事的。

唐成周把活动记事本六月十二日那一天的预约病人记录拿下来，把另一张放了上去，然后点火，烧掉了原来的那一页，看着灰烬在水晶烟灰缸里熄灭，他把杯子里的水倒进去，淹没了尚存的点点火星。

办公桌上还有他找到的关于戴乐遇害一案的相关消息以及追踪报道。

有效信息并不多。

不过，现在去追究现场不该留下的破绽已经太迟了，也不可能在这方面做点什么去误导调查方向，一个多月的时间，警方应该把在现场能找到的线索跟证据，都收集起来并反复调查过了，有一丝的纰漏，他们都会找到苏见心头上的，时间迟早的问题，不能寄希望于苏见心当时没有留下任何线索。

所以，目前重要的是，在他们把她与凶杀案联系起来之前，他能做的事情有多少。

无论多少，都必须把警方的调查目标从她身上引开。

该怎么做呢？

唐成周把所有的资料收了起来，用一个薄膜袋子装着放进了抽屉里。

老实说，他可没想到苏见心竟然有胆量杀人。

苏见心给他的印象，一直是个孱弱的女人。

美丽，脆弱，像是景泰蓝出品的高级陶瓷艺术品。

但当她说出来的时候，他立刻便相信了。

人类总是有自己精心隐藏的另一面，不过是平时不轻易示人罢了。

而且，比起自己，苏见心确实，更有勇气。

唐成周脑海里闪过了一张面孔，脸上有些微的扭曲。

"唐医生？"助理问。

"是。"

"何小姐来了。"

唐成周闻言，收拾好心情，看着病人何燕走进来，坐到了他面前。

"何伯母。"

是他的另一个病人，因为心理问题已经连续咨询了四年，近期有所好转，但今天，却一改常态，从她凌乱激动而不加掩饰的胡言乱语来看，似乎有倒退的迹象。

他把何燕留在了看诊室，推开门走了出去，一眼看到了在等候着的一个少女。

"兰兰？"

是何燕的女儿，叶海兰。

"你妈的情绪不稳定，最近发生了什么事？"

叶海兰朝看诊室望了一眼，低下头去。

"兰兰？"

"是我妈她，不，是我们，见到他了。"

"谁？"

"弥勒伯，那个该死的弥勒伯。"

"在哪？"

"绿湖公园，我跟我妈去散步的时候见到的，我妈认出他来了，所以……"

唐成周一下怔住了。

弥勒伯。

这就是，苏见心比他有勇气的地方。

五

弥勒伯是何燕发病的原因。

四年前，何燕的儿子出事了，弥勒伯就是那个罪魁祸首。

他还记得何燕刚来看病的那几个月，经常生气地哭："那个弥勒伯，就是那个弥勒伯把我们家小虎害得那么惨的，我们小虎多可怜的，到现在还躺在床上不能起来，弥勒伯该死，弥勒伯太可恶了。"

弟弟。

他心里涌起一股复杂的情愫。

曾经，他也有个弟弟，没有熬过五岁便死了。

他恍惚记得他还有个妹妹，在比弟弟年纪更小的时候，也去世了。而叶海兰的弟弟，也是在这个岁数左右出事的，如果妹妹没有死，或许能出落成如叶海兰一般。

而妹妹死了，弟弟也死了，叶小虎，也出事了。

他看着被折磨得痛苦的何燕与叶海兰，在她们身上看到了重叠的影子。

或许就是因为同病相怜，因此他对何燕，对叶海兰，都怀着一股特殊的感情。

也因此，对那个弥勒伯，他怀着极大的憎恶感，憎恶到有时候想，如果把他杀了就好了。

然而他并没有。

他没有如苏见心那般的勇气。

唐成周来到了绿湖公园，骑着山地车，远远地跟在弥勒伯后面，看着他跟老伴分手，离开，而他，也一个转身，直接去了信记。

他想杀了弥勒伯。

但是，必须在不给警方留任何线索追查到自己身上的情况下实施。

所以，该怎么办呢？

从信记出来，他进去了文荆小区，跟往常一般，经过几幢大楼，在进入最后一幢大楼之前，他看到了前面有一个人哭着跑远了，随即，另一个人抓起山地车也从那边的出口骑了出去。

是何燕跟叶海兰。

她们来找弥勒伯对质吗？

结果却是毫无办法？

唐成周心里的怒火忽然烧了起来，同时脑海里浮现的却是苏见心的那张脸。

啊，这不失为一个方法。

这确实是个转移警方视线的好方法。

甚至可以一举两得，不，是一箭三雕。

唐成周前后看了看，慢慢地把山地车靠在了墙上，而后只身走进了最后一幢大厦。

不一会儿，他回来拿起山地车，推着，经过最后一幢大厦，慢慢地走出去，如往常那般经过门卫室，从出口走了出去。

六

当他再次与苏见心见面的时候，之前在她脸上见到的恐慌与绝望不见了，取而代之的是惊惧。

三天以来，本市的大小报纸、电视网络，都在沸沸扬扬地报道一起疑似连环凶杀的案件。

死者叫李忠国，现年65岁，本市东山区文荆小区居民及门卫，于八月十二日晨9时被人发现在家暴毙，法医初步鉴定为死者被人用重物敲破头颅致死。

因作案手法、犯罪现场与不久前才发生的一桩案件相似，警方初步怀疑是同一凶手所为，而媒体称其为"十二日的肖邦"，盖因两起犯罪现场都播放着肖邦的音乐。

苏见心在得悉第二起案件时，嘴巴下意识地张得圆圆的，许久没能说话。

"心姐？"

"啊？哦！"

她当时正在录播室，接听听众的电话，听他们谈起这起案件，惊讶地一时走神了。

"没事吧？"

"没事。"

苏见心是本市一个电台节目的主持人，FM100.3兆赫"的哥之夜"，她已经主持这个节目三年了，很受欢迎。

该不会是？

她竭力压下心里巨大的震撼，勉强做完了节目，随即掏出了手机，找到了唐成周的号码，却始终，没敢按下拨打键。

如果，真的是他干的，那自己该怎么办？

他那样做，是为了什么？

苏见心清楚，被媒体称为是"十二日的肖邦"犯下的第一件案子，真凶其实是自己，所以，哪来的什么连环凶手？

她是杀了戴乐，但那什么，李忠国的死，跟她一点儿关系也没有。

他们说犯罪现场与戴乐的遇害现场相似，所以，李忠国应该是被知道内情的人所杀，才误导了警方把两件案子联系起来，怀疑成是同一个凶手所为。

说到知道内情的人，就只有……

苏见心咬了咬手指。

再加上，他说，他不会让她出事的。

可现在，事情闹大了，她怎么可能还不会出事？

如果警方以为李忠国也是她杀的——，苏见心惶恐地度过了两天，在去赴约见唐成周之前，甚至考虑要不要终止咨询，犹豫了许久后，她还是按时出现在了唐成周的诊所。

甫一进门，她就注意到了，唐成周表现得非常淡然，似乎什么都没做过一般，直到她对他提的几个问题都置若罔闻，他才皱起了眉头。

"见心，你一点儿话都不想说吗？"

"李忠国，是你杀的吗？"苏见心鼓起勇气，忍不住问。

唐成周笑了，算是默认了，然后，他看到了苏见心惨白的脸上布满了惊惧。

七

"你为什么这么做？"

唐成周低下头去，很快，又抬了起来，坦然地看着苏见心。

"李忠国死了，凶手会被认为与杀了戴乐的凶手是同一个人，那样的话，你的杀人嫌疑就没有了。"唐成周解释，"你缺乏杀死李忠国的动机，又有两起案件发生时的不在场证明，所以，没有人会怀疑到你身上的。"

"就因为这个……"

"至于李忠国，用不着可怜他，他也是没资格存在于这个社会上的人，死了，比活着更有价值。"

苏见心不知道该说些什么好。

责怪他不应该杀死李忠国吗？

那她自己也杀死了戴乐，完全没有立场指责他，甚至，他杀死李忠国也是为了混淆警方的视听，为自己脱罪，她还能说什么？

苏见心的心里升起了一股感激之情，但那感激之情却很快被另一种说不清的感觉所取代。

是种，站在什么地方——深渊边，或者是，悬崖上，嗅得到的危险。

或许，一开始，不应该跟他说的。

不说，他就不会做出这种事情来。

虽然他是在为自己的罪行开脱，但这简直就是，错上加错。

"你觉得我做错了吗？"

苏见心摇摇头。

"你知道吗？你可以觉得我做错了，但不需要有负担，做这件事情是我心甘情愿的。"唐成周坐直了身子，"很久以前我就发现了，在这个世界上，做正确的事情未必能让人们获得幸福，然而，只要有一个人做了表面看起来是错误的事情后，却能使很多人永远幸福，所以，这是我的选择，与你无关。"

"你杀了李忠国，谁，可以获得幸福？"

"很多人，包括我，也包括你。"

第二章　神情

一

"项维，帮帮我。"

项维看着桌上摊开的所有资料，快速地浏览着，并不言语。

"警方那边已经完全没有办法了，他们说这是继制裁之手后，又一个凶恶的连环凶手，我实在没有办法了，求你了，帮我找到他，找到那个该死的'十二日的肖邦'。"

提出委托的，是项维以前的邻居，也是第一件凶案的受害人，戴乐的未婚妻原子慧。

如果戴乐没有死，此刻，她应该是戴乐的妻子，也已经准备远赴奥地利，展开异国新婚生活。那场突如其来的凶杀，让一切化为乌有。

警方的调查迟迟不见进展，无可奈何的原子慧不得不求助于老朋友。

项维看了一眼原子慧，继续埋头于她带来的卷宗之中。

"项维？"

好一会儿，项维才从资料中抬起头来。

"有，有点意思。"

"什么？"

"两，两件案子，都有意思。"项维看着原子慧，"跟你一样有，有意思。"

"项维，我这是来找你帮忙的，不是来被你调侃的，你要是不帮，我走了。"原子慧生气，拿起了手提袋，站起来掉头就走。

"我没有说不，不帮啊！"项维搔了搔寸板头，然后把放在一边的渔夫帽戴到头上，"大概的情况我都了解了，了，能，能带我去现场看看吗？"

原子慧似乎不明白现场指的是哪里。

"戴乐，你未婚夫的遇害现场。"

二

戴乐的尸体是在他的房间里被发现的，自从事件发生后，他的房间便被封锁起来，后来戴家的人也一直没有动过，依然维持着戴乐遇害时的原状，这对项维来说本来是件好事，但因为凶手逃离之前早已经清理过现场，而警方亦已经在调查时将所有可疑物证带走了，所以，获得的有效信息并不多，可以称得上是线索的发现几乎没有。

根据原子慧的描述，案发当天是六月十二日，戴乐的生日。

原本她是来给未婚夫庆祝生日的，但到达时戴乐已经出事了，与她一起目睹凶案现场的还有两个人，戴乐的妹妹戴玉跟戴玉的同学叶海兰，两人都是高三学生，同时也是案发现场的第一目击证人。

当时是晚上六点左右，戴玉与叶海兰先回到家，到寿星的房间找戴乐，发现戴乐出事，两人当即吓呆了，是后来赶到的原子慧发现后及时报了案。

此刻，被子与床单上的血迹已经干透，暗红暗红的。

项维想象着受害人当时的遇害情景，问："知，知道负责的警察是谁吗？"

"一个莫警官，一个钟警官。"

三

钟克之把一摞资料放到项维手里，抽着烟，在桥边看着珠江上的游艇。

"我说，你可给我赶紧看，看完了，我得麻利回去，不然被莫老大发现了，准得抽我。"

"行，行，很快。"项维迅速地浏览着调查资料，不忘问："你们，你们怎么认定这两起案子是同一人所为的？"

钟克之把烟夹在耳朵上，数起了手指："没有破门而入的迹象，现场都被清理过没有发现可疑指纹，都是被重物所伤却找不到凶器，还有，时间都选在12日，以及，现场都播放着肖邦的钢琴曲，你说说看，不像一人所为吗？"钟克之把烟拿下来，重新吧嗒吧嗒地抽了起来。

"肖，肖邦的音乐？"

"对，不然你以为外面叫的，那啥凶手的名字——'十二日的肖邦'——是怎么来的？"

项维笑了笑，掏出手机，把资料上的几处拍了下来，然后递回给钟克之。

"你们警方有什么嫌疑人吗？"

"这是我们的机密，无可奉告。"钟克之说，"我给你看这些案件资料已经违反纪律了，关于我们的调查进度跟结果，绝对是不能告诉你的，你要想知道案情，自己查去。"

项维苦笑。

"不能随便把资料泄露出去，真相大白之前也不能刊载任何案情，不过，你小子有线索了可得跟我知会一声。"

"行。"

四

项维将自己整理的资料贴在了白板上。

列出了两位受害人的社会关系人之后，一眼看出两个人之间是毫无联系的。

不，或许是有联系的，不过是他暂时没有发现而已。

或者是，他们两人有什么共同点，所以才成为了"十二日的肖邦"的目标。

会是什么呢？

受害人戴乐的相关关系人，他已经走访了一遍，戴乐的父母都在海外工作，案发后才回来协助调查，而与戴乐同住的戴玉，以及当天出现在案发现场的叶海兰亦排除了嫌疑，至于原子慧……，项维搔了搔头，把原子慧的名字写了上去。

戴乐的双亲对于儿子平时的生活实情并不太了解，但根据戴乐的社会圈得来的评价是：品行端正，无不良嗜好，不抽烟，不喝酒，人际交往简单，在工作单位以及社会生活中没有与人发生冲突的记录，此外，除了订婚多年关系稳定的原子慧外，并没有发现其他交往过于亲密的女性，所以排除了情杀或仇杀的可能。

然而，人终归是死了，脑袋上遭受连续的重击，死者生前一定与人发生了冲突，并且对方要置其于死地才善罢甘休。

从项维拍下的关于戴乐遇害现场的描述：死者被发现时头朝门口方向倒在床上，头部被敲破，被子与床单上都沾染了血迹，房间当时的窗口是关着的，窗帘被拉上，屋子里所有的财物都没被动过，但有多处被抹去指纹的迹象，估计是凶手在作案后所为，现场亦没有发现凶器，估计被凶手一并处理掉了。

案发当天没有找到任何目击证人发现有可疑人物进出戴乐家的，再加上被害现场是在死者房间，可以推断凶手绝大部分可能是熟人所为。

会是谁呢？家人？朋友？未婚妻？

项维的眼光落到了原子慧的名字上，然后摇摇头。

原子慧并没有杀害戴乐的理由，八月初两人就要举办婚礼了，实在想不出有什么矛盾会导致她杀害未来丈夫。

双亲也不可能，朋友呢？

无论是谁，都应该跟第二件案子的受害人有所关联，找出这个关联就好了。

五

第二起案件发生地是文荆小区A栋楼的第一层，楼里仅有第一层的两户自带后院，死者李忠国为小区的日班门卫，丧偶，有一子一女，均各自成家，死者孤身独立生活，虽脾性急进，却少与小区里的住户发生争执，相处融洽。

案发现场的门、锁、窗户都完好无损，没有强行闯入或斗殴的迹象，死者的钱包、现金以及贵重物品均未遭劫，死者尸体被发现时倒在茶几旁边，双腿朝向门口，现场亦发现了曾经被处理过的痕迹，故没发现可疑的指纹，凶器亦是不翼而飞。

小区楼里在车库以及南北两个出入口装置了摄像头。车库的录像并没有异常之处，只是在查看南出口——亦即是死者的工作岗位上的录像时出了问题：那天上午8时到10时15分的记录是一片空白，直到尸体被发现后，警方要求查看录像时，代班的夜班门卫才发现摄像头被关了，才又重新启用。

失去的那段录像，恰好是案发时间前后的，估计是被凶手恶意删除的——知道自己进出小区的情形被摄像头录了下来，害怕事发后暴露，于是在行凶后离开时闯入门卫室把录像给删了。

"之前的录像呢？"

项维让门卫找出了小区北入口的录像记录，看到了在那天距离案发时间最近的一段录像。

"这是你们小区的居民吗？"项维指着录像上一个推着山地车的男人问。

"他？不是，他是去附近绿湖公园晨运的年轻人，每天早上这个时候，他都会在我们小区借道出去那边的公路，他叫什么来着？"门卫说着，翻起了记录，"进入我们小区的路人，我们一般都有登记过，哦，对了，是他，他叫唐成周。"

"还有他的其他录像记录吗？"

"有。"

项维看着不同日期，几乎同一时段出现的男人，"事发后呢？"

"在这。"

无论案发前案发后，男人依然很按时地在约莫8点30分，从北入口进入，经南出口出去。

非常完整的记录，只有李忠国遇害那一天，录像上只记录了他从北入口进入的情形，但没有从南出口离开的影像。

当然，那是因为凶手删除了案发时的记录。

项维若有所思地，看着案发前，每一次这男人接近南出口的情形。

录像上，随着这男人越接近南出口的门卫室，距离摄像头越近，他的表情便越清晰。

可以注意到每次走出建筑后，他的视线都落到了门卫室那边。

那是一种非常古怪的神情。

项维找不出一种语言来形容这种相当复杂的神情，如果非要描述清楚，那就是类似于猎人见到了猎物的表情。

而每一次在门卫室里的人，恰好都有被害人李忠国。

一

唐成周推着山地车接近文荆小区北入口之前，就看到了那个站在门卫室的男人。

大约一米七五的个子，很普通的样貌，如果不是戴着那顶渔夫帽，扔在人群里片刻就没了的那一类、非常没有存在感的男人。

而他之所以注意到这男人，是因为这男人在发现自己的第一眼起，就一直望着自己。

似乎就是在等着他出现一样。

唐成周心有触动，却不动声色，慢慢走到了门卫室的入口前。

"唐先生？唐成周先生？"

果然。

唐成周点了点头。

"我叫项维。"男人递给了他一张名片，"《洋紫荆日报》的专栏记者。"

他的眼睛一亮。

项维，他知道这个名字。

这个名字如雷灌耳，他怎么可能不知道？

项维是为本市的《洋紫荆日报》写专栏连载的记者，刊题就叫"要案追踪"，连载一些由他经手调查的大案要案，人送外号"大侦探"，久而久之别人都直接称呼他为侦探，就仿佛他真就是个职业的侦探一般。虽然警方对项维的专栏颇有态度，但花城的风气相对开明，再加之舆论影响，项维获得了不少警界人士的支持。一年前，项维连载了自己跟踪调查恶名昭彰的制裁之手的经过，引起了轰动，其影响之大，甚至迫使已经结案的专案组重新开案调查，根据项维透露的第一手资料，最终确认真正的制裁之手为吴保华而非丁曼红，制裁之手一案才算真正的盖棺定案，这以后项维的"大侦探"名气便愈发如日中天。

"大侦探"找自己是为了什么？

很明显，是因为"十二日的肖邦"吧？毕竟第二起案件就在这个文荆小区发生的，受害人李忠国是这个小区的居民。

只是，应该没有线索会指向自己才是，为什么项维竟然这么快就找到自己头上？

巧合吗？还是……

"这个小区不久前发生了一件命案，案发时出入口的录像被人删除了，而在有记录的摄像里，你恰好在案发时候经过小区，我想问，问你在那个时候，有没有发现什么异常的情况？"

"比如说？"

"你每天都在这个时间段出入小区吧？那一天，你有没有发现什么形迹可疑的人物？或者是有什么让你感到费解的异常事件？"

唐成周想了想，摇摇头，推着山地车进了小区，向前慢慢走着，项维在一边跟着。

"麻，麻烦，烦唐先生了，请你仔细回忆一下，真，真的什么都没发现吗？"

"确实没有，我不过是每天借道从这里经过，对这小区的情况一点儿不熟悉，你来问我一个路人，不如问问李忠国的邻居，他们比我会更熟悉。"唐成周推辞。

"那，那唐先生你能留个联系方式吗？"

唐成周停了下来，看了一眼项维，从背包里掏了掏，找出一张名片给他。

项维接过一看，"原来唐先生是心理医生？"

"混口饭吃，劳驾。"唐成周说着，推着山地车大踏步地走了出去。

项维在后面看着他越走越远，看看手里的名片，把渔夫帽摘了下来。

这个唐成周，有问题。

他认识李忠国吗？

或者是，李忠国认识他吗？

二

"我说了不识字。他谁啊？跟忠国的死有关系吗？"

夏春好把唐成周的名片推到一边，红着眼圈看着项维。

夏春好是李忠国近半年来结识的老伴，据说两人还有意办理结婚手续，谁料在这节骨眼竟然出事了。

提起李忠国的死，夏春好便止不住地眼泪簌簌直流："忠国那么好的一个人，是谁那么狠心，对他下的毒手？"

三

夏春好是在绿湖公园认识李忠国的。

夏春好并非本地人，而是从遥远的一个山城来到这个热闹的花城的。

原本她在那个山城有一个家，有身强力壮的丈夫，有活泼可爱的儿子。家境虽然只是过得去，但每每，傍晚务农回去的时候，听着儿子骑在丈夫的肩膀上呵呵地笑，她就心满意足了。

那是她最幸福的时光，直到一个夏天，她一时没有看住儿子。

那段时期丢失孩子的不止她一家，呼天抢地地，都在诅咒天，诅咒地，诅咒那该死的人贩子。

她的家也就此垮了。

丈夫没有责怪她半句，但从此田里的活不干了，每天喝酒，从早上到晚上，发酒疯的时候，狠着劲把她往死里打。而后有一天，丈夫离开了家，说是要去找儿子，就再也没有回来过。

她一个人孤零零地在破败的家独自生活了两年，间或听别人说，在什么地方见到过丈夫，最后一次听说，是在花城。

那年开春，夏春好在几个同乡的鼓动下，一起来到了花城。

想找回儿子？还是想见到丈夫？怀着渺茫的希望，她在这个陌生的城市做着最粗重的工作，拿着最微薄的薪水，日子久了，她习惯了这个城市的生活，而找回儿子，见见丈夫的希望，一点一点地磨灭了，自己的年纪也逐年增大，不知道什么时候，别人不再愿意请自己做服务员，连洗碗那样的活也没人愿意给她了。

但她总得生存，养活自己。

她算算自己的年龄，趁着身子骨能扛，多做几年，省吃俭用存点钱，回老家，回那个多年没回去过的山城，老死入土。

四

所以她拣起了垃圾，靠着翻找垃圾箱里的物品卖到回收站，勉强为生。

人们不吝惜丢掉的废弃物，在她那里就是宝贝，纸皮多少钱一斤，塑料多少钱一斤，易拉罐跟饮料瓶多少钱一个，等等等等，干得久了，如数家珍。有时候拣到了铁块跟铜线，那就是收入最高的一天了，值得她乐几个小时，这不常发生，因为一般的人家搬家，或者电器电缆更新时，都有固定的垃圾收集者上门，而对于她这种单干的散户，只能去垃圾箱里找，平常翻找得最多的，都是不值钱的。

后来她渐渐摸索出了点门路，而去绿湖公园收集人家不要的饮料瓶也是其中之一：那儿天天有人去跑步还举办活动，很多人家带的水不够，就会买饮料喝，给自己，给孩子，他们喝完的饮料瓶，扔得到处都是，而这些饮料瓶刚好就是自己能拣的，而且比起废纸，这些瓶子价格要稍微高一点儿。

从此以后每天早上天没亮，她就到绿湖公园，先把前一天没拣走的瓶子收进自己的麻袋里，然后到附近早点店就着自己带来的白开水啃个馒头，等人渐渐多了，她就开始在公园里四处游走，盼着别人手里的饮料赶紧喝完好让自己得到那个空瓶子，一天下来，收集的瓶子最少的时候也有百来个，一个空瓶子一两毛钱的样子，那样一天下来最少有二十块，一个月下来就有六百块，对她来说算是一笔不小的收入了。

有时候，躺在廉价出租屋的时候她也会抹老泪，自己这么活着算是有什么意思呢？也有过想要自我了断的念头，可一想到自己是死也应该死在家乡，死在那个养她的山城，就又坚持了下来。

五

绿湖公园里有很多跳舞唱歌的退休老人，年龄都跟自己相仿，有时候拣垃圾走累了，她就坐在一边看着，又羡慕又悲凉。

自己咋就不能跟他们一样，有儿子，有媳妇，有孙子，有孙女呢？

想想要是当年儿子没有丢，自己也做奶奶了，要日子过得好，自己在那老家，也能像他们这样，高高兴兴地啥也不愁了吧？

夏春好慢慢在身上摸索着找出了一张黑白相片。

那还是儿子失踪前，最后拍的一张全家福。

现在对于自己曾经拥有过的家庭的回忆，就只剩下这张相片了。

风迷了眼的时候，夏春好去抹眼角，相片没抓稳，被风吹走了，她慌得一下站了起来，却看到相片吹落到地上，被一个老人拣了起来。

那人就是李忠国。

李忠国弹了弹相片上的尘，看了看，把相片递给了夏春好："是你的？"

夏春好点点头，赶紧地把相片重新收好。

"你男人跟孩子？"

夏春好依然点头，太久没跟人交流过，她一下忘了如何开口说话。

"他们丢下你不管了？"李忠国看夏春好的装束，猜。

"不，不，他，他们，死，死了。"夏春好结巴地说，对于她来说，儿子跟丈夫，确实相当于死了，如同以前很多人，工作过的地方遇到的人，问她，你家人呢？你男人呢？一开始她会把事情原原本本地告诉对方，后来她发现这么做会得到同情、安慰，但很多时候，人们从此看她的眼神里透着怜悯，那怜悯让她觉得自己如此悲哀，如此可耻，特别是在发现其实人们大多数时候只是问问，其实并不在意她的家人究竟怎么了，从此以后她就一概回答，死了。

自从她埋头拣垃圾之后，愈发沉默寡言，再没有人问过她这个问题，她甚至有点怀念以前人们问她家里人的时光。

而今天，这男人问了，她竟然对此有点感激。

李忠国没说话，夏春好也没再说话，她不知道对这个陌生人有什么话好说的。

六

接连几天，夏春好都会见到李忠国，她初时并没有在意，毕竟自己一个拣垃圾的，在公园里四处走，而李忠国也是常来这公园的，以前或许并没有在意，但自从说了一句话，注意到了他的存在，偶尔认出并不奇怪。

只是渐渐的，她发现自己常去的地方，多了很多空瓶子，有时候甚至是用绳子绑好或是用袋子装好了，等着她去发现似的。

夏春好感到有点奇怪，直到一次，解下身上的麻袋，拉开袋口后去抓那些包装好的空瓶子时，回头，看到李忠国正往自己的麻袋里塞一袋子的空瓶子。

"啊，这是，人家不要的，我看你忙不过来，就……"夏春好看到李忠国不好意思地把手背到后面，解释着，"反正也是没用的，就给你了。"

夏春好一下明白过来了，感激地冲李忠国点点头。

在这个城市一个人惯了，忽然得到别人的帮助，哪怕只是一丁点儿，都让她心里觉得暖暖的，而李忠国之后总给她带一些除了空瓶子以外的垃圾，比如废铁、铝片之类的。

"你这样拣空瓶子，一天能赚多少啊？"

一来二去熟络了之后，李忠国问，夏春好如实相告。

"这也太少了，为什么你不学别人，去买辆三轮车，贴个告示，再留个手机号码，让人叫你去收呢？"

夏春好连连摇头，"我不识字，不会写，也不会用手机。"

"这简单啊，叫人写就行了，我帮你写，也教你用手机。"

"不，不用，我没钱，买不起。"

第二天，李忠国不知道从哪里找来了一辆小三轮，还有一个手机，他当真写了块告示牌在上面，写着各种回收物的价格，还有夏春好的联系电话，接着把手机给了夏春好，手把手地教她怎么用，并告诉她他已经输入了几个认识的人的电话号码，要他们有需要，会叫她上门回收的。

"这，这怎么好意思呢？"夏春好惴惴不安。

"有啥不好意思的，这也不值几个钱，对我没啥的。"李忠国说，"对你可重要了，你先这么干着，要有什么不明白的地方，找我，我的号码也在上面，你像我教给你的那样，就能给我打电话了。"

"这样？"

"对，打开这里，按这个，按下去啊，看，我手机不是响了吗？"

"是这样啊！"

"对对，多试几次，熟能生巧。看，我手机又响了吧？你再练练，一会儿我带你走走几个地址，告诉你谁家住哪，省得万一哪天他们找你上门收垃圾了你还不知道上哪去。"

骑三轮车收垃圾比一天天地在绿湖公园收集瓶子省事，赚的钱也多了，再加上在绿湖公园找到了客源，隔三岔四的谁家的什么用不了了，或是谁家搬家了，都让她上门回收弃置物，月收入有时候竟能比她年轻时候做服务员的薪水还好。

七

夏春好于是渐渐多了空闲的机会，不急着收集空瓶子的时候，她就坐在唱歌的老人后面，看着他们跟着指挥精神抖擞地唱，唱的都是老歌，会的她也跟着哼两句。

"你怎么不坐过去跟她们一块儿唱？"

某天，擦着汗站在她身后的李忠国问。

李忠国每天都要在公园里慢跑几圈，以前跑完了就跑这边看人唱歌，现在跑完了就跑这边看夏春好。

"你唱得挺好听的呀，跟他们一起唱吧！"

"不，不行。"夏春好缩着身子，看看穿得整洁鲜亮的同龄人，再看看自己一身灰溜溜的麻布衣以及套上的塑胶黑色围裙，自卑地低下头去。

隔天，李忠国给夏春好带了一大包东西。

"这是什么？"

"打开看看。"

夏春好打开了，里面是两套崭新的运动服，"这？"

"咳咳，是，就算是我送你的礼物。"

"也没什么事，怎么要送我礼物呢？"

"就想送你礼物了，就送了呗，你收下就是了。"

"我，不好意思收啊。"

"谁让你好意思收了？你啊，收下这些衣服，就得跟我每天在这里跑两圈，再唱歌给我听。"李忠国闹了个大红脸，把头偏到了一边，"让你收就收吧，哪来那么多废话。"

夏春好抱着衣服，眼泪簌簌地流了下来。

"你，你这人怎么回事呢？我说话太重了？我没别的意思，我不就是想让你收下这衣服嘛，你看看你，衣服都旧了破了也不舍得换，这又不值几个钱。"

李忠国越说，夏春好越呜呜地哭，最后李忠国啥话也不说，尴尬地站在一边，硬着头皮接下了来自四面八方的有色眼光。

穿上运动服的夏春好觉得从头到脚焕然一新，好像整个人也换了一次，第一次跟在李忠国后面慢慢地跑着的时候，什么话都不敢说，只听到胸膛里那颗心扑通扑通激烈地跳动。

已经多久没这种感觉了？夏春好想，已经大半辈子没感觉到生活是这么美好了。

前面的李忠国也沉默了好一段路，绕着公园跑完一圈后，李忠国终于忍不住朝身后的夏春好嚷，"你跑那么慢干吗呢？快跑上来，快跑上来。"

夏春好不好意思地快跑了几步上去，与李忠国并排跑着。

两人都没再说话，慢慢地跑了一圈又一圈，直到公园里的人渐渐变多，李忠国停了下来，朝那边挥了挥手，"过去，快开始了。"

夏春好看看那边找着位置坐下，等着指挥到来合唱的人们，再看看他。

"去啊！"李忠国催促。

夏春好在绿湖公园看了别人唱歌那么久，这天第一次，坐到了他们中间。

"啊，你新来的？"坐在夏春好身边的一个老人问。

夏春好点点头。

"不紧张不紧张，我们都很随意，来了这想唱就唱。"

夏春好看到李忠国站在了自己身后，随着指挥棒子举起，音乐响起，老人们的歌声响了起来。

夏春好的声音一开始如蚊子叫，渐渐地越唱越大声，越唱越高兴，末了散场的时候，忍不住回头问了一句："我唱得好不好？"

"好，好。"李忠国笑吟吟地连连点头。

八

因为李忠国八点还得回住宅区换班，所以平时两人一般早上四五点见面，然后七点过后分手，再到下午八点过后一起吃饭，聊一聊，周六周日李忠国空闲，赶上夏春好活多的时候帮一把，没活儿的时候两人就到城里到处走走，爬爬白云山，游游珠江河。

夏春好越来越觉得自己的日子过得有滋味，也越来越感激李忠国，不过每次李忠国要她到家坐坐，她总是不肯。

她听李忠国说过，他妻子死了很多年了，肝癌病死的，他有一儿一女，都成家立业，偶尔回来孝敬他。夏春好羡慕李忠国子女双全，觉得自己要贸然去了他家，生怕会打扰了他的幸福生活。而她，也终于如实把自己的儿子、丈夫的情况给李忠国说了。

李忠国沉默了许久，"是那儿啊！"

"对，是个很偏僻的小镇，比这落后很多。"——

"我知道，我去过。"

"你去过？"

"对，年轻的时候去过。"李忠国深深叹了口气，转头看着夏春好，"春好啊，你有什么打算？"

夏春好怔了。

"你也总不能就一直这么收垃圾吧？我们都这个年纪了，总有动不了的那天，到那个时候，咋办呢？"

夏春好点点头，"我想过了，以前就想过了，我啊，就想趁现在存多点钱，等再老几岁，回家——"

"还回去那干吗啊，那么远的乡下，回去你也认识不了几个人，不如——"李忠国打断了夏春好的话，自己的话却也没说完。

不如什么？夏春好心里其实有点期待李忠国把话说完，虽然她已经知道李忠国后面的话是什么，虽然知道那恐怕不切实际。

但她就想要他说完后面的话。

为什么呢？

是因为那后面的话是一根稻草吧？

一根可以让她抓住的稻草。

即便直觉告诉她不太可能，但今生还能再亲耳听到那样的一句话，即便无法实现，她也满足了。

李忠国，你为什么不说呢？

对我说，不如我们在一起吧！

九

李忠国旧话重提是在夏春好的生日会上，那一天，李忠国把夏春好带到了一家素菜馆，捧上了生日蛋糕，点上了蜡烛。

从来没有庆祝过生日的夏春好激动得几乎要哭出声来。

"这就是蛋糕啊！我就见过，没尝过。隔着玻璃看着它们的时候，觉得这小东西白白的、绵绵的，像是天上的云一样，一定很好吃。"

"那你尝尝，好吃不好吃？"

夏春好珍惜地细细品尝着入口即融的蛋糕，擦擦眼角，"好吃，好吃，我这一辈子，是第一次有人帮我庆祝生日，以前在我，我生日的时候，我娘连面也不舍得给我下一碗。"

"好吃就多吃点，以后啊，我年年给你过生日。"

李忠国给夏春好擦了擦泪，而后重重地叹了口气，"春好啊！"

"是。"

——

"忠国你有话就说啊！"

"对，有话就说，有话就说，我们都这个年纪了，有些话，不说，就怕再也没机会了。"李忠国清了清嗓子，道，"春好啊，你不如搬到我那屋去住吧？"

夏春好一愣，随后一喜，再却是悲，拼命摇头。

"为什么？你嫌弃我？"

"不是。"

"那是为啥啊？"

"我们都这个年纪了，我怕人家嚼舌根儿，难听。"

"那有啥好怕的？都半截埋进土的老骨头了，怕这些软刀子？"

"不是，就怕你儿子媳妇跟女儿女婿没面子，再说，我一个收垃圾的——"

"收垃圾的怎么了？你又没偷又没抢，光明正大地靠自己诚实劳动赚钱养着自己，堂堂正正地做人，谁敢嫌弃你？换了别人，收垃圾也不会做，早饿死了。"

夏春好又哭了。

不知道为什么，这半年来，本来很少哭的夏春好的泪腺变得特别发达。

"再说，这是我自己的事，跟他们无关，他们要敢有意见，看我不宰了那两个崽子去。"李忠国的情绪渐渐冷静下来，看着夏春好，"我们啊，都活那么多年了，好多事情，都应该看开看透了才是，趁着还有机会，我们就应该随心所愿！我就是想为你做点什么，可究竟能为你做点什么，你不说，我也不知道，所以，你有什么想让我做的，你就对我说。"

"谢谢忠国，你为我做的事情，已经很多了，谢谢你。"夏春好抹着泪，"我也想，趁着还有机会，想为你做点什么，你说的事情，我考虑一下。"

"行，你就考虑一下，别太久，什么时候考虑好了，给我答复一声，我等着。"

可是，现在自己再不用给任何回答了。

李忠国已经死了，他再也听不到自己的任何答复了。

忠国啊，你咋就死了呢？

十

"多好的一个人啊，就这么没了，是谁这么狠心对他下得手啊？"

项维坐在绿湖公园的九曲桥下的长椅子上，等夏春好哭累了，默默地递上一张纸巾。

夏春好擦拭着眼睛，看着项维，"你们一定要把凶手给逮着了，他害死了忠国，我要跟他没完。"

项维看着那张唐成周的名片，"那，那李忠国，有没有可能认识唐成周呢？"

夏春好摇摇头，"我不清楚，他是谁啊？"

"就是每天在这晨运，完了之后又打从文荆小区路过的年轻人，李忠国不是那小区的门卫吗？他应该见过他的。"

夏春好仔细地想了想，"你说的，这个唐什么，是不是高高的个子，经常穿着一身灰黑色的运动套装，还推着一辆蓝色山地车的小伙子？"

"对，你见过他？"

"见过，我早上在这公园的时候经常见到他，忠国也跟我提到过，说他每天都会在小区里见到这小伙子，原来就是他吗？"

"那他，有没有跟李忠国发生过什么冲突，比如说争吵之类的？"

夏春好摇摇头："我跟忠国好了差不多半年，没见过他跟这个唐什么的人说过半句话，怎么会吵架呢？"

没有吗？

第四章

蜘蛛

一

来了。

唐成周坐在办公桌后面，定定地看着桌面的黑色记事本。

比预期的快，虽然跟他的想象有点出入——是那个项维，而不是警察亲自找上门来了。

他以为那个案发现场应该滴水不漏了才对的。

没有任何证据可以证明自己到过李忠国家里，自己不过是个路人——这三个月以来，他每天早上都那么有规律地出现在文荆小区，为的就是有一天，凶案发生时，那个小区的人，无论是住户，还是门卫，对自己的印象，都是一个毫无瓜葛的借道人。

并且有录像为证，他在那个小区的出现是非常自然的，不应该会引起任何注意才对。

项维是凭哪一点怀疑自己的呢？

唐成周感觉到心跳频率比往常都要来得快。

是惊惧，同时也是兴奋。

那是揭穿了制裁之手真相的项维，果然一点儿也不能大意。

自己能不能在项维的调查之下，隐瞒真相呢？

有种，想要挑战一下的期待感。

"唐医生？"

"是。"

"有位叫项维的先生想见你。"

唐成周唰地一下站了起来，心脏几乎跳出了体内。

真的来了。

他深深地呼吸了一口气，"请他进来。"

二

唐成周注意到项维进来的时候，首先朝自己脱帽示意了一下，而后从左到右，再从上到下打量了室内的装修摆设，而后才走到自己面前，选了那张颜色偏深的单人窝椅坐到了自己面前。

"不知道项记者……"

"项，项维，就叫我项维好了。"

"好。项维你找我还有事吗？又是关于'十二日的肖邦'那件案子的？"

"对。"项维点头，"我，我去找过了受害人的老伴，一个叫夏春好的老妇人，她跟李忠国大部分时间都在绿湖公园，你经常在绿湖公园晨运，既然他们见过你，你应该也见过他们吧？"

"确实，我是经常去绿湖公园晨运，那里是公众场合，如果他们刚好也在那里，见过我也不奇怪，至于我本人的话……"唐成周想了想，一脸抱歉，"不好意思，我可能都专注在运动上了，没留意谁是谁之类的事情，我是否见过他们对项维你来说很重要吗？"

"可是，你经常在文荆小区出入吧？李忠国是那里南出口的门卫，难道你对他一点儿印象也没有？"

"确实，我一定是见过他的，但我实在对他的样貌没印象。人类的大脑能记住的东西是有限的，它只会对那些有意义的东西保留着深刻的印象，对于那些主人本身不在意的，都会选择性的忽略。对我来说，李忠国不过是个再平凡不过的门卫，跟我没什么交集，所以说如果我对他有印象，那么头脑里浮现出来的就是个穿着制服的普通老头罢了，所以换了一个环境，我要是认不出来也不奇怪。"唐成周笑，"说出来或许你不会相信，我也是最近看报纸，上面刊登了受害人的相片，附加了描述，我才知道那个小区出了这么一件命案，也才记住了原来这人就是小区南出口的门卫。"

项维不予置否，看着敞开的窗户，问："那，能冒昧问一下，两个月前，六月十二日，下午四点到六点，你在什么地方吗？"

"六月十二日？我得找找，如果不是周末，那我应该是在工作。"唐成周说着，翻开了黑色的记事本，"啊，找到了，这里，确实是，那天来咨询的客人有四人，都在这上面了。至于四点到六点的时候，刚好我在见一位病人，你看看。"

项维一眼扫完了唐成周在六月十二日那天的看诊记录，抬头，看唐成周笑着看看自己，也笑了笑，把渔夫帽戴了上去，站了起来："打扰了。"

"不客气。"

唐成周目送项维出去，掩上门，这才缓缓坐了下来。

他应该发现什么了吧？

三

有点，不，是太不自然了。

项维走出心理门诊部的时候，回想着唐成周前后的举动。

如果按照唐成周所说，在李忠国遇害事发的时间里，他不过是个路人的话，那么对于自己第一次的问话可以理解，但第二次，即这一次，专门找上门来询问他是否与受害人接触过，明显自己的举动是在怀疑他，而唐成周竟然一点儿反应也没有？

不生气，也不气愤？

一般清白的无辜者在意识到自己是怀疑对象的时候，都会激烈地反驳、辩解，但他没有。

甚至是，自己质问六月十二日他的行踪的时候，不抵触，也不反感，而是马上翻阅记事本，简直是早有准备会有人这么问他一般。

或者，这其实是心理医生普遍的正常反应？

不，不对，他刚才为了提供自己六月十二日的不在场证明，甚至没有考虑到病人的隐私权，而将病人的资料信息，主动泄露给了自己。

自己并非警方调查取证，亦没有强迫威胁一定要给出说法，唐成周完全可以拒绝才是。

但唐成周却违背心理医生的职业操守，轻易地把应该是机密的病人信息暴露给自己。

那么迫切地想为自己提供六月十二日那天的不在场证明吗？

项维觉得自己有点摸不透这个唐成周在想什么。

不过，既然自己怀疑他与凶案有关，而他又主动提供了不在场证明，总该去核实一下。

毕竟，若他是李忠国一案的嫌疑人的话，那他也是杀死戴乐的嫌疑人。

项维记得戴乐遇害的时间是六月十二日下午4点到6点的那段时间，若唐成周没有撒谎，那时候他应该在诊所为一名叫苏见心的病人做咨询。

项维拨通了苏见心的电话，得知那一天的那个时间段，唐成周确实与苏见心待在看诊室。

线索就这么断了。

挂了电话的那一刻，项维觉得哪里怪怪的。

这也未免太顺利了。

似乎是，唐成周一早就为自己安排好了这个不在场证明一般。

等着自己找他要不在场证明，等着自己证明他的不在场证明是成立的。

唐成周急于撇清与"十二日的肖邦"的关系么？

四

苏见心放下了电话，抚着胸口，感受着体腔里心脏激烈跳动的节奏。

是项维，那个破了制裁之手连环案子的项维。

他在开始追查"十二日的肖邦"案件了吗？

他查到唐医生头上去了？

唐医生成为了他的调查对象，是不是说，他在怀疑唐医生杀死了李忠国？也在怀疑唐医生杀死了戴乐？

那么，唐医生会被抓吗？

苏见心完全无法想象，在她焦虑的时候，手机响了，是唐成周。

这个时候竟然还打电话给她？

苏见心犹豫一下，很快抓起了手机。

"他打电话给你了？"

"是的。"

"你按我教给你的方法说了？"

"对。"

"很好，要是日后项维，或者是其他人问起我们这通电话，就说我在跟你确认明天的咨询时间。"

"是。"

"明天下午四点到六点，请准时出现。"

"这个时候，为了避嫌，我们不是不要见面比较好吗？"

"你是我的病人，我是你的心理医生，如果突然中断了会面时间，反而会让人更起疑心。我们要保证一切如往常那般正常，除非……"

"除非？"

"除非事态有了其他变化，我会另外告诉你该怎么办。"

"好。"

五

苏见心放下电话，显得有点束手无策。

那一天，她不应该那么冲动的，如果她控制住了自己，她就不会杀死戴乐，那自己也不会走到现在如此糟糕的地步。

苏见心是在一次音乐会上认识的戴乐。

她是那场音乐会的节目主持人。

聚光灯下，钢琴前面，演奏出优雅琴韵的戴乐如有魔力般吸引了她。

那时候她不过是个在读的大学生，而戴乐也不过是初出茅庐的钢琴师，两人的感情很快升温，然而并没有维持多久。

戴乐需要有人帮他在圈子里树立名气，站稳脚跟，而她不过是个什么背景都没有的女学生——父亲是司机，在一场交通意外中丧生了，靠母亲微薄的薪水度日，甚至连与他邂逅的那场音乐会，也是因为勤工俭学而接受的工作。所以，戴乐找了个能在这方面帮他的恋人，也就是后来他的未婚妻原子慧。

原子慧的父亲是本地音乐圈的前辈，说话、地位分量十足，在很多方面都能提携戴乐，不像自己与自己的家庭，什么忙都帮不上。

于是戴乐渐渐地有了名气，也获得了更好的资源，直到出事前，他顺利获得了出国任教的名额。

悲剧在于两人并没有彻底地分开，依然藕断丝连，只是两人的关系维持得相当隐秘，几乎没有旁人知道而已。

那一天，意外证实了戴乐与未婚妻的出国计划，她顾不上生气，直接去了戴家找他要个说法，做个了断。

戴乐厚颜无耻地否认与她的一切感情。

羞恼之下，苏见心随手抓起什么，狠狠地朝戴乐脑袋敲了过去。

戴乐当即便没了气息。

慌乱逃出戴家，苏见心当天夜里就看到了晚间新闻报道：知名音乐家在家中被人用不明物体敲碎头颅，重伤导致死亡。

是她干的。

她杀死了戴乐。

原本以为，那些可以远远逃开的噩梦，又开始了。

六

这男人，从来没有问过自己为什么要杀了戴乐，却一转身，杀了李忠国，伪造成连环凶杀的罪案现场，掩盖她的罪行。

可是，为什么以李忠国为目标？

他说过，李忠国死了，别的人，包括他自己，都能得到幸福。

他是一早就有杀死李忠国的打算了吗？

"为什么是李忠国？"苏见心坐在唐成周对面，问。

唐成周看着苏见心，好一会儿，才放下手里的笔跟记录本，把手放在了膝盖上，"从前，有一只蜘蛛。"

"什么？"

"那只蜘蛛出生在海水里，从爬出卵包的那一刻起，为了不被风浪卷进海里，就必须找到蜘蛛线往海崖上爬。

蜘蛛找到了一根蜘蛛线，往上刚爬了一点儿，啪的一声，线断了，它落到了海水里。

它挣扎着，抓住了另外一根蜘蛛线，它爬到一半的时候，啪的一声，线又断了。

蜘蛛受了重伤，但依然抓住了第三根蜘蛛线，终于爬到了海崖上。

那个时候它才发现，海崖上的大蜘蛛，一次又一次地去剪断那些蜘蛛线。

蜘蛛问大蜘蛛，你为什么要这么做？

大蜘蛛说，因为我可以，你也可以。

蜘蛛看看崖下还在奋力挣扎的那些小蜘蛛，发现大蜘蛛也系在一根蜘蛛线上。

蜘蛛继续爬到更高的位置，看着自己底下的大蜘蛛，剪断了它的蜘蛛线。

看着大蜘蛛从海崖上坠落到海里，蜘蛛想，确实，我也可以。"

苏见心愕然地看着唐成周。

"现在，我就是那只蜘蛛。"

第五章　医患关系

一

项维敲了敲门。

"请稍等。"

他听到了里面传来一个悦耳的声音，对着门上的猫眼下意识地正了正自己的渔夫帽。

问过夏春好有没有见过唐成周后，他查了一下唐成周与戴乐，或者是戴乐身边的人有没有任何关系。

结果是没有。

当他想进一步核实唐成周在六月十二日的不在场证明时，也调查了一下给他做这个证明的苏见心，这让他发现了一件很微妙的事情。

六年前，在戴乐从海外进修回来，刚开始在本市音乐圈崭露头角的时候，参加过一场在校际间的音乐会，是由苏见心主持的。

时间有点久了，但是，依然是戴乐与苏见心曾有过联系的证明。

这六年间关于戴乐，这个才华横溢的音乐新秀的报道不断，但却没有任何把他与苏见心联系到一起的信息，似乎，两人的交集就仅有六年前的那场音乐会。

项维觉得自己有必要与这个苏见心见上一面。

等待的时间有点久，但门终于还是开了，项维看着一个年轻的女人站在了自己眼前，一脸警惕："你是？"

"你是苏见心？我是项维。"

"我知道，就是之前打过电话给我的那个记者吧？请进。"

项维走进去，四处打量着屋子，偌大的一个客厅，似乎是打通了客厅跟餐厅腾出来的一个空间，家具很少，没有电视、音响等之类的电器，只有一套浅色的四个座的布艺沙发，除此以外就是落地窗旁边的一张书桌，桌上没有任何文具，只有一盆盛开的四季兰，迎着窗口洒进来的阳光，长得茂盛，书桌旁边是一个摆满了书的白色书架，一洗无尘的铺着米色瓷砖的地板上散落着几本书跟几个小巧的抱枕，朴素至简。

苏见心早盘腿坐到了地上，拿起一个抱枕在怀里揣着，抬头看着他。

项维莫名地对这房子有了好感，也顺带着对房子的主人有了一丝莫名的好感，他瞥到一边鞋柜，把鞋子脱了放上去，光脚踏上地板，感觉一阵舒服。

他抓着抱枕坐到了苏见心对面。

苏见心不知道为什么，缩了缩身子，往后挪动，与项维保持着距离。

"你是为了唐医生的事来的？"

"对。"项维想了想，没有直接追问唐成周的事情，而是问了另外一个问题，"你认识戴乐吗？"

"戴乐？"苏见心显得有点迷茫，"是谁？我应该认识他吗？"

"就是那个音乐家戴乐，你没有印象吗？"

"啊，是那个戴乐。他是，他已经死了两个多月了吧？"苏见心感觉到脉搏在慢慢加快，"是被人杀了，对吧？被那个'十二日的肖邦'？"

"对，你主持过他的音乐会吧？"

"啊，是的，已经很久以前的事情了。"苏见心有点窘迫，"项记者你怎么知道的？应该没人会记得了吧？"

"项维，叫我项维。我在调查'十二日的肖邦'的案子，所以针对戴乐的生平，收集了他所有的资料，也确实是比较难找到关于那场音乐会的详细资料。那之后，你还有跟戴乐保持联系吗？"

"没有了，那个时候能主持那场音乐会——那也不算是他的音乐会吧？我记得，那场音乐会是音乐圈子的人为了在大学里扩大影响举办的，戴乐只是其中一名出场的演奏者，我能主持那场音乐会，也是因为当时我是学校的电台主持人，被学校选上去的，所以，基本上，除了为他的演出节目报幕，算不上有其他什么的关系。"苏见心笑得有点腼腆，"而且，以我后来的知名度，并没有资格主持戴乐或者是音乐圈的其他任何音乐会，项维你怎么会觉得我还能跟戴乐有保持联系呢？"

"你目前也是，电台主持人？那个节目是？"

"的哥之夜。"

"对，'的哥之夜'，你在与听众交流的时候，不是谈论过戴乐吗？"

"我们会跟打进电话的听众谈论很多事情，当然，也谈论过'十二日的肖邦'，而戴乐是第一名受害者，我们也自然会聊到他，但，仅此而已。"苏见心直视着项维，"就比如，我们现在是第一次见面吧？"

项维点点头。

"但在我的节目里，一年前吧？我跟听众可是也有经常谈论你呢。"

"啊！"项维搔了搔头。

"是吧？那个时候，项维你作为揪出制裁之手的功臣，新闻报纸都有谈到你的报道，而听众对于你的事情也很感兴趣，所以，我也聊过你的事情，那我在现实里有跟你本人联系过吗？"苏见心笑着问，"会不会有别的什么人，也觉得我跟你有保持联系呢？"

"确实。"项维不得不点头，"回到唐医生的问题上吧？"

"唐医生？"苏见心想了想，谨慎地问，"为什么你那么纠结六月十二日那天的事情呢？而且，现在你还问我关于戴乐的事情？难道……"

苏见心没问出口，但项维却明白她的意思，点点头。

"你……，不可能。"苏见心轻轻摇头。

"那一天，六月十二日下午四点到六点，你真的一直在唐成周的看诊室吗？"

苏见心点头。

"这两个小时里，唐成周一直跟你待在一起，没有中断，或者离开过？"

苏见心摇头，"没有。"

项维还想问点什么，但看着苏见心，终于还是作罢。

二

医生奇怪，病人也很奇怪。

项维心里的疑团越来越大。

按理说，唐成周轻易把她的信息泄露出去，苏见心理应生气才对。

毕竟，在这个社会，看心理医生的病人一般都唯恐自己看病的事实被人所知，因为还有很多人，简单粗暴地把心理病人等同于精神病人，也即是疯子。

普通的心理病人，因为怕被周围的人戴有色眼镜看自己，大多数人都不会允许让心理医生泄露自己的信息，而能做到一声抱怨也没有，甚至可以心平气和地跟自己——一个身份为记者的人交流的，苏见心是第一个。

苏见心本人是电台主持人，算是多少有点知名度的人，若是她的心理状态被人发现有问题，多多少少会对她的名誉有影响吧？

苏见心却很坦然地接受了信息外泄的事实。

或许，不能这么看。

苏见心并不是普通的心理病人，她是唐成周故意安排的，证明他在六月十二日那一天的不在场证明的证人。

苏见心也料到了，不，可能是唐成周提醒了，自己会去找她核实，所以对于唐成周泄露自己的信息，苏见心不会感到惊讶或愤怒，而是非常配合自己的调查。

如果是这样，那么苏见心提供的是虚假的事实，唐成周的不在场证明就不成立了。

如果唐成周的不在场证明不成立——

项维皱起了眉头。

可是，没有杀人动机。

无论是对李忠国还是戴乐，即便唐成周的表现有让人生疑的地方，却找不到他与这两位受害人有任何交集的地方。

啊，不，与戴乐，经由苏见心，算是沾上了。

并且，如果苏见心是唐成周刻意安排的证人的话，这两者之间，应该有什么联系才对。

是超出了医生与病人的关系之外的联系。

但这也仅仅是唐成周与苏见心之间的事情，与戴乐毫无瓜葛。

或许有。

苏见心能为唐成周提供虚假的不在场证明，那或许她所说的与戴乐毫无联系的事实也是虚假的。

苏见心与戴乐之间是否真的什么都没发生，有必要再去深究一层。

三

六年前苏见心还是大二的学生，主持那场音乐会的，除了她，还有另外一个男学生，名字叫田归元，目前是本市某家上市企业的经理。

当项维找到田归元了解那场音乐会的情况时，田归元本人脱口而出一个名字："苏见心，是吧？那音乐会是苏见心跟我一起主持的那一场？"

"对，你记得很清楚嘛！"项维没想到田归元还记得苏见心，毕竟已经过去六年了，若当事人说记忆模糊，也是很正常的。

"当然了，那时候苏见心可是学校的金嗓子，人也漂亮，是出名的冰山美人，许多男生都想找机会跟她保持联系，但苏见心却一直是拒人于千里之外的状态，我可是打败了许多男候选人才抢到那个主持的机会的，本来还想着能借此机会跟她亲近亲近，能做我女朋友就更好了……"田归元感慨地想当年，"可惜襄王有意，神女无心。"

"她已经有男朋友了？"

"那倒没听说，所以我才斗胆跟她表白了！结果被拒绝了。"

"她有喜欢的人了？"

"她也没说，不过，她当时很迷恋那个戴乐就是了。"

"那个戴乐？"

"我知道，就是那个戴乐，你不就是为这个来询问我的吗？"田归元表示早洞悉了项维的来意，"你项维就是来调查那个'十二日的肖邦'的，戴乐是其中一个受害人，你是在调查他的社会关系人？不过应该跟苏见心没关系吧？"

"你怎么确认没关系呢？"

"啊，那个时候苏见心跟戴乐确实走得很近，我还见过戴乐送礼物给她，不过，他俩一直没确定关系啊，就那场音乐会后一个月吧，报纸上就登载了戴乐跟一个女人，叫什么来着我忘了，总之就是戴乐跟别的女人确定了恋人关系，我当时还松了口气。"

"你？"

"对啊，我以为因为那个戴乐我没戏了，结果戴乐找别人了，就算苏见心再怎么喜欢他，也做不成男女朋友嘛，那我不就有机会了？"田归元自嘲，"不过到头来还是一场空，人家压根儿没考虑过谈感情这事，到大学毕业我也没见苏见心找过男朋友。"

他去找苏见心的时候，苏见心可是极力否认她与戴乐有所关联的，是因为当年被戴乐伤了，不想旧事重提？还是在苏见心眼里，她跟戴乐的这些往事压根不值得一提？

但戴乐既然有送过礼物给苏见心，是不是意味着两人的关系也并不像苏见心以为的或所说的那么无足轻重呢？最起码，在送礼物给苏见心的戴乐的角度看，他对苏见心的态度不是一场音乐会的主持那么简单。

四

"苏见心？"

原子慧无视从项维嘴巴里听到的名字，直直地看桌子上的那块茶渍——招待项维喝茶时，项维不小心泼溅出来的，她看了看项维，再看了看那块茶渍。

项维会意地点点头。

原子慧便马上抽出了纸巾仔仔细细地把茶渍，以及周围擦拭得干干净净，看着明亮的桌面，原子慧这才回答项维，"没听说过。"

"是你跟他交往前的事情，他没跟你提过任何前任女友的事情？"

"你是说，这个叫苏见心的女人，是他的前女友？"原子慧反问。

"似乎，不是。"

项维尝试着去找苏见心当年的大学同学，但联系上的，都表示没听说过戴乐与苏见心有特别亲密的交往，只是证实了苏见心对戴乐的音乐确实有好感，但仅止步于普通乐迷崇拜音乐家的关系，甚至连戴乐成名后的音乐会也没去过。

所以，苏见心对待戴乐是正常女性的态度，而田归元之所以认为苏见心迷恋戴乐，是基于男性对拒绝自己的女性的嫉妒心理，看目标身边出现的男人都像情敌？

但往往迷恋者本身对于被迷恋目标的大小事情都比一般人敏感，如果，田归元所说的并非错觉呢？

苏见心当年迷恋戴乐，戴乐也回应了，所以才送过礼物给苏见心，不过后来戴乐移情别恋，两人的感情就淡下来了。而苏见心不愿意跟别人谈论这段伤心事，在自己面前否认与戴乐有任何关系。

说得通。

只是，回到苏见心与唐成周的关系上，苏见心与唐成周在提供六月十二日的不在场证明这点上，总觉得有哪里不对劲的地方。

"苏见心？"

原子慧在项维走后，用抹布使劲擦着他坐过的椅子，擦了许久，直到真皮沙发亮锃锃后，转身，扔了茶垫，在茶几上用力擦拭起来，直到茶几一尘不染。

苏见心。

原子慧在心里又默念了一次这个名字。

五

"苏见心？"

苏见心走出了广播室，看到会客厅里站起来朝自己招手的男人，愣了一下神。

男人看起来很眼熟，是谁呢？

"是我啊，田归元，还记得我吗？"田归元把手插在裤袋里，笑着，看着苏见心走近了，才稍微压低声音说，"大学的时候，追你追得很急的那个？"

苏见心似乎依然想不起来是谁。

"啊，真是，大学的时候追你的人太多了，你就是记不起来了是吧？戴乐的音乐会，我跟你一起做主持人的，这下总该记得了吧？"

"是你。"苏见心坐得离田归元远远的，注视着他的脸，点头，"是那个田归元。"

田归元不好意思地干笑了两声。

"找我有事吗？"

"哎，应该是我问你呢，你没事吧？"

"还好。"

"什么还好？你是被卷进戴乐的命案里了吧？"田归元看看周围的人，低声问，"那个项维，可是为了查你，查到我头上来了。"

"是关于那场音乐会吧？我是主持人，你也是主持人，又都跟戴乐有关系，所以项维就找我们查证了。"苏见心坐下又站了起来，"关于这一点，并没有什么好说的呢！谢谢你的关心，没事请回去吧，我也下班了，急着回去。"

"你还是一样冷漠啊！跟以前一样，对谁都那么冷漠。"

"我的性子就是如此，天生的。"苏见心说着，朝出口大门走去，田归元跟在了后面。

"你知道吗？我一直有收听你的节目，就是那个'的哥之夜'，你在跟听众交流的时候，并不像对我们这么冷漠呢！"

"是吗？"苏见心推开玻璃大门走了出去，看到迎面走来的一名女性，直直地看着自己，她转身想回去，却被跟在后面的田归元堵在了门口，她不得不硬着头皮又转过身子，看着那名女性。

她知道这女人是谁。

原子慧，戴乐的未婚妻。

苏见心想装作没看见的样子，径直走过原子慧面前，结果原子慧却抓住了她的手，苏见心不得不停了下来。

"你就是苏见心？"

"是的，请问……"

啪的一声，一巴掌狠狠地落到了苏见心的脸颊上，瞬间留下了红色的五指印。

苏见心错愕地看着原子慧。

"真脏。"原子慧恶狠狠地说了一句。

苏见心噙着泪，一语不发，快步离开了电台大楼。

六

唐成周看着苏见心脸上没有消去的红印，疼惜得伸手摸了一下，被苏见心避开了。

"你没跟她吵？"

"为什么要吵？在大街上那样，很丢脸。"

"可是，如果你不跟她吵，别人会觉得奇怪。"

"不吵架的女人会被人觉得奇怪？"

"你认识她吧？"

"戴乐的未婚妻，读过音乐家戴乐报道的人，都看过她的相片。我当然认识她。"

"所以，她是戴乐的未婚妻，却在众目睽睽之下扇你一巴掌，而你却什么都不辩解，就那么逃了，别人会觉得你跟他们，尤其是跟戴乐有什么联系。"

"已经有人觉得我跟戴乐有联系了。"

"是那个项维吗？"

"对。"

"老实说，查到你跟戴乐的联系是迟早的事情。"

"如果你不主动暴露我给你提供不在场证明的话，没人会注意到我跟戴乐有关系的。"

"你觉得你跟戴乐的事情可以瞒过警察？一直可以瞒下去？你确定你有十足的把握？"

苏见心没吭声。

"所以，不过是迟早的事情。如果你不想让你跟戴乐的关系那么早暴露的话，原子慧扇你的时候，你应该扇回去的，那样才能显示出你跟戴乐完全没有关系。"

"可是，我，杀了戴乐，所以……"所以，会愧疚，负罪感让她不敢还手。

"不，你没有杀戴乐，从今天起，把你这个错误的心理纠正过来，你或许跟戴乐有过什么，但那已经是很久以前的事情了，所以项维再问起你跟戴乐的事情，坦白告诉他，就说你不想陷入麻烦的事情里。"

"他还会来找我吗？"

"当然，原子慧既然表现那么突出，他肯定重新怀疑你跟戴乐的关系。"

七

苏见心看着站在门口的项维，心想，又被唐成周说对了。

"那个……"项维搔着头，看着苏见心脸上的手掌印，"真是抱歉，我……"

"没关系，与你无关。"这一次，苏见心没有请项维进门，倚靠在门边，依然与项维保持着距离，"我，其实，我之前对你撒谎了。"

"啊？"

"我跟戴乐，并不像我上次跟你说的，一点儿关系也没有。"苏见心斟酌着词句，"我，喜欢过戴乐。"

项维把渔夫帽摘了下来，抓在手上。

"是很久以前，就是六年前的事情吧，很短的一段时间，不到一个月吧，我迷恋过他，但很快结束了。"苏见心咬了咬牙"对我来说，当时是段非常痛苦的回忆，我从来没有跟任何人提起过，因为，时间太短了，对戴乐、对我来说都只是段小插曲，所以后来，我一直没联系过他，至少，我没有主动联系过他。"

"至少？没有主动联系？"项维不太明白。

"他知道我做了电台主持人后，曾经联系过我，不多，就几次，说希望主动提供我采访他的机会，就是做一些访谈之类的节目，不过我都拒绝了。"苏见心笑得很苦涩，"毕竟，不想再面对六年前的失败。"

项维轻轻点了点头。

这些情况，他倒是都掌握到了。

在警方调查戴乐的人际关系圈时，苏见心的名字也浮出过水面，但核查后发现只是一般工作关系上的正常往来，亦没发现疑点，所以没有深究。

"在戴乐被杀后，原本没事的，但是项维你……，我并不是故意想隐瞒，只是，我已经有我的生活和工作，特别是，我也是一名电台主持人，尽管名声不大，但如果卷进了谋杀案件里，那些流言蜚语，会毁了我的前途的。"苏见心低头，看着地面，"所以，我真的一点儿都不想跟戴乐的命案扯上关系。"

"我理解。"

"可是……"苏见心捂着自己的脸，苦笑，"还是被他的未婚妻误会了呢。"

项维能理解苏见心不想跟戴乐的命案扯上关系，但无法理解苏见心为唐成周提供不在场证明的举动。

"那你跟唐成周，也有类似跟戴乐这般的关系吗？"

"不，没有。"

项维一眼看到了在苏见心眼睛里一闪而过的慌乱。

她又在撒谎了。

"没有吗？是你没有迷恋唐成周？还是唐成周没有迷恋你？"

苏见心啪地一下把门关上了。

项维慢慢把帽子戴了上去。

果然，苏见心与唐成周除了病患以外的关系，还是值得关注的。

八

"他真的这么问了？"

苏见心点点头。

唐成周哑然笑了。

看着他脸上的笑，苏见心却惶恐起来。

这个男人，听说了她杀了人，一点儿不害怕，反而做出了令人匪夷所思的事情，让自己也成为了凶手。

他是打算，把两件杀人案的罪责都背负起来吗？

为了什么？

苏见心想起了每次会诊的时候，唐成周眼里蕴含的那股意味。

她懂的。

那就是，当初她看着弹着钢琴的戴乐时的眼神。

就是因为这样，所以他才不惜铤而走险，想为自己脱罪的吧？

所以，才约自己，到了这里。

这是，第一次，苏见心与唐成周在医院以外的地方见面。

宾馆。

"唐医生？"

唐成周注意到苏见心脸上怯怯的神情，看了一下手表，"再过一会儿，再过一会儿你就可以离开了。"说完，唐成周坐在床上望着窗外，再不去理会苏见心。

苏见心沉默了好一会儿，最终，她慢慢站了起来，坐到了唐成周前面，伸手，抱住了他。

？

唐成周抬头，看着苏见心，脸上是意料不到的惊愕，在感受到了苏见心的心跳的一刹那，他的心也激烈地跳了起来。

双唇上覆上了一片温和湿润的花瓣，挑逗得他又饥又渴，他下意识地紧紧抱住了怀里的暖玉。

呼吸，急促起来了，他躺倒在床上，手急切地在光滑的陶瓷皮肤上滑动着。

在她脸上、身上，印下了无数个吻，当上衣被剥去，那双纤纤小手滑到下面去时，他忽然从激情中醒悟过来了，一把抓住了她的双手。

他看到了她涨红的脸上的表情，羞涩，以及讨好。

"够了。"

他把她扶了起来，不忍直视自己在她身上留下的红印，将自己被她脱去的衣服快速穿上。

"这不就是你想要的吗？"苏见心沙哑着声音问。

他不敢正视她的眼睛，从床上爬起来，站到了窗边："你可以回去了。"

"你不就是想要我吗？不然，你为什么要把自己变成杀人凶手帮我隐瞒罪行？"苏见心不明白，"我……"

"够了。给我滚。"唐成周低低地怒喝了一句，看苏见心就要哭起来，走过去，边把她的衣服整理好，边把她推出门外。

"你，唐成周……"

"滚。"

苏见心看着关上的门，眼泪终于一下全掉了下来，落荒而逃。

九

项维远远地看着那间宾馆的出口。

半个小时前，他看着唐成周与苏见心先后走了进去。

所以，苏见心确实撒谎了。

她与唐成周的关系，一点儿也不简单。

难怪唐成周要苏见心提供自己的不在场证明，两人是情人，不，是情侣关系，彼此做证自然方便多了。

可是，这依然解释不了唐成周主动提供信息让自己核查他的不在场证明的原因。

他跟她是情侣的事实，原本跟戴乐的遇害一案一点儿关系也没有的。

是自己想太多了吗？还是唐成周在故布疑阵？

项维脑海里浮现了唐成周注视着李忠国的眼神。

不对，还是很让人生疑。

项维终于看到了从宾馆里走出的那个熟悉的身影。

是苏见心。

被自己抓个正着了。

医生与病人在宾馆幽会，不知道医患条例里对这种情况是如何处置的？

苏见心走得飞快，项维赶紧追了上去，在他即将叫住苏见心的时候，他停住了。

他注意到了苏见心凌乱的衣裳，也注意到了苏见心哭红的眼睛。

难道是？

项维躲到一边，看着苏见心抹着眼泪钻进了出租车，惊愕。

事情，似乎有点超乎他的想象。

第六章 弥勒

一

项维看着把橱窗里的每一个装饰品擦得干干净净的原子慧，苦笑。

进来原家多久，原子慧就把他晾了多久，起因只是他说了一句："你不该去找苏见心麻烦的。"

项维了解原子慧的脾性，被谁惹恼了，她就给谁吃闭门羹。还好，他这次是接受了她的委托，否则，他早被她赶出门了。

不过原子慧的脾气来得快，去得也快，等她气消了就没事了。

果然，好一会儿后，原子慧看看东西都被自己清理干净了，舒了一口气，回头，看着项维。

"她活该。"

"你不过是听我提了一下名字……"

原子慧不听项维的解释，从房间里拿出了一堆资料，扔到了项维身上。

项维拿起来，看了看，发现是些电子邮件的打印件。

"这是？"

"戴乐跟某个女人的私密邮件。"

"这上面没标姓名跟落款，也没其他暗示标志，你怎么知道是他的？"

"就是他的，我也是在整理他的电脑的时候发现的，打开的网页没有来得及消除痕迹，他用过的这个邮件账号还保留着，默认登录状态，我一进去就看到了这些邮件。看口吻跟遣词用句，是他本人写的。"

项维默然了，翻阅着邮件的内容。

是情人间的信件来往，字里行间透着亲密。

"那，你怎么确定对方就是苏见心？"

原子慧在邮件里找了找，抽出一页，递给了项维，让他看仔细一点儿。

那是封回邮，别的邮件都用昵称，而这一封开口的称呼直接用了"见心"。

所以，因为自己告诉了原子慧关于苏见心的情况，原子慧才明白此"见心"是彼苏见心，才找到戴乐一脚踏两船的另一个对象。

看来，苏见心告诉自己她后来跟戴乐仅维持着普通的工作关系又是撒谎了。

"龌龊。"原子慧一脸鄙夷地说，"你说，会不会是这女人杀死了戴乐？"

"这个……"

"不是吗？戴乐选了我，没选她，戴乐跟我就要结婚了，她会不会因爱生恨杀死了他？"原子慧抓过那些邮件，"肯定是。所以她才三番两次跟你撒谎的。"

不，不太像。

倒是，如果苏见心一直跟戴乐保持着地下情，而唐成周又迷恋苏见心的话，那有杀人动机的应该是唐成周。

这样，唐成周就跟戴乐的凶杀案连上关系了，至于李忠国那一边，是不是也有像这样的隐情呢？

二

唐成周的家是一间典型的西关平屋，因为被重新改建装修过，虽然已经辨认不出原来的样貌，但基本格局却依然没变，不过是所有的内门、窗户均比一般人家设计得要大，且都敞开着，更与一般人家不同的是，会客厅跟卧室，都被安置在原本应该为分隔空间的天井旁边。

项维第一次见到如此奇特的安排，走过原本是客厅却被修改成书房的房间，在露天的天井旁边摆设着原木家具的客厅见到了唐成周，而在进屋洗手时，看到了唐成周的睡房，在另一个室内天井厅园：园内有两棵榕树，一张两米长的吊床放置在了中间，其下是修正过的草地，草地上放着几张坐垫，靠屋檐的一边则摆放一般的卧室用家私，项维无法理解将房子改造成如此的苦衷。

"为什么？"

项维的意思是为什么好端端的室内卧室不住，偏偏睡到外面来了？

"个人喜好。"

"但是，下雨的时候怎么办？"回到另一个露天天井厅园，坐下时，项维忍不住问。

唐成周笑笑，按了一处开关，抬头，示意项维往上望，项维看到了悬在空中此刻被打开的透明幕帐，刚好遮住了用于会客的沙发椅子跟凳子，会心一笑，想必那个奇特的卧室里也有这种幕帐，下雨时只要将其张开便可以遮风挡雨。

唐成周把幕帐收了，直接问："项维你对我有不满意的地方吗？"

"怎么说？"

"你找我是想追问那件案子？实话说吧，我知道你在调查'十二日的肖邦'，你以为我跟那两件案子有关吗？"

"你觉得是？"

"当然，你问我认不认识李忠国，然后又问我六月十二日在哪里？李忠国是连环案的第二个受害人，而六月十二日是第一个受害人戴乐遇害的时间，你觉得我的智商不足以领会这两点吗？"

项维没有吭声，算是默认了。

"我哪一点表现得让你这么想的？"

项维想起了文荆小区的摄像视频，搔了搔头，"你为什么会选择大老远地跑到绿湖公园去晨运呢？你家住西关，绿湖公园在东山，这中间很长一段距离啊！西关附近也有公园吧？你何必舍近求远呢？"

"是因为这个原因你才怀疑我的吗？"

"你可以直接回答我的问题。"

"我的父母，并不是我的亲生父母，我是被收养的。四个月前，我养母告诉我，或许我的生身父母就住在绿湖公园那一带，所以……"

项维没料到的答案。

"你养母告诉你的？"

"对。"

"她在哪？"

"中西医药医院的疗养院。"

三

中西医药医院的疗养院其实相当于是个养老院了，项维初时觉得有点奇怪，唐成周的工作单位也在中西医药医院，而其养母叫连香泠，并没什么大的疾病，怎么唐成周就把养母送进了养老院呢？

在见连香泠之前，项维跟护士打听了下两母子的关系，才知道唐成周与养母之间的相处，算不上什么和睦，唐成周在人前丝毫不避讳对养母的冷漠，就前后院的距离也不常探望连香泠。

据说，连香泠结婚后五年没生出孩子，于是去抱养了一个，这就是唐成周。收养唐成周一年后又怀上了，连香泠原本是想要唐成周送人的，但一直没送走，最后把他送到了自己娘家。可是连香泠的亲生儿子养到五岁的时候死了，才又把唐成周重新接到身边，或许这就是两母子关系冷漠的原因。连香泠于10年前与丈夫离婚，前夫再婚后移居加拿大，加之唐成周亦经有能力独立了，因此两母子的关系一直没有好转，3年前，因为年事渐高，连香泠的身体欠佳，于是特意入住了儿子工作医院的附属疗养院，大概是想借此机会与养子修补关系，然而见效甚微。

项维在疗养院A栋三楼的房间里见到了连香泠，虽然上了年纪，往年的风貌依稀可见，穿戴饮食都很讲究，听项维说明来意，脸上是不可置信的表情："你说，阿周？是阿周让你来找我的？"

"啊，也不能算是，只是我因为一些稿子，需要采访唐医生，你方便跟我谈谈他的情况吗？"

"你是在给阿周做人物采访？他都跟你说了些什么？"连香泠警惕起来，"为了他面子上过得去，又把责任推到我身上了，对吧？"

"什么？不。"项维意识到连香泠误会了，"不是，我只是……"话说到一半，项维忽然觉得这是个好机会，在更多角度地了解唐成周的生活经历跟为人，装着翻查自己笔记的样子，翻了几页，"唐医生说他是被收养的？几岁来着？"

"六岁吧。你说说，也是我们这么好心才会把他带回家的，他一点儿也不知道感恩，而且，还说，说什么，他得什么病都是因为我们的缘故，真的是，当初要不是我收养他，他能有今天吗？"

"病？"

"他没跟你说过？那什么，他不是心理医生吗？他自己的心理就有问题。我看啊，那些说什么心理有问题的人其实都是脑子有问题，要不是脑子有问题，怎么会觉得自己心理有问题呢？对吧？我们老一辈的人比你们这些年轻小辈，遇上的杂七杂八的混账事多了去了，怎么不见我们觉得自己心理有病？还不是好好活了一辈子了？我说啊，那些心理病人就是懦弱，唐成周就是懦弱。"

"那，唐医生的病是？"

"什么，专业术语我也不太清楚，恐惧症什么的，幽闭、密室什么的，总之，我们理解不了。"

项维点点头，把李忠国的相片递给了连香泠，"认识他吗？"

连香泠接过相片，拿到光亮处看了看，摇头，还给了项维，"阿周有什么好采访的？"

"心理学方面的事情。"

"我看不像。"

"你跟唐医生说过他亲生父母的事情吗？"

"怎么了？"

"听说唐医生在找他的生身父母，是就在东山区那一带吗？"

"他说是就是吧，过那么多年了，我老了也记不清楚了。"

"你前夫也不清楚吗？"

"啊，当初是我一个人把阿周领回家的，一开始那死鬼还不乐意呢，他当然不清楚。"连香泠说着，叹了口气，看着床头摆着的一家三口全家福的相片。

项维也看到了，把那张全家福拿了过来："这小男孩，就是唐医生？"

"不，这是我儿子，亲生儿子，可惜命不长。"连香泠说着，把另一张全家福从抽屉里掏了出来，"这才是阿周，是刚领养他回来的时候拍的。"

项维把第二张全家福拿了过去，端详着儿童时期的唐成周。

"看，那时候他长得可算是人模人样的，谁会知道他长大了这么讨人嫌呢。"连香冷冷哼，"好歹我也是他养母，一点儿不知道知恩图报，早知道……"

项维笑了笑，没答话。

四

唐成周与养母关系不和，但两人都不认识李忠国，这就是项维的结论。

然而这无法解释唐成周的那个表情。

那个，每一次见到李忠国时，猎人的表情。

唐成周与李忠国之间一定曾经发生过什么，才会使唐成周露出那种表情。

或许，并非唐成周与李忠国之间，而是，唐成周与李忠国亲近的人之间，发生了什么，而导致唐成周迁怒于李忠国？

李忠国有一女一子。

儿子李益民，其女李益群，在案件发生后，警方首先排除亲人作案的嫌疑时，已经分别对李益民与李益群做调查，确定李忠国被人袭击时，李益民出差去了外地，而其妻女也均在上班上学，至于李益群，则跟丈夫还在外省，接到通知后才第一时间赶回来的，两人都有充分的不在场证明。

而在随后的经济状况调查结果表明，李益群的丈夫家境富裕，目前李益群没工作专心待在家里养育三岁的儿子，至于李益民，本人便是一家泥砖厂的老板，收入颇丰，到案发时也运作良好，无负债亦无金钱周转方面的困难，不存在因为经济困难而欲杀害父亲谋取家产的明显嫌疑。

倒是听说律师处理李忠国遗嘱的时候，出了点问题。

根据李忠国生前立下的遗嘱，李益民和李益群，还有夏春好各分了一套房子，另外还有积蓄30万，也是三人平分。对于父亲将名下房产，就是文荆小区A栋101室，分给夏春好一项，儿子李益民颇有微词，但因为父亲早在遇害前一个月就已经办理好了过户手续，李益民不得不作罢。

三套房子，30万积蓄。

根据项维的了解，李忠国不过是个工人，跑建筑工地的工人，在李忠国那个年代，建筑工地的工人能赚那么多吗？

"他一直都干这个？有转业做其他工作吗？"

"没有。他一直都跑工地，直到后来腿伤了，才做后勤，退休前几年就开始做门卫了。"

"那他，有没有同时做其他工作？比如，兼职之类挣钱的活计？"

"他有时候，喜欢跟工友打麻将挣钱，我爸他牌技不错，赢了不少钱，这算吗？"

看出项维有点狐疑，李益群赶紧解释，"我爸文荆区那套房子是政府拆迁补偿的，另两套都是老房子了，那时候的房价跟现在的房价不一样，是我爸省吃俭用攒下的钱买的。"

可是，即便是以建筑工人当时的工资跟当时的房价相比，也无法置办得起三套房子吧？特别是还有其他生活费用，还得供养两个孩子，李忠国哪来那么大的能耐？

五

项维重新走进了文荆小区A栋101室。

房子里的家电已经被搬空了，沙发桌椅也搬没了，在夏春好住进来之前，李益群李益民把值钱的东西都搬走了，空荡荡的屋子里留下遍地的纸张垃圾，夏春好抓起扫把，默默地扫了起来。

项维问过了李益群跟李益民，他们也从没听说过唐成周。

难道说，自己推测错了吗？

唐成周见到李忠国时的表情，不过是执拗之下，自己的一种错觉？

如果不是，李忠国身边可能跟唐成周有联系的人，就是夏春好了。夏春好说她注意到了出现在绿湖公园里的唐成周，会不会是她与李忠国在无意识间，与唐成周发生过冲突而不自知？

"夏姨，你好好想一想，你跟李忠国真的没有跟唐成周有过争执吗？"项维拿过了夏春好手里的扫帚，让夏春好坐到了唯一的一张椅子上，自己动手清理着地面。

"没有，真没有，我就知道那年轻人会去那儿做运动，绿湖公园里像他那样的人那么多，我们也不会每个都认识的嘛，就是见了面，知道有这个人的交情。"夏春好摇头，看着空空的房子，犯愁，"哎，你说忠国真是的，也不管我愿不愿意，就把这房子给我了。害得他两个子女心里不舒服，是我也不舒服，要我儿子东东在，要我有这房子，我也一定留给东东，不留给外人。再说，这房子是他死去的地方，我怎么住得下哟？"

项维笑笑，低头扫着地，扫到转角的墙沿，扫帚角碰了上去，发出清脆的声音。项维看那瓷砖似乎裂了，因为之前这放着沙发，没人注意到。现在沙发没了，看起来有点碍眼。

项维蹲下，敲了敲，里面似乎是空的，他伸手去掰了一下，那瓷砖居然是松的，他愣了一下，小心翼翼地把瓷砖提了起来，露出了里面一包捆好的东西，拿出来一看，包着的报纸都发黄了。

项维解开绳子，打开，发现里面都是些发黄的信笺、相片，他一张张翻着看看，发现都是些孩子的相片，意识到了什么的项维越看，心越沉，他忽然停了下来，把其中一张相片抽了出来。

"怎么了？项维你是找到什么好东西了吗？"

项维没有回答夏春好，死死地看着相片上的那个孩子：相片上有两个小孩，一个小女孩，不过三四岁的孩子，紧紧牵着另一个小男孩的手，小男孩年约五六岁，长得跟不久前在哪见过的相片上的孩子一模一样。

对了，是连香泠拿出来的第二张全家福。

这男孩跟那相片上的童年时候的唐成周一模一样。

夏春好把项维手里的相片接过去，看了几眼便惊呼起来："怎么这里那么多孩子的相片？"当翻到最后几张时，夏春好手里的相片全撒落到了地上，手上只留了一张。

"怎么了？"项维看着脸色发白的夏春好。

"这，这是我跟东东的全家福，为什么？忠国他……"

六

那些信笺跟相片被项维送到警局，在送过去之前，项维统计了一下，60多张相片，看样貌多数是一岁到五六岁的孩子，单人的，兄弟或姐妹合影的，还有孩子跟父母的全家福，相片后面无一例外都写着日期，标注着"大货"或"小货"，根据单人相片上的孩子的性别，推测出"大货"指的是男孩，"小货"指的是女孩。

信笺是早年李忠国跟他人联系的回信，言语含糊，都是用意义不明的暗语写的，但在几封信里同时提到的"打麻将"，引起了项维的注意，他找到了调查"十二日的肖邦"的警察，隶属于江东公安局的钟克之与莫老大，把这些情况都说了，钟克之与莫老大立即根据这些线索展开调查，揭开了死者李忠国隐瞒已久的真相：原来李忠国曾经参与过一个人贩组织，利用建筑工人的身份，专门远赴外省拐带儿童分销到各处，"打麻将"是他们对拐带儿童犯罪行为的别称，而李忠国人称"弥勒伯"，专门利用自己和善的外貌，骗得孩童的信任，而后拐带他们远离双亲。

项维虽然早有心理准备，但也吃惊不小。

如果，根据李忠国的相片与信笺调查得来的结果是真的，那么意味着李忠国在将近40多年里拐卖了将近60多个儿童，数字如此庞大，却几乎无人发觉。

一是潜伏得太深，在本市时，这些组织的成员均是规规矩矩的普通市民，不发生任何明显的犯罪行为。

二是作案地点均选在外省，狡猾地避开了当地的围捕追踪。

三是作案方式隐蔽，李忠国、许开远利用自己外貌上的优势，取得年幼儿童的信任，轻易带走儿童而在短时间内不被怀疑。

四是组织分工细致，各司其职，拐卖、中转、出手各环节由不同的几个专人负责，独立联系，即便一个环节出错，还有后备人员补上，贩卖不受影响，被捕人员也无法提供更多的信息供公安机关深入调查。

如果不是因为李忠国被害，如果不是项维在调查中无意地在李忠国家发现的这些相片，谁也不会想到，这个被认为是连环凶案的受害者，眨眼变成了拐卖儿童的犯罪分子。

根据这些信息与调查的情况，花城江东公安局另外专门立案侦查，解救这些被拐儿童，并尽快破获这个拐卖儿童的犯罪团伙。

七

项维没曾想过调查凶杀案竟然扯出了多宗拐卖儿童的犯罪案件，亦促成了打拐专案组的成立，然而，这一发现帮助他获得了一个突破——他一直找不到唐成周与李忠国的联系，而现在，他找到了。

毫无疑问，唐成周是李忠国多年犯罪生涯里的一名受害者。

唐成周应该是认出了李忠国。

或许是如唐成周所说，他想在东山区寻找生身父母时（这也应该是谎话，因为李忠国的受害人多数是在外省拐带过来的），或是别的什么原因，他在这个城市遇见了李忠国，并且认出了李忠国就是当年拐卖他的人，所以，他故意以晨运为幌子，经由文荆小区，监视并观察李忠国的日常作息，最终有预谋地杀死了李忠国。

不在场证明，不，很明显，案发时唐成周就在文荆小区，他有很大的嫌疑出入过案发现场，杀人动机也非常充分。

是唐成周杀死了李忠国。

只是，他没有发现任何证据可以支持这一个说法。

在李忠国的遇害现场，可能发现可疑指纹的地方都被清理，他甚至无法证明唐成周在现场出现过。而唯一认为是被凶手带到现场的物证，是一张肖邦音乐的CD，当时就在CD机里播放着，上面也没有采取到任何指纹。

为什么一定要在凶案现场播放肖邦的音乐？

唐成周为什么会选肖邦的音乐作为谋杀现场的背景音？

只因为他是肖邦音乐的爱好者？

项维看着拍下的李忠国遇害现场的相片，尸体，血迹，从死者口袋里掉出来的MP4，随即把戴乐遇害现场的相片也拿出来，对照了一番。

唐成周为什么要杀戴乐？

因为唐成周迷恋着苏见心，苏见心却一直与戴乐保持着地下情，他嫉妒。

唐成周怎么知道这一点？

因为他是苏见心的心理医生，苏见心把自己与戴乐的事情告诉了他。

所以，唐成周有杀戴乐的动机，但不在场证明呢？

苏见心为他提供了不在场证明，如果他要苏见心推翻这个不在场证明，苏见心做得到吗？万一，真相是两人合谋一起杀死了戴乐？

戴乐选择了原子慧而没有选择苏见心，苏见心也有可能因嫉生恨，借用唐成周之手杀了戴乐，所以她才会给唐成周提供不在场证明。

然而……

项维想起了宾馆外的那一幕，搔了搔头。

苏见心是甘愿与唐成周走到一起的吗？还是被迫的？

一

苏见心看着手机上的那个号码，任由铃声响着，没去管它。

"心姐，你不接电话？"导播室的助理问。

"没，是陌生电话。"

"真的？"

"嗯，快开始吧，到时间了。"苏见心看着铃声停了，心里这才松了口气。

是唐成周的来电。

她已经连续几天没去他的诊所了。

自从宾馆事件以后，她就一直避着唐成周。

因为觉得尴尬，那样被一个男人扫地出门。还有，羞耻。

最近的新闻谈论的那个连环凶案的被害人，李忠国，被揭穿是个人贩。

原来，这就是唐成周选择李忠国作为目标的原因。

他杀人，是想要伸张正义吗？

他为了阻止李忠国伤害更多的儿童，所以才谋杀了他，甚至，还愿意一并承认自己犯下的另一桩凶杀。

苏见心觉得自己很丢脸，对于自己冲动之下犯下的谋杀，更加觉得无地自容。

她不想去见唐成周。

然而唐成周却来见她了。

下班后，晚间过了十点，结束节目后，她在电台大楼的大门前见到了一身运动装束的唐成周。

"苏见心。"

苏见心快步想离开，被他大声叫住了，无奈，苏见心走到了他面前。

"明天，下午四点到六点的时间，你必须得去见我。"唐成周一把抓住了苏见心的胳膊。

"可是，我想……"

"没什么你想的余地。"

苏见心摇着头，却是低着的，不敢正视唐成周。

"我说，"唐成周注意到抛过来的诧异眼光，压低了声音，"上一次，宾馆的事，是我过分了，抱歉。"

苏见心一下把头抬了起来，唐成周反而掉转了头，"我，你，以你的心理状态，你那么做，我，其实，谢谢你。"

苏见心的脸莫名地红了起来。

"可是，我不想那么做，应该说，我想，可是，不能在那种情况下发生，我不想那样子，也不想，让你觉得我想那样子。"唐成周语无伦次起来，"总之，我并没有轻视你的意思，你必须继续来找我看诊，才能把我们要干的事情继续下去，你明白我的意思吗？"

苏见心点头。

"那很好，明天见。"

唐成周抓过一边的山地车，骑了上去，回头，看苏见心还呆呆的，扬了扬手，"快回去吧。"

苏见心眼圈一红，也没管唐成周看没看见，使劲点了点头，擦了擦眼角，深呼吸一口气，抬头看着夜空的时候，忍不住使劲捶了一下自己的脑袋。

二

"你想谈见心的事情？她出什么事了吗？"

苏见心的妈妈，萧莎莎问。

"是关于跟她交往过的男人……"

"戴乐，是戴乐的事情，你在调查他的案子？"萧莎莎打断了项维的话，确定，"是吧？"

"这？"项维有点迷糊，他不过才刚提及跟苏见心交往过的男人，结果她母亲便一口咬定是关于戴乐的案子，"你这么肯定吗？"

"我女儿的事，我比谁都清楚。"萧莎莎点头，"跟她交往过的男人，不就只有戴乐吗？"

萧莎莎看项维一脸难以置信，摇头，"你啊，肯定不知道见心的真实情况，这些年来，她是跟戴乐纠缠得不清不楚的，我劝过那丫头了，可是，鉴于她的情况，我也没多少办法，估计戴乐的死，对见心来说，也是很大的打击吧！"

"那个，你女儿到底是什么情况？"

"那属于个人隐私问题，我没必要回答你。"

项维苦笑，"如果，我说你女儿可能与凶案有关呢？"

"不可能，我们见心绝对不会做伤害戴乐的事情，她还以为戴乐是这世界上她唯一能接受的男人呢，怎么可能与凶案有关？你肯定弄错了。"

"那，伯母你能不能给我解释一下，为你女儿澄清一下事实呢？"

萧莎莎看着项维，许久，她才开口，"如果我告诉了你，你不会乱写？"

"我感兴趣的是要案事实，不是八卦花边。"

"见心心理有问题，这点你知道吧？"

"是的，她的心理医生叫唐成周。"

"那你知道她到底是什么问题吗？"

项维摇摇头。

"那是什么，异性恐惧症，就是害怕跟男人打交道，反感男人的接触。"

项维想起了田归元曾经说过，苏见心在大学的时候被称为冰山美人，对男性很冷漠，也从没有交过男朋友，是因为这个原因吗？

联系到苏见心两次与自己会面的情形，她都在刻意与自己保持距离，似乎，确实如此。

"见心与男性的交流一直存在障碍，特别是面对面的时候，因为这个原因，见心也干脆没考虑恋爱的事情了，这些年也一直单身，只有戴乐……"

"她跟戴乐的交流就没有障碍？"

萧莎莎点头。

"从她认识戴乐第一天起，那丫头就跟我说，'妈，我终于找到一个能顺利交谈的人了，我不怕他，也不觉得他讨厌。'"

"只有戴乐是特别的，除了他，见心以为自己再也找不到第二个让她觉得容易交流，又不会让她心理产生不舒服的男人了，所以，"萧莎莎的眼圈红红的，"所以，尽管我知道，后来戴乐交了新的女朋友，跟见心分手了，见心却一直执拗地缠着戴乐的事，也毫无办法。你说，她得了这病，万一治不好，除了戴乐，谁还能跟见心正常交流呢？"

"这个，戴乐跟苏见心确立过男女朋友的关系？"

"对。见心是在一场音乐会后认识戴乐的，两人一个月后就确定了关系，见心还带戴乐回家给我看过，这之后过了三个月他们才分手的。"

可是，田归元说，在戴乐与苏见心认识一个月后，就登报宣布了他与原子慧的恋情，这么说，戴乐一直都与两个女人同时交往的？

"为什么是戴乐？"

"不清楚，或许是，因为戴乐会弹钢琴？"萧莎莎不确定地说，"戴乐是个弹钢琴的，对吧？见心喜欢音乐，认识戴乐后，就更喜欢啊，对，是肖邦的音乐，戴乐也是主要演奏肖邦的音乐，对吧？"

三

苏见心从床底找出了一个纸箱，打开了纸箱盖子。

纸箱里装着的是关于她与戴乐的一切：票据，来信，相片，歌碟，等等。

苏见心把那些东西一件一件地拿了出来，最后，抓着的是一张发黄的传单。

那是六年前，自己主持的那场音乐会的传单。

在那场音乐会里，她第一次，见到了戴乐。

她依然记得很清楚，当时，她报幕之后，退到了角落，看着舞台上变得一片黑暗，然后咯嚓一声，聚光灯亮了起来，都照在了中央的那台钢琴上。

钢琴前面，坐着一个文质彬彬的男人，那男人就是戴乐。

当第一串音符从他矫健的手下流出的时候，苏见心便沦陷在那个欢快的世界。

悦耳的琴声入耳，她发现她的视线无法从那男人身上移开，仿佛是有魔力一般，浑身都被音乐环绕着，而一切恐惧与害怕，都被越来越欢快的音符碾碎在地。

一曲终了，戴乐起身致谢退场，全场都响起雷鸣的掌声，她也情不自禁地鼓起掌来，眼里，那个男人的身上一直发出闪闪的光芒。

当戴乐转身，朝台后走过来的时候，她看到了他脸上洋溢的笑容。自信，爽朗，甚至在即将进去之前，朝她扬了一下手，而后伸到了她面前。

一向排斥与异性接触的她毫不犹豫地握住了他的手。

"苏见心，稍后见。"

那一刻，她似乎传染了他的自信与骄傲，整个人都喜悦得浑身发热。

而稍后，音乐会结束后，她也果然见到了戴乐。

原来早在音乐会开幕的首先亮相，戴乐便注意到了自己，直到散场后，他才找到机会接近自己。

在她担心自己的恐惧症会造成任何障碍之前，她就与他相见恨晚般熟络起来。

没事，自己的异性交流障碍，面对戴乐时，完全不起作用。

这世界上总有另一个人会因为弥补你的缺陷而存在的。

苏见心以为自己找到了。

对她来说，戴乐是特别的。

戴乐就是那一个人。

他跟她，是天作之合。

然而——

苏见心将传单撕成两半，叠合，再撕成了两半，一直持续下去，直到传单化为碎片，飘落在纸箱里，而后拿起了一张票根，继续撕成了两半……

四

只有戴乐是特别的啊!

项维搔了搔头。

所以,苏见心与唐成周合谋杀死戴乐的可能性就减小了。

如果自己是得了这什么异性恐惧症,而唯一能跟自己正常交流的人是戴乐,或许也不会轻易杀死他了。

"可是,苏见心的这什么,异性恐惧症,是怎么来的?天生的吗?"

萧莎莎把头偏到了一边,似乎不愿意回答这个问题。

"伯母?"

萧莎莎看着项维,欲言又止。

"怎么回事?"

"见心,是我跟死去的老公收养的孩子。"

项维的脑海里闪过了零星的碎片,屏住呼吸听着。

"我们成家后两年没孩子,看了医生才知道,是我老公的问题,所以,他就去找人,领养了一个孩子,女孩,这就是见心。"萧莎莎擦了擦鼻子,"一开始还好好的,不过……"萧莎莎的眼神闪烁起来。

项维大概明白了什么,摇头。

"是见心八岁的时候,我才发现的,我老公,那个男人他,竟然……,见心那么小的孩子,他居然,猥亵……"萧莎莎痛苦地说,"我想跟他分开过的,但一直没离成,幸亏他后来出事死了,他是货车司机,跑长途的,路上翻车,没抢救过来,去了。"

"我们知道他的事时,都觉得,他死得好,死得好。"萧莎莎流着泪，摇头，"就是那个时候见心出现了那个症状的，每次见到男人就怕，甚至连同年纪的小男生都怕，我也是花了很大的力气，用了很长一段时间，才终于让见心慢慢克服心理障碍去上学的。可至于交男朋友的事情，我从来没敢奢望，而戴乐，戴乐是她唯一能接受的人，当知道她跟戴乐在谈恋爱的时候，你不知道我有多高兴的，可是，戴乐后来却跟她分手了，现在，戴乐还被杀了，我都不知道，见心以后还能不能找到第二个男人。"

"她不是已经在看心理医生了吗？好，好多了吧？"项维暗自叹息了一声，问，"是什么时候的事情？"

"那是她毕业后，因为有这个心理问题，选择了做电台主持，这样就避免跟人过多的打交道了，可是我劝她，不能对这个病视而不见，所以她才开始去见唐医生。"

"她有异性恐惧症，但唐医生是男性，这？"项维依然不太理解。

"你懂什么？就是因为她有这个异性恐惧症，见的心理医生是男人才对她更好。"

所以，克服这个病症的第一步就是信任同样是男人的心理医生，由男性心理医生施行治疗更见效？

项维不太确信，但他已经确认苏见心与唐成周的同一个相似点：他们都是被人收养的孩子。

唐成周是被李忠国拐带后，再被连香泠收养的，那么，被萧莎莎夫妇收养的苏见心，也是李忠国拐带的儿童之一吗？

项维找萧莎莎要了苏见心幼童时期的相片，与李忠国留下的那些被拐儿童相片进行对比，并无一相符。

五

苏见心把那纸箱里的东西——所有，见证了她与戴乐之间一点一滴的东西——能撕碎的全撕碎了，能毁坏的全毁坏了，然后把纸箱抬了出去，推进了电梯，走到了楼下的回收处，把纸箱里的东西一股脑地倒了进去。

仿佛是处理掉了生命里所有的累赘一般，苏见心长长地舒了一口气，这才走进了公寓楼里，刚按下电梯，便听到了后头传来了一声："苏见心，这么巧？"

苏见心转身，看到是项维，原本安和的神情一下紧张起来，"你又来找我干什么？"

"我刚去，去见了萧伯母。"

"你找我妈干什么？"苏见心显得有点急了，不满。

"你说，你跟戴乐不过是六年前一段短暂的交往，之后跟戴乐的联系也不过是因为工作，但原子慧却找出了这六年来你跟戴乐私下往来的邮件，而我跟你母亲谈过后，也证实了，这些年来，你并没有跟戴乐真的断了联系。"项维摘下了渔夫帽，开门见山，"所以，对于你跟我交代的那些事实，还有哪些是撒了谎？还是，全部都是虚假的？"

苏见心的脸色青一阵白一阵，"交代什么？我又不是什么嫌疑犯，你也不是什么负责案子的调查人员，不过是个记者罢了，我没有义务向你交代什么。"

"即便是你或许涉嫌杀害了戴乐？"

"你开什么玩笑，别吓唬我，我跟戴乐的死一点儿关系也没有，我不会杀害他的。"

"未必。"

"你有证据吗？"苏见心感觉到自己的眼皮跳了两下。

项维直直地看着苏见心，苏见心退怯了，"好吧，你到底想知道什么？"

"今年六月十二日那一天下午四点到六点，你真的在唐成周的看诊室吗？"

"是的。我没有撒谎。"

"那唐成周在那段时间，一步也没有离开过。"

苏见心迟疑起来。

"苏见心？"

"那一天，我是在诊疗室，不过唐医生他……"

"他怎么了？"

"我一开始没见到他，他让我自己在诊疗室冥想，涂涂画画放松身心，大概过了一个多小时，他才出现在诊疗室里。"

"他有解释为什么吗？"

苏见心摇头。

"你没要求他解释吗？那一个多小时是你已经付费的治疗时间吧？"

"但是，冥想或者是其他的，也是唐医生治疗的方式，所以……"

戴乐遇害时是六月十二日下午四点到六点，而苏见心说她当天在一个多小时后才见到了唐成周，就是说，在六点以前，唐成周完全有一个多小时的空白时间。

唐成周的不在场证明不成立。

或许在那一个多小时的时间里，他曾经出现在戴家，杀了戴乐？

"他，唐成周，知道你跟戴乐的事情吗？"

苏见心点点头。

"那你，为什么一开始对我说谎？"

她知道项维在追查戴乐的凶案，也意识到了他在怀疑唐成周，如果苏见心对戴乐的羁绊如萧莎莎所说的那么紧密的话，为什么她不帮助自己查明真相，反而帮助唐成周提供虚假的不在场证明呢？

"他，威胁我。说如果我不按他的说法那么去做，就会把我有心理问题的事情说出去，还有，跟戴乐的事情也是，你知道，我是做电台主持人的……"苏见心慌张地说着，带着哭腔，"我不知道他会杀了戴乐。"

项维想起了在宾馆外面见到苏见心的那一幕，搔了搔头。

"他什么时候告诉你的？"

"什么？"

"六月十二日那天下午他缺席，但威胁你不许说出去？"

"就是，你打电话给我问我之前，他打了个电话给我，说是有个叫项维的记者会找我，让我这么回答，那之前我都没意识到他跟戴乐的死有关，是你问了我之后我才明白过来的。"

"除了这个，他还有强迫你干别的事情吗？"

苏见心的眼神闪烁起来："不算是，有也是为了，治疗我的心病。"

项维叹了口气："我说，换个心理医生吧？"

苏见心不作声。

"苏见心？"

"真的是他杀了戴乐吗？"

"目前来看，嫌疑很大。"

苏见心似乎很震惊，呆呆地看着项维。

六

是的，唐成周杀害戴乐的嫌疑很大，首先，杀人动机有了；其次，他的不在场证明——这还是他主动提供的，却是可以轻易推翻的，就唐成周主动提供虚假的不在场证明这一点，让他更加欲盖弥彰。

另外关键的一点是，戴乐案是连环凶杀的第一起案件，唐成周与第二起案件也脱不了干系。如果警方有任何嫌疑人选的话，唐成周是头号对象。

可惜，两起案件里都没有发现任何线索可以指向唐成周的，所以唐成周才没有出现在警方的调查范围里。

有什么办法可以把唐成周逼出来呢？

项维看着两起案子的相似点：

都发生在十二日：戴乐案在六月十二日，李忠国案在八月十二日。

被处理过的现场：戴乐的房间，与李忠国家的客厅，都有几个地方被擦得干干净净的，估计是凶手可能留下过指纹的地方。

现场播放的肖邦的音乐：戴乐的尸体被发现时，房间里的电脑HI-FI播放着OP9的三首小夜曲之一；李忠国的尸体被发现时，客厅的CD机里播放着OP35，降b小调第二钢琴奏鸣曲，以及死者本人的MP4播放着的是OP22，降E大调平静的行板与华丽的波罗乃兹。

死者同样被重物砸破，凶器不翼而飞：根据鉴定结果，前者的凶器据说是消失的一座奖杯，后者的凶器是客厅里不见的烟灰缸，都是现场已经存在的物品。

一般连环案凶手作案都有自己的模式，在现场也会留下对自己有特殊意义的东西，比如约克郡屠夫塞进每具尸体手里的五元钞票，比如制裁之手犯案现场的血手。而这个"十二日的肖邦"，在案件现场代表了他签名的，是肖邦的音乐。

还有不少罪犯喜欢在每个案件里留下战利品，比如说一些死者的信物，像人贩子李忠国，他的战利品就是被拐带儿童的相片，那唐成周有收藏战利品的习惯吗？如果有，那么，会不会是凶器？

或许找到凶器——戴乐的音乐奖杯，或者是烟灰缸，都能证明他就是凶手。

只要能证明唐成周是其中一件案件的凶手，那么这两起案件都能告破，是一举两得的事情。

只是，唐成周在他开始调查之前，就已经有所防备了，他还会继续保留着那些战利品吗？

第八章 动机

一

这天下午大概三点五十五分，项维出现在了中西医药医院唐成周的心理门诊室。

再次来这里之前，项维先去核实了六月十二日那天下午四点到五点，唐成周的行踪。

没有找到人可以证明那段时间唐成周确实是在诊疗室的，医院的人，包括助手，都认为当时唐成周是在工作，助手甚至翻阅了自己的行程表——与唐成周一样，心理医生的助手有病人预约登记表，转告项维当时唐成周正与一位病人在诊疗室。

"那个病人，是苏见心吗？"

助手露出了惊讶的表情。

那就是了。

六月十二日那个时间段里，表面上唐成周正为苏见心诊疗，而根据苏见心所说，唐成周消失了一个多小时的时间，去哪里了？

只有唐成周本人知道。

项维闯进去的时候，唐成周正坐在苏见心面前，手里拿着一支笔在记录本上写着什么，看到项维，眉头皱了起来："项维？你这是在干什么？"

"苏见心？你还来见他做什么？"

苏见心看了一眼项维，再看了一眼唐成周，低下头什么都没有说。

"是唐成周又威胁你了吗？"

"项维，你这是在打扰我给病人看病，有什么事能先给我出去吗？"

"不，我坐在这好了。"项维当真坐在了三人沙发上，看看苏见心，再看看唐成周，觉得两人透着莫名的诡异。

"项维，你到底有什么事？说吧。"唐成周无可奈何，转身对苏见心说，"不好意思，你先回去。"

"她既然在这里，就不用回去了，反正也跟她有关系。"项维示意站起来的苏见心坐下，跷起了二郎腿，"唐成周，六月十二日下午四点到五点，你在哪里？"

"今年的六月十二日？"

"对。"

"我不是已经告诉你了吗？那天，就是这个时间段吧？我在给苏见心看病。"唐成周浅浅地笑了，看向苏见心，"对吧，见心？"

苏见心不敢直视项维，点点头。

"你撒谎，苏见心说，那天她是在这里，但是你没有按时出现，是一个小时后才回来的，对不对，苏见心？"项维追问。

苏见心看着唐成周。

唐成周面不改色。

苏见心望向项维，点点头。

"唐成周？"

唐成周摊开了双手，很无奈地耸了耸肩膀，"或许吧！"

"那你那段时间去哪了？"

"三个多月的事情了，我已经不清楚了。"

"不对啊，应该记得很清楚才是，那一天，那个时间段，不是戴乐遇害的时间吗？"项维讽刺，"你想清楚一点，或许你会发现你去过戴家，见过戴乐。"

听到戴乐的名字，唐成周的脸色一下变了，他看着苏见心，苏见心害怕地低下头去。

"唐成周？"

唐成周叹了口气，"你没有证据。"

"就是说，你承认戴乐的死跟你有关？"

"我说了，你没有证据证明这一点。"唐成周好整以暇地看着项维站了起来。

"所以，李忠国也是你杀的吗？"

唐成周的脸一下狰狞起来。

是了，是这个表情。

这就是，每一次，唐成周经过文荆小区南出口，盯着李忠国的表情。

"我已经知道了，你是被李忠国拐带的其中一名儿童，对吧？他欺骗了你，把你从你亲生父母身边带走了？你被连香泠收养后，过得并不幸福，是吧？多年以后，你遇见了李忠国，所以你处心积虑地想要杀死李忠国，对吧？"项维问，"反正，你也已经杀害了戴乐，所以，多一条人命并无所谓了，对吗？"

唐成周冷冷地看着项维，"你懂什么？"

是的，项维懂什么？

唐成周从来没想过，这辈子，还有一天，能够重遇李忠国。

这就像是命运里，冥冥中给唐成周的一个机会。

给唐成周，也给他的妹妹，还有给更多相同遭遇的人，讨要公正的一个机会。

二

车厢晃动得很厉害，周围很黑，浑浊的空气夹杂着腥臭味，让人窒息。

从缝隙透进来的很微弱的光，偶尔照进来，隐约可见车厢里都是黑黑的身子，看模样均不过五六岁。

每次光进来的时候，映在他眼睛里的世界倏忽一下便亮了，而后很快地熄灭。他蜷伏着靠在冰冷的金属厢面，怀里紧紧地抱着比他小一岁的妹妹。

"哥哥，我饿。"妹妹微弱地叫了一声，让他浑身发抖。

他也饿，他不知道有多久没吃过饭了，也没有喝过水，这一路上，门只开过两次，扔进来几包饼干、几瓶水，被同样饿得发慌的其他孩子一抢而空。

但，毫不济事。

他在黑暗里听到很多不同的哭泣声，原本的恐惧，渐渐麻木得只剩下茫然。

他也跟其他孩子一般，同样惶恐。

三

他跟妹妹当时正在回家的路上，不过是跟同学聊了一会儿天的工夫，妹妹就被一个满脸慈祥笑容的人带着走出了好长一段距离，他叫着妹妹的名字追了上去，然而已经迟了，他看着妹妹被那人抱进了车里，自己眨眼也被扔了上来。

看到车里已经有几个跟自己年龄相仿的孩子，他便知道，世界上最糟糕的事情发生在自己身上了。

"你们在外头玩的时候注意，不要跟陌生人说话，不要跟奇怪的叔叔阿姨走，因为说不定他们就是专门拐骗你们这些小孩子的坏人。你做哥哥的要注意，小心不要弄丢了妹妹。"

妈妈，我们没有跟陌生人说话，也没有跟奇怪的叔叔阿姨走，可是，妈妈你没有告诉我，要是他们把我们扔进车里了，我们该怎么办？我们力气小，根本斗不过他们。

他抿着嘴，眼泪滴答滴答地落了下来。

他有在车里闹过、吵过，可是，得来的是一顿接一顿的暴打。

他揉了揉自己红肿未消的眼角，轻轻拍了拍妹妹的头，"忍着点，很快就到了，到时候就有吃的了。"

"到哪啊？是到家吗？我想妈妈，我想爸爸，我想回家。"妹妹有气无力的喃喃让他的眼泪流得更快了，他使劲不让自己哭起来，手慌乱地抚着妹妹的肩膀。

"是的是的，我们回家。"

他感觉到妹妹的脑袋忽然沉了下去，慌了，一摸，妹妹的额头热得可怕，他一下急了，爬到光透进来的地方使劲地敲："开门，开门，你们快开门。我妹妹病了，你们快带她去看病，去看医生。"

"吵什么吵，小兔崽子。"门外传来了骂骂咧咧的声音，"给我老实待着，不然再给你揍顿结实的。"

他没有理会，边更用力地拍打着金属门，边尖声大叫："我妹病了，带她去看病，给她吃药，你们这群——"

后面的话没骂出来，车子猛然停下的惯性让他狠狠地撞到了金属门上，而后又往后抛，他重重地摔到车厢板上，却不痛，似乎下面有个软软的东西垫着一般。

很多的光猛然一下全灌了进来，刺得他眼睛发痛，完全看不清前面的光景。

四

"捣乱的是哪个？给我滚出来。"

车厢里，是一群趴着、蹲着、坐着、睡着的儿童，衣衫褴褛，脸色枯黄，看着跳上来的大人，明显露出畏缩惊慌的神色，使劲地往后缩，他却向前探出了身子："我妹妹她病了，你们给她吃药，快给她吃药。"

"你妹？是哪个啊？"一开始哄骗妹妹的人，叫弥勒的男人皱着眉头，看着他指向的一个倒下的女孩，拎起来看了看，而后朝门外叫，"嘿，许开远，你的货出问题了。"

"什么问题？"另一个男人也跳上车来，一眼看到他底下坐着的人，笑了，"你可真会开玩笑，你看看，那哪是我的货？不是你的吗？"

弥勒才注意到垫在他下面的，居然是个男孩，而他也在此刻才发现自己没摔痛是这个缘故，骇得一下弹开了。

弥勒抓起那男孩，登时咬牙切齿："他妈的短命种，竟然死了，是你弄死他的？"

他看着那张原本祥和的脸一下变得狰狞，浑身打了个冷战，没等他辩解，脸上挨了个狠狠的耳光，而后整个身子便被拎了起来，如沙包般承受了几下重击，"让你闹，让你闹，他妈的敢把我的货毁了。"

"弥勒你快住手，那货明明是饿死的，不能再把气撒在大货身上，快放下，货打坏了卖不到好价钱。"

他再一次被揍得鼻青脸肿地扔了回去，这次头直接撞到了车厢内壁，痛得他叫也没叫一声，就昏了过去。

失去意识前，只听到那个弥勒呸了一口："把那死了的小子清理出来扔了。"

五

他重新恢复意识时，时间已经不知道过去多久了。他在黑暗中摸索着，找到了倒在地上的妹妹，把她重新抱在怀里的时候，妹妹的身子散发着一股尿骚味，又冷又硬。

他摸索着找到了妹妹的脸，感觉不到一点儿气息，他摇了摇她，没半点反应。

有什么又热又烫的东西从眼睛里哗啦一下涌了出来，他更用力地紧紧地抱住了妹妹。

那微弱的光透进来的时候，照着他一张受伤肿起的脸，被泪水冲刷得干干净净，他哑然地哭着，一声不吭。

不知道过了多久，车门再度开了，光再次照亮了车厢里的黑暗。

"达哥，你看看，这就是我们这次的收获。"许开远说。

"行啊，你们两个小子运气不错嘛！"达哥说。

"他是运气，我可不是运气，我是实力。"弥勒说。

"可不是，整尊弥勒佛站在那，笑呵呵地骗了多少货，有谁知道他背后是老狐狸啊？"许开远说。

"去去去。"弥勒说。

"可是，你俩咋这么办事的啊？一点儿包装意识也没有，你看看你们的货，多是多，质量不好。"叫达哥的人把车厢里的孩子挑出来，逐个看着，摇头，"他妈的你们俩咋下这么重的手，这些货身上怎么都有损伤？"

"还不因为他，就那小崽子，倔得很，一上车就闹，结果引得整车的货都闹起来，我们不狠狠教训他们几顿，还不反了天了。"

"你们可不知道，现在人家想要的是白白净净上好的货，看着喜庆才能卖大价钱。你看看你们的，脏兮兮丑不拉几的，一看就营养不良，买家一看像是身体不健康的都不肯要，你们怎么就不省点心呢？看看，看看，是克扣口粮，一路都没让他们吃饱吧？"达哥检查到了他，看着木然的他皱起了眉头，再拉扯了几下，一动不动，再发现了他手里的妹妹，气极，"许开远，李忠国，你们俩他娘的还把货给整死了？"

"哎，真是，弥勒，我就提醒过你，你的货有问题，现在好了，没了吧？"

"真的！这崽子还不吭声，晦气，没事，整一批货有耗损很正常，这不还有他吗？！"李忠国想把尸体挪开，他一动不动抱得死死的。

"你崽子，你抱着尸体干吗？又不能吃。"

他盯着眼前的三张脸，怒火咻地一下蔓延了全身，"她是我妹妹。"

"那又怎么样？给我放开。你以为她还能活过来吗？"

"还我妹妹，还我妹妹。"

啪，啪啪，耳光跟拳头落在了他身上，他完全没气力地一下倒了下去，眼睁睁地看着妹妹的尸体被抢走，哭哑的声带撕裂般的痛："你们王八蛋。"

"这货可不好办，性子这么烈，哪有买家愿意买他啊？难哨难哨。"达哥摇头。

"便宜点卖给你怎么样？"

"行，我清点了一下，你们这票，大货十一个，小货十六个，这小子当成小货算，总共的价格是这个数。"

"这么少？达哥你别诓我们。"

"什么少了？我说了，大城市的顾客现在买货是有要求的，你要是运一批长得精神，小少爷似的、知书达理的货，那价钱再高，也有人家愿意出钱买。你们这些，我反手又只能卖到什么山区县城去，这些地方的顾客出价都偏低，再除去口粮费跟运输费、服务费什么的，就是这个数了。"达哥解释，"所以才要你们啊，别省那几个钱，弄到货了好生伺候着，那市场就大了，赚得不就多了吗？"

"靠，算我们这次倒霉，行行行，反正无本生意，就这个价。"

六

他跟其他孩子被带到了另外一个地方，依然关在一个很黑暗的房子里，只有每天供应三餐的时候，才会被放出来。有吃的，有喝的，还有两个陌生的女人，每天给他们洗漱，挨的板子也少了。

他也学乖了。

他人小，力气小，压根儿斗不过大人，自己一再忤逆他们的意思，只会让自己挨打、受饿。

毕竟还是孩子，在这个地狱无法保护自己，也没有谁可以依靠，渐渐到后来，发现不吵不闹还能得来夸奖的时候，他变得安静，逆来顺受。

每天，都会有达哥看中的孩子被带了出去，有些再也不回来了，有些被带回来的时候号啕大哭，明显见得到脸上被人掴过的掌印。他从那些女人的骂声中，知道被带回来的孩子是没被人挑上的，再想起之前听达哥说过的那些话，心里暗想，轮到自己的时候，一定要表现得好好的，这样，才能离开这个昏暗的屋子里。

他害怕这个可怕的屋子。

每次屋子里黑下来，他就惶恐，那黑暗就如沉重的石头，压在他心头，让他难以呼吸，特别是刚来到这个屋子的时候，他根本无法入睡。

每天夜里，当他迷糊地睡过去时，他便听到黑暗里妹妹的啜泣，以及低声的呻吟："哥哥，我饿。哥哥，我想回家，我想妈妈。"

每当这个时候，他就浑身战栗着缩成一团，死死地咬住自己的手掌，不让自己尖叫起来。

他不能叫，不能喊，不然被那些女人们听到，会比男人们揍得更凶，他已经被她们揍怕了。

所以，他不叫，咬着牙不叫，流着眼泪默默地让妹妹的声音微弱下去。

那样就好了。

七

这一天终于到来了。

达哥在所剩无几的孩子中把他拎了出来，带他出去前，特意嘱咐了几句："我说小子，你一会儿给我乖乖地好好表现，要表现得好，你就能有个新家，吃香喝辣地由着你挑，要搞砸了，你就回这儿吃板子，听明白了吗？"

他小手握得死死的，低下去的头点了点。

他被女人们带去吃了一顿饱饭，洗了澡，换上了新衣服，让他在院子里踢足球。

他笨拙地把滚跑的足球追上，抱在自己怀里，看到院子出口站着个彪形大汉，低下头偷偷往屋子里望了一眼，刚好看到达哥跟一个陌生女人说着什么，看到自己回头，那陌生女人面带笑意地朝他挥了挥手，他赶紧回过头去。

很快，他被带进了屋子，跟那个陌生女人见面。

"看，这就是我家二婶的男娃，叫土娃，土娃，过来，叫阿姨。"达哥神态亲昵地拉过了他，跟那女人介绍，"你看怎么样？"

"哎，还好。"女人满心欢喜，摸了一把他的脸，"土娃，你愿意跟阿姨去城里吗？"

他抬头看了女人一眼，不敢回答，看向达哥。

"哎，你看我干吗呢？怎么，你不是喜欢大城市的吗？城里可好了，比咱这乡下好多了。土娃，你自个儿说，愿不愿意？"

他点了点头。

"这孩子怎么一句话都不说，不会是哑巴吧？"

"怎么可能？土娃，你给开口说句话。"达哥抓住了他的胳膊，使劲用力拧了一下，疼得他直皱眉。

他抬头，看着那女人，点着头，答："阿姨，我愿意跟你去城里。"

那女人笑逐颜开，"哎，好，好，那土娃就跟我去城里了。"

之后，他便被带出了屋子，远远地看着女人跟达哥激烈地谈论着什么，到最后，那女人走了出来，拉起了他的手，"来，土娃啊，今天起你就随着阿姨了，你乖乖听话啊！"

他牵着阿姨的手走到院子出口，那彪形大汉让开了路，让他们出去。

他最后回头望了一眼院子，跟女人上了车，将那个黑暗的院落远远地抛在了后面。不知道为什么，他趴在车窗上忽然哭了起来。

"哟，土娃你怎么了？"女人看他默默地哭，却不叫喊，心疼地把他搂在了怀里，"你这孩子！你啊，跟我回城里去，我就是你妈妈，懂吗？"

他使劲点点头，把脸埋了下去。

那女人就是他后来的养母连香泠，而土娃，就是后来的唐成周。

八

唐成周静静地看着项维，一点儿不去看低声抽泣着的苏见心。

项维知道李忠国曾经犯下许多桩无法宽恕的罪行，但是……

项维搔了搔头，唐成周的叙述，只能让他的杀人动机更加充分，完全没有洗脱嫌疑。

不能因为遭受过非人的待遇，就有任意杀人的借口。

况且，还有一个戴乐呢！

戴乐是无辜的，无论他再怎么滥情，道德再如何败坏，别人也不能够随意夺走他的生命。

"你不过是个记者，不是警察，没有权力调查我的事情，也没有证据证明是我做的。"唐成周看了看时间，早过了六点，苏见心的咨询时间也结束了，于是站了起来。

"如果你认为我是真凶，你可以凭着证据让警方来逮捕我，不然，若是下次项维你再这么做的话，我会控告你骚扰跟诽谤。"

唐成周就是知道自己没有证据，所以才如此肆无忌惮的。

两个凶案现场，没有留下丝毫的破绽可以举证唐成周的。

警方那边有吗？

第九章 凶手面目

一

项维坐在江东公安局，"十二日的肖邦"调查小组成员，钟克之面前，接过了他递上的热茶，喝了一口。

"说，你小子发现了什么？"钟克之说。

还没等项维开口，另一个负责的老警察，莫老大也搬了张椅子，反坐着，手却指着钟克之，"克之你可真没出息啊，找他帮忙？"

"哪啊，他主动找上门的，说是给我们提供线索。"钟克之辩解。

"啧。"莫老大一脸鬼才信你的神情，看着项维，"你查到什么了？"

"唐成周，听过这名字吗？"

钟克之赶紧去翻查资料，而莫老大认真地想了想，"哦，是那个，你跟隔壁打拐专案组说的，早年被拐儿童之一的唐成周？"

"对。"

"他有什么问题？"钟克之问。

"一，他是罪犯受害者，所以有杀害李忠国的动机；二，李忠国遇害时他出现在文荆小区，不在场证明不成立。"莫老大点头，"不过，李忠国案是'十二日的肖邦'犯下的第二件案子，杀了李忠国的凶手同时也杀了戴乐，因此，若是唐成周是凶手的话，他也应该是杀死戴乐的凶手，我们一是没在现场找到能把唐成周联系起来的证物，二是唐成周也没有杀死戴乐的动机。"

项维怔了一下，笑了，"你们也查过他？"

"当然，你以为我们警察都是吃干饭的？"莫老大瞪大了眼。

"那么，你们查过苏见心吗？"

"苏见心？这个我知道。"钟克之来劲了，"是不久前被戴乐的未婚妻，就是原子慧扇了一巴掌的美女主持吧？"

"对，就是她。"

"当然查了。"莫老大显得有点不耐烦了，"不过她没有嫌疑。"

"没错，我们从案发时就查过苏见心与戴乐的关系，她也挺行的啊，隐藏得够深的，我们一直以为她跟戴乐就是普通的来往，是原子慧的一巴掌，让我们觉得事有蹊跷，所以再深入调查了一番，才发现她跟戴乐是有故事的，戴乐这小子也行，一直一脚踏两船啊！"钟克之带着羡慕的语气说。

"不过我们核查了她六月十二日的行踪，虽然有目击证人说是曾经在戴家附近目睹有外貌与她相像的女人出现，可是，遇害现场，不，就是整个戴家，也没有她出入过的痕迹，她本人也说从来没有去过戴家，而且我们也核查过当时她的不在场证明，她说她那个时间段在看医生，医生的助手也证实了这一点。所以，因爱生嫉而导致杀人的动机，并不成立。再说，她要是杀戴乐的凶手，那她也是杀害李忠国的凶手，我们找不到任何她跟李忠国有交集的地方。"

"你们知道她是在看什么医生吗？"

"啊，是中西医药医院的医生，是生病或是什么的，她没详细说明。"

"心理医生，就是唐成周。"项维说。

莫老大与钟克之愣了，好一会儿，他们才缓过神来，感觉出不是滋味，"那女人撒谎了。"

"对。"

"等一下，你的意思是说，唐成周是苏见心的心理医生，苏见心跟戴乐在交往，而唐成周有杀害戴乐的嫌疑是因为？"莫老大摸着脑袋，问。

"也是因爱生嫉？"钟克之脱口而出，"不会吧？唐成周与苏见心可是医生跟病人的关系。"

"还有一点，唐成周是被拐儿童，他后来是被人收养了，而苏见心，或许是，或许不是被拐儿童，但她同样也是被人收养的，而且，他们两个人被收养后的遭遇都很坎坷。"项维分析，"在苏见心将自己的遭遇倾诉给唐成周后，触发了有相似遭遇的唐成周的同情，还有报复之心，基于这样的心理，唐成周杀害了对苏见心有二心的戴乐，也杀死了造成自己悲惨遭遇的李忠国。"

"你这么说？有证据吗？"莫老大问。

"如果我有证据，还需要向你们提供线索吗？要有直接叫你们上门抓人了。"项维无奈。

"那是，犯下这两桩案件的凶手忒狡猾了，基本上把所有线索都给掐断了。"莫老大点头，"不过你提供的这个信息值得关注，我回头叫人重点调查这个唐成周。"

"与苏见心无关，但跟苏见心也有牵连，看来原子慧的直觉也挺准的嘛。"钟克之朝项维竖起了拇指。

"怎么，原子慧找过你们？"

"当然，就是她来举证苏见心的，说她有谋杀戴乐的嫌疑。"钟克之解释，"是对我们调查她的事耿耿于怀吧？"

"什么？"

"在第二起案件发生之前嘛，戴乐一案不是单独的案子吗？我们以为是情杀所致，怀疑过原子慧，就针对她跟戴乐的感情关系调查了一番，没发现他们的感情有问题，苏见心浮出水面后，原子慧怀疑苏见心是凶手，就来举报她了。"钟克之表示理解，"是为了洗脱自己的嫌疑吧！"

"对的，所以她才来委托我嘛。"项维苦笑。

"如果唐成周是真凶，那她的怀疑就对了，虽然不是苏见心，但还是因苏见心而起。"

二

原子慧听项维说完对唐成周的怀疑，一脸的难以置信。

"是那个唐成周干的？"

"我怀疑是，但是，目前他只是有这个嫌疑，最终能不能定罪，还必须找到确凿的证据才能证明他就是凶手。"

原子慧呼了一口气，抚了抚额头。

"他有什么理由杀戴乐？为了苏见心？那贱女人，有什么地方值得他这么做的？"

"原子慧？"项维皱了一下眉头。

"怎么？我还不能骂她了？"原子慧显得有点生气，"就是因为你们这些男人，那个唐成周也是，你也是，都被她迷住了，都不相信我的怀疑。"

"所以你直接告诉警察去了！"

"当然，反正你也觉得她没嫌疑，再说因为她，警察已经冤枉过我一次了。她有杀人动机，我自然要让警察知道。"原子慧白了项维一眼，"结果不是她，是她的心理医生，终归她也是脱不了干系的，亏那唐成周还是心理医生呢，干这么缺德的事情，他本身就心理扭曲了。"

"你也应该去看看心理医生的，治好你那个坏毛病。"项维取笑。

"才不。要是遇上的心理医生都跟唐成周一个样，打死我也不去看医生。"

不过，她倒是想看看这个唐成周，不是看病，而是看看杀死她未婚夫的凶手，究竟长着一副多么恶心的面容。

三

原子慧走进中西医药医院心理门诊部的时候，一副提心吊胆的样子。

她没有知会项维一声，便跟唐成周的助手预约了时间，今天来会会这个杀人凶手。

毕竟，与见苏见心不同，这是个男人，而且还是个凶手，一会儿进去面谈的时候，如果他起了杀心……

原子慧不敢往下想下去，刚好看到有人推门从诊疗室走出来了，那助手朝里面叫了一声："唐医生。"

"行了。"

"是原子慧小姐，初诊。"

"请她进来。"

助手看了一眼原子慧。原子慧咽了一口口水，走了进去。

很素雅闲适的看诊室，然而，原子慧的心情却一直绷着，紧张不已。

她把手里挽着的礼袋放到了门旁边的墙角，抓着手提袋坐在唐成周面前，腰板子下意识地挺得直直的。

她第一次见到了这个男人。

凶手。

他是杀死戴乐的凶手。

"原子慧小姐，是第一次来咨询吗？还是之前已经见过别的医生了？"唐成周看着全身散发着戒备气息的女人，笑了笑，"放轻松点，在这里，无论是什么心理问题，都不会有人为难你的。"

"我不是找你看病的。"

原子慧在别人坐过的椅子上不安分地挪了挪。

唐成周脸色惊讶起来，摊开了双手："那？"

"我是戴乐的未婚妻。"

原子慧看着唐成周的脸一下变得阴沉，这才感觉到了一丝恐惧。

"我的时间很宝贵，如果你不是来咨询的话，那么请你离开。"

"我知道，你就是杀死戴乐的凶手。"

唐成周把左腿放到了右腿上，身子后倾，仰高了头，冷冷地看着原子慧。

"我不会放过你的，你杀了戴乐，我不会放过你的。"原子慧恶狠狠地说。

"很假。"

原子慧一怔。

"首先，我是杀死戴乐的凶手，这个消息是谁告诉你的，项维吗？那他有没有告诉你，他没有找到任何证据逮捕我？如果他说了，那意味着目前我不过只是有嫌疑而已，你直接称呼我是凶手，欲加之罪吗？其次，如果我真是杀死戴乐的凶手，那你对我的感觉，是恐惧居多呢？还是仇恨居多？因为在你的语气里，我完全听不到这两种情绪的表达，不，倒是听出了另外一股意味。"唐成周看着原子慧的身体抖了一下，"对了，是有些意外，却又幸灾乐祸的意味。可见你跟戴乐的感情并非旁人想象的那么和睦。"

原子慧的脸唰地一下惨白惨白的。

"装得声色俱厉，其实却是外强中干，特意跑到这里来唬我，是想要做什么？扮演伤心欲绝的未婚妻，怒斥凶手，来弥补你无法挽救未婚夫性命的愧疚感吗？"

原子慧嗖地一下站了起来，拎起手提袋急匆匆地冲出门去。

唐成周重重地哼了一声。

四

那男人。

混账。

快步走出中西医药医院的原子慧又羞又恼，一路上都在诅咒唐成周与苏见心。

冷静，原子慧。

他只是个凶手，你不需要较真的。

他被逮捕是迟早的事情，根本犯不着生气。

他杀死了戴乐，他会罪有应得的。

原子慧的心情渐渐平复下来，回头，看着中西医药医院。

唐成周，你也就只能这个时候得意了，一旦找到了证据，你就完了。

原子慧拨通了钟克之的电话，"钟警官，杀死戴乐的人是唐成周，就是苏见心的心理医生，你们赶紧把他抓起来吧。"

——

"没有证据？你们也要把他抓起来问一问吧？当初你们怀疑我的时候，可不是这么说的。"

——

"那你可以调查一下他，总可以吧？"

——

"借口，都是借口。"

原子慧气冲冲地挂了电话，回头，恶狠狠地瞪了一眼医院里的那幢建筑。

第十章 肖邦

一

苏见心坐在助手对面的沙发上，等着。

心理门诊部是医院6号楼的南侧，很偏僻，一般也没什么人，此刻，在门诊室的也就只有唐成周的助手，还有自己。

苏见心看着紧闭的门，想起了两年前，她刚走进那间房间的情形。

在看到里面坐着的医生是男人的那一刻，她掉头就走。

"等等，是苏见心小姐吧？我们可以先聊几句吗？"

她靠在门把边，看着他走过来，却不太近，而是小心翼翼地，注意着她眼里的恐慌，站在了一个让她感觉到安全的地方，伸出了手："初次见面，我叫唐成周。"

她点了一下头，算是打过招呼了。

"我听说过你的问题了，异性交流障碍症，恐惧与异性交往联系。所以……"唐成周尽量轻松地说，挥着手在两人之间示意，"刚好，对你来说，我就是异性，如果你要克服你的心理，先跟我，这个异性交流起来，是不是更容易能解决这个问题呢？"

似乎，他说得也有道理。

"进来吧，先尝试一下，不需要你做什么，先进来，坐坐看？"唐成周把一张单人窝椅给她拿到了一边，"我会坐在这里，而你呢，你愿意坐在哪里？这里？还是这里？"

唐成周换了几个方位，每一次都征询她的意见，直到她点头为止，才确定了两人第一次见面时的距离，先坐进了另一张窝椅里，朝还在门口的她招手，"这样，你就不会感到不自在了吧？要不，我再挪挪。"说着，唐成周真的把自己坐的椅子又往后挪了一下，"行了，你看，满意吗？"

苏见心点点头，慢慢地走了进去，坐进了那张椅子里。

二

开始的几次咨询，她跟唐成周并没有聊些什么，很多时候，都是唐成周在说，谈论一些最近的新闻，讲述他看过的故事以及旅游过的地方，很多的趣闻逸事，她都只是远远地听着，并不说话。

一个月后，唐成周开始在讲述的时候，起来走动，给她递一个苹果，一杯水。

每次他接近，她都莫名的紧张，而每一次，唐成周都没做多余的事情，很快就回到他的位置上，这让她渐渐卸下了戒备。

而在她察觉到的时候，她才发现，两个人的椅子之间的距离，已经靠得面对面，她也没有丝毫的反感。

甚至，在这样的距离下——以前，她只会感到浑身不自在而逃开，而现在，她能安静地与他一起坐着，简单地回答他的一两个问题。

"像我们这样的心理病人，如果被旁人知道了，会觉得我们不正常吗？"

"很难说。在国内，还是有很多人因为不熟悉这个领域，因为陌生疏离感导致他们对正常范围内的心理疾病概念不清，再加上某些心理专家制造案例，夸大宣传甚至扭曲心理医学的作用，更加混淆了正常范畴内的心理疾病与精神病理的界限。"

"不明白。"

"简单地说，心理疾病一般是在社会定义下的普通人，因为某种特定的情感导致的心理偏差，而精神病理则是超出了正常心理外，情绪紊乱的非理智行为。"唐成周慢慢地解释，"换句话说，被人们视为疯子的人，大多数属于精神病理的领域，而我们的病人，比如说你，不过是心理上的一点儿小问题，并非洪水猛兽，所以只要正视了自己的问题，很快就能根治的。"

苏见心点点头。

三

在渐渐能够跟唐成周正常地聊自己生活上的事情后，某一天，唐成周问："你知道自己的这个症状，大概是什么时候出现的吗？"

一改好不容易获得的安适感，她开始感觉到了压迫而来的局促。

她的整个身子缩在了窝椅里，死死地抱住了怀里的枕头。

"见心，你已经比初来的时候好多了，但是，如果要彻底解决这个问题，就必须知道导致你产生这个心理的缘故，你能告诉我吗？"

她摇摇头，嘶哑着声音道："我不想说。"

唐成周看着她，"无论是什么导致的，我想告诉你，并不是你的错。"

她慢慢地抬起头，看着他。

"不是你的错。但因为它，你失去过很多美好的东西，我想帮你正视它、了解它，然后，让你过上跟其他人一样的正常生活。"唐成周朝她伸出了手，示意她握着，"说出来，并不会伤害你，我就在这里，相信我。"

她看着他那双清澈的眼睛，迟疑了一下，慢慢把手伸出去，放到了他的手心。

他的手把她的手握了起来，掌心的温度，很热，很温暖。

四

她是个孤儿，大概，是吧？

听妈妈说，她是在不到三岁的时候被他们领养的，小孩子对于三岁以前的记忆，都很模糊，所以她不知道自己原本是谁家的孩子，来自哪里，原本叫什么。

苏见心这个名字是妈妈取的，她也很喜欢，在她的记忆里，妈妈总是"见心，见心"地叫。

妈妈给她穿最漂亮的衣服，买最好看的洋娃娃，还选了最美丽的音乐启迪自己。

"快说，见心，你喜欢哪一张呢？"

在一家唱片行，妈妈牵着她，让她去挑唱片。

那时候她大概只有五岁，所以，她从头到尾看一遍，然后指出最喜欢的一张——之所以会选择那一张，估计也是因为那张唱片的封面漂亮。

"好，我看看，哦，是肖邦啊！见心你喜欢肖邦的音乐啊！"

她听不懂，但还是点头。

"那就肖邦吧！回去以后，见心一定要好好地听他曲子，然后将来有一天，弹奏肖邦给妈妈听好不好？"

"好。"

从此，家里的音乐大多数放的，都是肖邦的曲子，七岁那一年，妈妈给她报了钢琴班，除了一般的练习曲目，她弹的乐曲，都是肖邦。

当把肖邦的小夜曲弹得像模像样的时候，儿童节庆日，妈妈拉着爸爸来到学校一起听自己的演奏。

"见心弹得真好，以后一定要成为一个出色的钢琴家哦。"

在妈妈怀里的苏见心笑得甜甜的，当迎上爸爸不知道是赞赏还是严厉的视线，却一下蔫了一般垂下头去。

五

她不喜欢爸爸。

那个男人。

大概五六岁的时候，她就觉得这个男人让自己非常不自在。

总喜欢抱着自己在怀里不停地蹭。

一开始她还以为是像妈妈那般温柔的怀抱，爸爸的拥抱。

然而，每次被他抱着，那力气都非常大，她怎么使劲掰也掰不动，甚至，被他抓得生疼，几次哭了，妈妈训斥他不知道轻重，但那男人却总是笑笑，下次逮到抱住自己的机会，依然很用力，甚至，把手探进了衣服里。

第一次的时候，她慌张地扭动着身体，大叫"妈妈"。

然而妈妈在厨房忙着准备晚饭，以为是父女之间正常的嬉闹，没理会。

她又气又急，一个巴掌抽在了他脸上，结果被他使劲捏住了脸，疼得她哇的一声哭了起来，当妈妈发现时，她的脸已经红肿起来。

那以后她就躲着他。

幸亏他总是不在家，大部分时间，家里只有她和妈妈。

但每次他在家的时候，对于她来说，就是非常煎熬的地狱。

她觉得他的话语刺耳，视线刺眼，而接触，更是让她避之不及，而每一次，被他逮住，她抗议地叫妈妈的时候，就会被他粗暴地或拧或揍。

而每次被妈妈发现时，她都谎称是在外面摔伤的。

因为他威胁，如果告诉了妈妈，就把她送走，让她再也见不到妈妈。

她喜欢妈妈，但是，她更害怕他，这个别人口里的，自己的爸爸。

所以每次他在家的时候，放学后，她不磨蹭到最后一刻，总是不回家。

八岁那一年的某个夜晚，妈妈临时有事出去了，无处可去的她，被迫跟他同在一个屋檐下，整整过了一夜……

第二天，他买回了一台钢琴，说是送她的生日礼物，就匆匆离开了。

妈妈笑逐颜开，而她，却把钢琴砸了个稀巴烂。

六

苏见心抓着唐成周的手，很用力，泪水滴在抱枕上，湿了一大片。

她没有听到唐成周说什么，许久，她感觉到他的手落到了自己头上，轻轻地抚摩了一下，又很快拿开了。

"你母亲，知道吗？"

苏见心点点头。

那以后，妈妈跟男人便频繁争吵起来。

妈妈想与男人断绝关系，于是，一边抵制他的无理骚扰，一边抗争，然而离婚请求几次都没有申请成功。

那个时候离婚还是非常罕有的事情，尤其还是女性一方提出的。

男人不愿意，政府机关也拖着，于是，离婚的事情就这么搁置起来，直到，男人出事了，再也犯不着纠结离婚的事了。

七

苏见心已经记不清自己是怎么熬过那段日子的了。

但每一次，在爸爸对自己做那么过分的事情的时候，在她觉得自己难受得快要死去的时候，是音乐，肖邦，救了自己。

为了言传声教，每一天，妈妈都会放那张她挑选回来的最喜欢的唱片，还有其他肖邦的曲子。

所以，她难过的时候，总是听得到肖邦，高昂或低沉，激越或和缓，像是专门为了抚慰自己而存在的。

每次听到肖邦，就仿佛是听到了妈妈的声音，所以，无论面对再怎么难受的事情，都不要紧了。

苏见心依然喜欢听肖邦，但再也不会去碰触钢琴。

就如同，从此以后，苏见心对这世界上的那些，与爸爸一般的异性，心底藏着深深的恐惧一般，她也恐惧着钢琴。

八

"这是只有戴乐是特别的原因吗？"唐成周问。

她点点头。

戴乐，会弹钢琴的戴乐。他弹的肖邦，有着治愈苏见心的魔力，所以她才不会对他产生恐惧，所以，她才能跟他毫无阻碍的交流。

只有戴乐是特别的。

然而……

苏见心看着门开了，在助手通知唐成周之前，她飞快地推门闯了进去。

九

"你还来做什么？"没等苏见心走过去，唐成周一看到她便三步并两步地把她给堵在了门口，"不是说了，你以后不能来了吗？"

"我……"

"在知道了我就是杀害戴乐嫌疑人的情况下，你身为无辜牵涉进来的人，特别是倾慕戴乐的女人，此刻还来见我的举动有多可疑，我上一次就说过了吧？"

"可是……"

"回去，马上给我回去，有什么事我再打电话……"

唐成周的话没有说完，苏见心早伸手抱住了他。

唐成周张开双手，看着扑在自己怀里的苏见心，无声地动了几下嘴巴。

"唐成周，成周，阿周，我们逃走吧！"把脸埋在唐成周怀里的苏见心，抱他抱得很紧，仿佛一松手，他就会不见了。

"趁着还没有人发现之前，我们逃走好不好？"苏见心抬头，看着唐成周，"去一个谁也不认识我们的地方，一起走。"

唐成周注视着苏见心，好一会儿，才轻轻地揽住了她的腰，把她脸颊上的发丝捋到了她的耳后，低头，在她额头上轻触了一下，"忘了我说过什么了吗？"

苏见心摇头。

"我不会让你有事的，但是，如果逃走，我就做不到了。"

"我不在乎，我们，我们都是一样的，只要我们……"

"我在乎。"唐成周打断了苏见心的话，把她推出自己的怀里，在打开门之前，提醒："我只能做到不让你出事，其他的，我无法承诺你，你懂吗？"

苏见心被推出门外，看着唐成周关上门，眼角一下就红了，使劲捶了捶那道门："我知道，唐成周，你嫌弃我对不对？你觉得我是累赘、麻烦，一点儿配不上你，对不对？"

门里面的唐成周不吭声，拳头握得死死的，抿住嘴唇，通红的眼瞳冒着愧疚与愤怒。

那女人，一点儿不知道像她这样的举动会造成什么后果吗？

十

苏见心不理会唐成周助手惊诧的眼神，飞快地走了出去。

她的心理问题，在这些年的治疗下，一点一点地减弱了，虽然在工作与生活中，她依然避免与异性过多的交往，但在必需的应酬时，她已经能很好地应对了。

这都归功于唐成周。

并且，除了戴乐以外，他是第二个，她可以正常交流的男人。

不恐惧，不惊慌，不觉得恶心。

假以时日，或许，她还会发现更多这样的男人。

但戴乐——

她以为，她终于可以摆脱对戴乐的依恋了，然而，在得知他与原子慧的出国计划时，她依然，很生气。

有种被抛弃的愤怒感。

这些年来，苏见心对戴乐的爱慕，成为了支撑她活着的信念。

戴乐是特别的。

尽管苏见心的心理问题在好转，但并不代表，她可以接受得了与戴乐的分离，尤其是，这个男人，她与他，一直维持着这么长久的爱恋关系，毫无征兆的，他连理由也不说明，就想离开。

骗子，他明明说过，他利用原子慧拿到想要的东西就会分手的。

但戴乐否认她与他的一切时，她生气，很生气。

这么多年了，苏见心相信他，视他为唯一，而他竟然，把她与他的关系说得那么不堪。

所以，苏见心一气之下，杀了他。

她并不想杀死他的，可是，不过就是一下而已，就杀死了他。

如果，这一切都没有发生就好了。

那样，等苏见心完全好了，或许可以正常地与别的男人交往，恋爱、结婚、生子。

但现在，已经不可能了。

苏见心站在大楼外面，仰头看着天空，好让自己的眼泪流回去。

唐成周说，她不会出事的，他会保护她——以把自己变成连环凶手的方式。

可是，苏见心能让唐成周就这么承担了自己的罪过吗？他是杀人凶手，她也是。

只要逃走，他们或许会得到幸福的。

但唐成周不愿意。

为什么？

明明，他们可以的。

十一

"苏见心？"

她听到了一声呼唤，以为是唐成周，回头，看到的是有点眼熟的陌生男人。

"苏见心，真的是你啊，你也在这个时候来看病吗？真巧啊！"

她没有理会那男人，转身就走，却被那男人抓住了胳膊。

"我说，苏见心，你也太没礼貌了吧？好歹我是你校友啊，一个招呼也不打？"田归元有点愤恨，"你也太过分了吧？"

苏见心看着田归元抓着自己的手，猛地甩了出去。

"你……"田归元脸涨得通红，忽然举起手便朝苏见心挥过去，然而在中途却被人截住了。

"你想干什么？"唐成周从窗户看到了田归元纠缠苏见心的一幕，直接跃过窗台赶到了苏见心身边，刚好拦下了田归元的手，"一个大男人在公众场合对女人施暴，不觉得丢脸吗？没有足够的魅力吸引异性却还迁怒于女人，这样的男人真是难看至极。"

田归元抽回了手，看看四周抛过来的鄙视，脸一阵青一阵白地夺路而逃。

苏见心感激地看着唐成周，刚要说什么，另一个声音叫了起来，"啊，是阿周啊。那是你的病人吗？"

是个老妇人，带着说不清的情绪，打量着苏见心，声音里毫不掩饰地流露出轻蔑的意味，在听说她是唐成周的病人时，有几个行人也开始注意到她了，苏见心局促地躲到了唐成周身后。

"我送你出去。"唐成周没有理会老妇人，护着苏见心就走。

"我说，唐成周，你还真是不孝啊，见到你妈还一句招呼都没有，什么心理？"老妇人鄙夷地看了苏见心一眼，再看着唐成周，"她是你病人啊，长得倒是人模人样的，可惜跟你一样，都是心理变态、神经病。"

唐成周一下站住了，转头看着养母，见那女人脸上得逞后的洋洋得意，"你做母亲的也很称职啊，我知道你，别的都不会，唯一的优点就是当众诽谤他人。"

"我诽谤？笑话。"连香泠毫不在意，"你被查了吧？对吗？因为李忠国的案子，被记者啊、警察啊，问话了吧？啊，你呀，当初似乎就是被人拐走的，李忠国不是人贩子吗？因为这个，你杀了他？那些记者啊警察啊都在怀疑你吧？对吗？"

唐成周的脸色变得难看起来。

"哟，看你这表情，我说对了啊！"连香泠一拍手掌。

"所以啊，你也不能责怪我不孝，身为母亲，竟然非常希望自己的儿子是凶手，我也是第一次见识到呢。"唐成周猛地笑了起来，"幸亏我不是你的亲生儿子呢，不然肯定心理出问题。只是，如果我当年是被拐儿童，那你也进行过买卖儿童的非法活动呢！说来，不知道警察那边有没有就这事问责过你呢？要没有，需要我去提醒一下他们呢？或者，直接告发你比较好？"

连香泠的脸白了。

在一边听得真切的苏见心这个时候才明白：百般刁难唐成周的，竟然是他的养母，忍不住抓住了他的手，却感觉到他的手在微微发颤。

"阿——唐医生？"

唐成周低头，看到了写满担心的一张脸，笑了笑，"我没事。"

第十一章 你非真凶

一

接到田归元的电话时，项维很是有点意外。

"你说什么？"

"我是说，那个苏见心，绝对跟戴乐的死有关。"

隔着电话，项维都听得出田归元语气里的酸味儿，"你是要提供线索吗？找警察比较好吧？"

"不，你不是也在调查戴乐，不，那个'十二日的肖邦'吗？我现在就跟你说，一定跟苏见心有关。"

"理由呢？"

"一，肖邦是苏见心最喜欢的钢琴音乐；二，苏见心与戴乐绝对另有隐情；至于三嘛，你知道吗？苏见心心理不正常。"

"你怎么知道？"项维问。

"我不但知道，我还知道她偷偷地去看心理医生，还跟那心理医生有一腿。"

项维没想到田归元连这也知道，"你在调查苏见心吗？"

"谁有兴趣去查那疯女人？"电话里传来田归元的冷笑，"是我最近中暑了，去中西医药医院拿药的时候遇见了苏见心，那心理医生叫什么来着，唐成周？可厉害了，为了那女人还跟他妈吵起来了，对了，这唐成周也不正常，他家的关系也很复杂，似乎是……"

田归元把今天在医院发生的事情添油加醋说了一遍，项维听完，好长一段时间没有反应过来。

苏见心还去见唐成周？为什么？

唐成周就是杀害戴乐的嫌疑人，换成是与戴乐维持了六年多感情的恋人，不是应该对唐成周恨之入骨吗？但她竟然还去见他？

被唐成周胁迫了吗？

但听起来似乎不像。

项维挂了电话，看着自己列出来的两件凶案的关系图。

警方那一边针对唐成周，重新调查戴乐一案，但没有找到六月十二日下午四点到六点，证明唐成周曾经在戴家出入过的目击证人。

唐成周策划的这两件凶杀案，还真是天衣无缝。

毫无办法了吗？

还是项维遗漏了什么？

项维细细地过了一遍两件案子的案情，看着两个遇害现场的相片，把尸体被发现时的相片，拿了起来。

那是戴乐躺在床上，以及李忠国倒在地上的相片。

这里的这个漏洞，自己怎么没有察觉？

项维惊奇地睁大了眼睛。

二

"你认识戴乐吗？"

唐成周看着又一次闯进家里的项维，皱起了眉头。

"你认识戴乐吗？"项维又问了一遍。

"认识又如何，不认识又如何？"

"你若是不直接回答我，我可以去找苏见心核实，并且，"项维强调，"并且我知道她会撒谎，自从我接触她以来，估计，她也没说过多少真话，所以，这一次，我会直接让警察把她拘留回去问话，或许能节省点因为她撒谎而浪费的时间。"

唐成周瞪着项维，项维毫不示弱。

"定义一下你说的认识，是深入交流的认识呢？还是平时寒暄的认识？或者是，与只能在新闻报纸上见到明星名人的那种认识？"唐成周问。

"我说的认识很简单，你跟戴乐见过面吗？"

"为什么你会这么认为？"

"或许你们因为苏见心的问题，曾经，促膝长谈过？见一下面，打一两个电话，或者，去过戴家？"

"怎么可能？"唐成周摇头，"苏见心跟我说的关于戴乐的一切，都是保密的信息，我怎么会去找戴乐？况且，戴乐并不知道苏见心的心理问题。"

"你相信苏见心说的话吗？"

唐成周不明白项维指的是什么。

"对苏见心来说，只有戴乐是特别的，她甚至在戴乐有了未婚妻后，还能忍气吞声做他背后的第二女友，维持了六年的感情，你觉得，在这六年里，苏见心不会把自己有这个心理问题的事情告诉戴乐吗？"

项维说。

"苏见心是个自尊心很要强的女人，为了不让戴乐因为这个心理问题看不起自己，很有可能隐瞒了六年。"

"而苏见心是个女人，女人在恋爱中是盲目的，她又偏偏是个有心理缺陷的女人，在挽留感情的过程中，你确定她不会说出这个问题，利用戴乐的怜悯之心赢取同情吗？"项维反问，"还有，就我的了解，苏见心是个喜欢撒谎的女人，你确定她对你说的事情都是真实的？"

"我不想跟你谈论这个。"

"那你可以直接回答我的问题。"

"而你的问题是？"唐成周问。

"你去过戴家见过戴乐吗？"

唐成周顿了一下，回答，"没有。"

项维笑了，"你确定？"

"确定。"在项维笑的那一刻，唐成周意识到哪里不对，但依然很干脆地回答。

"是我错了，你没有杀戴乐。"

"什么？"唐成周错愕。

三

"你没有杀戴乐。"项维肯定地说，看着唐成周的脸。

那是很奇怪的表情，比他望着李忠国时的表情，更加古怪，大概，唐成周是他见过的，单用脸，就能诠释出非常丰富内容的极少数人之一。

"我从一开始就说了，我不是'十二日的肖邦'，当然没有杀戴乐。"

"不，压根儿没有叫'十二日的肖邦'的连环凶手，你依然有杀害李忠国的嫌疑，但你不是杀害戴乐的凶手。"

"是吗？证据呢？"

"听起来，你似乎很失望一样。"

"我说，证据？"唐成周问。

"你很希望我继续怀疑你有杀害戴乐的嫌疑吗？"

"胡说什么？"

"我觉得，你是在代人受过。"

唐成周猛地把身子往后靠在了椅背上。

"啊，不用进修心理学我也知道，此刻你下意识地跟我保持距离的肢体语言，是因为对我产生了戒备之心，所以在做出防御，也就是说，我说对了，你是在代人受过。"

唐成周笑了，"胡说，我只是腻烦了你的假设。"

"是苏见心，对吧？"

"证据？"

"警方查到六月十二日那天下午有疑似苏见心的女人在戴乐家附近出入，但因为没有在戴家发现她出没的迹象，所以排除了她的嫌疑，然而，鉴于犯罪现场已经被人清理过，也会有苏见心其实在那一天去过戴家，留下了痕迹，但那痕迹却清理掉了的可能。对吧？"项维道，"如果这个可能性成立，那就是说，六月十二日下午四点到六点，苏见心并没出现在你的诊疗室，而是在戴家。"

唐成周摇头，"不，不对，那一天她预约了，那个时候她一直跟我待在一起，这个可能性是不成立的。"

"关于苏见心的不在场证明，稍后我会再核查一次的，先把苏见心的这个问题放到一边，我们来讨论一下，为什么，你不可能是凶手的原因。"项维说着，把犯罪现场的相片掏了出来，挑出几张放到了唐成周面前，"看，这就是两件案子的现场，受害人遇害时的情形，你一定没见过吧？看一看。"

唐成周瞥了一眼，示意项维继续。

"我们来看戴乐遇害时的具体情景，一，戴乐是在二楼自己房间里遇害的；二，现场没有发现强行闯入的迹象；三，戴乐的尸体是，这相片上就是了，是倒在床上——当然，衣装整齐地倒在床上，这就是关键了，你看出来了吗？"

唐成周不明所以，项维再度笑了。

"戴乐的姿势是被人用重物，一个奖杯，砸在了头上，然后倒在床上的，所以我们来分析一下他倒在这里的姿势，看，他的头是朝向门口的，对吧？"

"这能说明什么？"唐成周问。

"命案是发生在戴乐的房间里的，现场又没有发现强行闯入的迹象，一个男人，会把什么人带进房间里？虽然跟女人房间的隐秘性相比，男人对于带进房间里的客人要求低很多，但，绝对不会把一个陌生男人带到房间吧？无论是聊天儿也好，看球也好，除非是，就戴乐的情况，朋友、父母、妹妹、未婚妻，还有，苏见心，但如果是你，从来没有跟他见过面的男人，戴乐不会把你带进房间的。"

"如果，是凶手逼迫戴乐进了他的房间内呢？在没有造成任何破坏的情况下？"

"这是最有趣的一点，戴乐房间里的物品，除了凶器，并没有失窃或是损坏什么，那你假设的凶手逼迫戴乐进了他的房间，是为什么呢？就算你的假设成立，凶手在没有制造强行闯入迹象的情况下，逼迫戴乐走进了自己的房间里，那么，在进入房间的那一刻，面对怀有恶意的男人，戴乐不应该背对凶手的，是吧？想象一下你在被人威胁下进入了房间，你会走到戴乐倒下去的那个位置吗？那是房间最里面也是最隐秘的位置，就如同在客厅里，一打开门，你面对有敌意的来客一般，你会站在门口，或被迫退后几步，防御着，警惕来客会干出什么事情，但永远不会背对着敌人，而是全身戒备，与敌人面对面。"项维演绎着，然后指指相片，"你可以参考李忠国遇害时的情形，他就是这种状态，但戴乐不一样。"

"从戴乐受害时的倒下姿势可以看到，他待在房间最里面，完全背对着门口，这意味着凶手是个与他亲近，或者，极度亲密的人，能让戴乐进入自己的房间，又能在这种毫无防备的情况下进行攻击的，只能是熟人。"项维下结论道，"不是你，戴乐不可能把你请到房间这种私密的空间，并在这种完全放松的状态下被你所害。"

唐成周此刻看着戴乐倒下的尸体，无话可说。

四

"所以'十二日的肖邦'是不存在的，戴乐是被另一个人所杀害的，这个人，可以进入戴乐的房间而不让戴乐防备，同时却带着对戴乐的恨意，从这点来看，有一个人符合这个描述。"项维看着唐成周，"她就是苏见心。"

唐成周想说什么，被项维用手势打住了。

"自从查到了她与戴乐一直在秘密交往后，她的杀人动机就很明显地浮现出来了，另外，不在场证明，她的不在场证明是你提供的，然而，我觉得在这一点上，不是苏见心撒谎了，而是你撒谎了。并不是她在给你做伪证，而是你在掩盖她曾经出现在戴家的真相。那个虚假的证明，不是为了你而做的，而是为了她而做的，对吧？"

唐成周摇头。

"你从苏见心口中知道了谋杀戴乐的经过，为了伪装成他人所为，你篡改了，不，即便没有篡改，那个时间段确实苏见心与你有约，但迟到了一个多小时的是苏见心，而不是你，也说得过去的，因为你们可以串供，制造成是你迟的事实，那样，别人不会怀疑苏见心，而即便怀疑你，因为你不是凶手，所以绝对查不到任何线索。非常好的障眼法。"项维说。

"你知道了苏见心谋杀了戴乐后，还为你提供了另一个便利的条件——那个时候你已经在策划如何杀死李忠国了，利用这些细节，你制造了第二个相似的杀人案件，'十二日的肖邦'就此诞生了。这是一举两得的事情，对吧？一，帮苏见心掩盖了罪行；二，因为产生了与第一件案件的联系，也不会有人怀疑到你身上。所有人都以为这是同一个凶手犯下的两个案件，警察那方面的调查也被误导了，因此这两件案子才难以侦破。"

"你在我开始调查不久，就已经主动跳出来吸引了我的注意力，并且表现得急于提供六月十二日那天的不在场证明，泄露苏见心的病人资料，这些，都是想让我把视线转移到你身上吧？"

啪啪啪啪。

唐成周鼓起掌来，"好推理，不过，我跟你说，你错了。"

"错了？"

"对。"唐成周说。

"错在哪里？"

"你的推理是建立在苏见心杀了人的虚拟条件上的，假设，戴乐真是苏见心杀的，你觉得我会为了苏见心主动承担杀人罪行吗？"唐成周看着项维。

项维一怔。

"你也说过了，苏见心是个满嘴谎言的女人，她是我的病人，你以为，在治疗过程中，我没发现这一点吗？"唐成周冷哼，"对我来说，她不过就是个病人，我为什么要为她做如此大的牺牲？"

"因为——"项维想起了那个明亮的房间，"因为你爱她。"

唐成周惊异地看着项维，想笑，又笑不出来，无奈地摇着头："不可能。"

项维也摇头，"你以为我没见过你看她的眼神吗？"

"那是你的错觉，你不过是想要让我承认我为苏见心提供了虚假的不在场证明而已。可是，我跟你说了，我没必要这么做，不，我不会为这个女人这么做。"唐成周下逐客令，"如果你怀疑她，最好找其他的证据支持你的说法，而我这里，很明确地告诉你，六月十二日下午四点到六点那段时间，她跟我，就在医院。"

"那你离开的一个多小时去了哪里？"项维问。

"几个月之前的事情了，我记不太清楚详细情形，或许我是去医院的其他部门办事去了，或许我去见了我养母，总之，你可以跟我的助手核实，那个时间段，她就在这里。"唐成周最后说，"我倒是想看看，你除了怀疑不在场证明不完整的我，还怀疑有确凿不在场证明的苏见心外，还能查出点什么？"

五

再追究唐成周的不在场证明已经毫无用处了。

戴乐不是唐成周杀的。

真的存在"十二日的肖邦"吗？是因为自己一开始，怀疑的对象错了，所以才找不到真相？但如果，"十二日的肖邦"这个连环凶手是不存在的，那么这就是两个独立的案子，而使得这两个案子的情况那么相似的原因又是什么呢？

戴乐被杀，种种迹象显示是亲近的人干的，目前来看，最大的嫌疑人是苏见心。但苏见心却有唐成周提供的不在场证明。

要怎么证实那个不在场证明是假的呢？

如果苏见心那个时候出现在戴家，她是绝对不可能出现在唐成周的诊室的。万一，她的不在场证明是真的呢？

苏见心没有杀戴乐，那有杀死戴乐的动机的，会是谁？

项维重新把与戴乐的遇害相关联的名字圈了出来：戴父，戴母，戴小玉，原子慧，苏见心，叶海兰。

警方曾经说过，怀疑戴乐的死是情杀，所以调查过原子慧，因此，有嫌疑的人除了苏见心，还有，原子慧？

项维苦笑起来。

他竟然也怀疑起原子慧了。

不过，怎么看，原子慧杀害戴乐的动机都不充分，两人已经即将举行婚礼了，并且，为了洗脱嫌疑，甚至把自己找来帮忙查找真凶，会是她吗？

项维摇了摇头，回到苏见心身上。

有什么办法，可以推翻那个不在场证明？或者说，在遇害现场，有什么可以证明苏见心曾经出现过？

即便是些微的细枝末节也好。

那样，目击证人曾经见过疑似苏见心出现的事实就能得到支持了。

戴乐现场的第一目击者是，戴乐的妹妹戴小玉，以及她的同学叶海兰，重新找她们谈一谈吧！

六

在重新询问过戴小玉后，项维去找同样身为第一目击证人的叶海兰。

叶海兰不仅是戴小玉的同班同学，还跟这两兄妹是童年玩伴，感情要好。所以戴乐生日那一天，她才会出现在戴家。

据戴小玉说，两人把生日蛋糕带回家后，她跟叶海兰一起来到了戴乐房间，敲开了门，才发现播放着肖邦音乐的房间里，死去多时的戴乐。

项维敲开了叶家的门，叶家当时只有叶海兰的母亲何燕，听项维说明来意，何燕站在门口显得为难："我想想，兰兰她，应该还在学校呢，高三了，很多功课要补，每天都上完晚自习才回来。"

"那，那你估计大概是什么时候？"

"上完晚自习的话大概得8点才结束，兰兰回家要半个小时。"

项维看了看手表，发现才6点不到，"我能问你一点儿关于你女儿的情况吗？"

"那个，什么情况，你问吧。"何燕站在门口，丝毫没有请项维进门的意思，项维没有在意，刚要开口，便听到背后传来了一声："妈，发生什么事了？"

项维回头，看到了叶海兰，短头发，方脸蛋，神情看起来有点焦急，双颊红扑扑的，大概是赶路的缘故。

"没什么，是来找你问乐乐哥的事儿。"

"还要问？"叶海兰显得有点生气了，走到项维面前盯着他，"你就知道找我们问一次又一次的，就没有能耐捉到凶手。"

"啊，破案也得一步一步来嘛。"

"还一步一步呢？万一你那一步一步没成，那个'十二日的肖邦'又杀人了怎么办？"叶海兰扬了一下下巴，示意母亲让开，把项维请进去，"你想问我什么？"

何燕显得为难，"小虎还在里面睡觉呢，我是怕陌生人来了会把他吵醒。"

"没事的，妈，很快就好。"

不一会儿，项维坐在红木沙发上，打量了一下屋子：成套的红木家具——沙发桌子柜子，洋溢着一股传统家庭的气息，装饰也是些火红的中国结、对联书画等等，一旁悬着的挂历倒是比较有现代气息，都是新款汽车的图案，日期上用笔圈出来的日子，似乎都是周五那一天，还特意写上了批注。

"你妈说你要在学校上晚自习，那么快就回来了？"

"对的，今天不用。"叶海兰看着母亲走进弟弟叶小虎的房间，把门关上，回头在项维面前坐下。

"你还记得戴乐死那一晚，你去戴家的经过吗？"

"记得啊。那天我们约好了要给戴乐哥庆祝生日的，我跟小玉放学后去蛋糕店拿了蛋糕，就一起去了她家。一进门就听到戴乐房间里传来的音乐声，所以我们就去叫他了……"叶海兰的声音慢慢小了下去，"然后看到戴乐就那样躺在床上，我们当时都吓坏了。我以为世界末日来临了一样，天摇地动的，好一会儿我才推醒了小玉，当时小玉就大哭起来……"

"然后呢？"

"然后原子慧也出现了，她就报了警。"叶海兰很快地擦了擦眼角。

"当时，你有没有注意到现场有不太寻常的地方？比如说，让你觉得奇怪，或者是不舒服的地方？"

叶海兰想了想，摇头。

"真的没发现吗？"

"那是我第一次见到死人呢！而且——"叶海兰飞快地看了一眼项维，"警察不是说什么都查不出来吗？警察都查不出来的事情，我怎可能会发现什么？"

"啊，你知道得这么清楚啊？"

"小玉说的，她说警察好没用，竟然那么久了都没查出那个'十二日的肖邦'是谁。"叶海兰鄙视道，"虽然原子慧说是因为凶手太狡猾，把现场清理干净了没留一点儿线索给警方，还让警察怀疑到她头上了，但，警察不是应该比我们，比凶手都聪明吗？所以果然是因为警察不能干的缘故，你也一样。"

项维搔了搔头，不好意思地笑笑，"如果你能提供多一点儿信息，或许能帮我们快点破案，不是吗？"

"可我知道的就这么多啊！"叶海兰道，"你怎么不去问问原子慧？她是大人，应该比我们注意到的东西多才是。"

"会的，我会的。"

七

目送项维离开，叶海兰长长地吁了口气，关上门，看到从弟弟房间里探出头来的母亲张望："那个记者，走了？"

"走了。"叶海兰挽起袖子，走进了厨房，"妈。你今天想吃什么呢？"

放下心来的何燕笑逐颜开，跟在叶海兰后头，"哎呀，兰兰上学辛苦了，你先去休息一会儿，晚饭妈来做。"

"你行吗？"

"行行，可别小看妈了，妈做饭可好吃了，我今晚啊，做你喜欢吃的姜汁排骨跟小虎的至爱咕噜肉，你帮妈去看着小虎啊。"何燕用眼神示意叶海兰出去。

叶海兰走出去，回头，看母亲一直盯着自己，她不得不推开弟弟的房间，走进去，再看母亲，何燕已经放心地回头做她的饭去了。

叶海兰掩上门。

叶小虎的房间里一切都那么井然有序，天花板被漆成了天蓝色，墙壁上是彩虹，墙脚是绿色，桌子椅子是配套的，墙上花朵样式的挂钩上，挂着四个崭新的蓝猫书包。

叶海兰走到弟弟的床上，坐下，木然地看鼓囊囊的被子。

戴乐。

提起这个名字，叶海兰深深地叹了口气，觉得心口发疼。

"乐乐哥，我长大了，给你当新娘好不好？"

"好啊！有小兰兰这么漂亮的新娘子，乐乐哥很高兴呢！"

十四岁那年，穿着小雏菊碎花裙子的叶海兰在河堤边仰起草帽下的小脸，认真地问比自己高许多的戴乐。

戴乐笑着，递给她一枝刚从草丛里摘下的黄色的小菊花。

叶海兰高兴地接过那枝菊花，笑得通红了脸，羞涩地低下头去。

可是，就在那一年，戴乐就认识了能站在身边自称是他女朋友的女人。

一年后，他跟她订婚了。

三年后，他跟她要结婚了。

叶海兰拼命努力地成长着，却依然追不上他跟她的速度。

而且，据说，戴乐要带着未婚妻，去一个遥远得很可怕的地方，自己或许永远也抵达不到的地方。

以后自己就再也见不到他了吗？

那怎么行？

有什么办法，能阻止这一切呢？

叶海兰记得那一天，知道戴乐要离开的消息时，她觉得自己忘了呼吸。

戴乐跟另一个女人在一起是一回事。他离开这里，自己再也见不到他，是另一件更为严重的事情。

"戴乐，你要离开这个城市？什么时候决定的事情？"叶海兰觉得自己每呼吸一次，身体里的痛楚便增加一分。

不知道什么时候起，叶海兰知道自己在戴乐眼里的形象，不过是个跟戴小玉一般年纪的妹妹后，她就不叫他"哥"，直接唤他的名字。

"一年前，这是工作的事情。兰兰你可就是高三生了啊，专心在你的功课上，别想些有的没的。"戴乐爱昵地看着叶海兰，"要跟小玉考同一所大学吗？"

"你走了，小玉怎么办呢？"叶海兰问，却没说出下一句：我，怎么办呢？

"我妈打算回来照顾她一年，一年后你们就上大学了吧？都是准成年人了，不需要我照看了。"戴乐笑，"再说，不是还有你在小玉身边吗？有你看着她，我很放心。"

叶海兰一连几天失魂落魄。

今年的生日会，是叶海兰最后一次替戴乐庆祝了吗？

六月十二日那一天，叶海兰背着鼓囊囊的书包，里面装满了送给戴乐的礼物，跟在戴小玉身后，一路都在失神。

"你能不走吗？"这句话叶海兰没有问出来。

就像以前很多次，她哀求："你能不要她做女朋友吗？"

"你能不跟她订婚吗？"

"你能不结婚吗？"

她知道结果。

没有用。

所以，这一次，自己也只能看着戴乐，为他的未婚妻披上白纱，带

134

着她远走高飞。

留下自己一个人。

或许渐渐有一天，戴乐会完全忘了自己的存在。

当与戴小玉循着音乐声推开房间门的时候，她一眼便看到了躺在血泊中的戴乐。

奇怪的是，确认到戴乐死了的这个事实的同时，她满怀的悲伤猛地被一股不知道从哪里涌出来的喜悦所取代。

这下好了。

戴乐再不会属于任何女人，也不能去一个自己永远也去不了的地方了。

叶海兰眨巴着眼，看着窗口上映出来的自己的那张脸。

自己，真是个恶毒的女人。

"兰兰，小虎，出来吃饭了。"何燕说。

"哎！"叶海兰飞快地抹去了脸上的两行热泪，快步走了出去。

第十二章　疑点

一

原子慧手里拿着个掸子，看着翻倒的凳子底下结成网的蜘蛛丝，皱了下眉头，使劲地用掸子把网清得干干净净。

项维站在工具房门口，看着被原子慧整理出来，已经打扫得干干净净的其他闲置物品，"你听到我刚才说的话了吗？"

原子慧回头，看了项维一眼，从水桶里捞起了抹布，拧干，使劲地擦起了凳底，而后是凳脚。

"听到了，你是说，不是唐成周杀了戴乐，是苏见心，对吧？"

原子慧背对着项维，看不到此刻项维脸上均是尴尬的神情。

"所以，我一早说了，就是那女人干的，你还不信。"

项维找到了之前曾经目睹过疑似苏见心的女人在六月十二日那天，于戴家周围出入的目击者，请其辨认苏见心的相片，证实那一天见到的女人，确实是苏见心无疑，而且其时间亦吻合命案发生的时间。

就是说，如果苏见心是凶手，那她很有可能出入过戴宅，在凶案发生后，她抹去了一切可能追查到自己的痕迹。

项维请求原子慧再次回忆案发当天，她所见到的一切。

当原子慧听说嫌疑人又变成是苏见心后，一时反应不过来，"苏见心？你不是说，她的心理医生才是凶手吗？"

"对，但以戴乐死亡时的状态，苏见心的嫌疑更大。"

"你肯定？"

"无法肯定，所以才需要你们重新想想，或许我们遗漏了什么，比如说，可以把苏见心与命案现场联系起来的线索。"项维问，"你还记得当时你出现在现场时，有没有觉得什么很可疑的吗？"

"现场不是已经交给警方处理了吗？他们什么都没发现。"

"我是说你当时，有没有发现什么异常的情况？或许，你当时没注意到的？"

原子慧仔细地想了想，摇头，"你应该去找戴小玉跟叶海兰。"

"我已经找过她们了，两人都还是学生呢，遇见那种场面，估计早吓坏了吧，什么都没注意到。"

"那你觉得我就不会被吓坏吗？"

"不是。"项维苦笑，"只是估计你比她们要冷静，注意到的东西或许比她们多。"

"很遗憾，我帮不上忙。"原子慧把抹布扔进了桶里，"要是现场没被处理得太干净，留下了苏见心的蛛丝马迹就好了。"

"你跟戴乐的关系，曾经有变化过吗？"

"什么意思？"

"现在你知道了戴乐一直背着你在跟苏见心交往，在你不知道之前，你们的感情，有没有什么因为外来因素变得不稳定，或者是不顺利的？"

"就是因为太顺利了，所以我才从来没有怀疑过他。"原子慧想起了戴乐，脸上闪过了一丝鄙夷，"要早知道了，我一早跟他分了。"

项维无奈。

找不到确定苏见心到过现场的因素，更加找不到苏见心杀害戴乐的动机。

苏见心的养母萧莎莎说戴乐是她唯一能正常对话的男人，加之戴乐跟她的感情一直隐瞒得很好，似乎亦没有变故，那苏见心杀死戴乐的理由是什么？

对于唯一能交流的男性，在今年就要结婚移民了，是因为这一点吧？

苏见心接受不了戴乐抛弃自己的事实，愤而杀人？

拿这一点质问苏见心，估计她也不会承认吧？

二

项维早早地来到了绿湖公园，看着灰蒙蒙亮的晨空下，人影陆续多了起来，项维慢慢地跑过人工岛，经过九曲桥，等着。

他在等唐成周露面。

在项维看来，唐成周是把两件独立的案子别有用心地联系起来的关键。

戴乐不是唐成周杀的，但毫无疑问，他是杀害李忠国的凶手。

在发现李忠国后，在绿湖公园，这个李忠国经常活动的场所里，唐成周观察、跟踪、收集关于他的一切信息，包括住所、工作、平时作息，他以晨运为幌子，这么几个月以来，频繁地出入文荆小区，就等着一个时机，除掉李忠国。

可以想见当唐成周从苏见心口里知道戴乐被害时的情形时有多惊喜，这给了他契机，也给了他遮人耳目的手段，他如愿杀死了李忠国。

但，为苏见心提供不在场证明，甚至不惜将嫌疑全部集中在自己身上这一点，项维倒是没有想透。

他原本以为是唐成周迷恋苏见心的缘故，可唐成周否决了这个说法。

唐成周只是不愿意承认他对苏见心的爱意吗？还是有别的原因？

如果是，那是什么原因，让唐成周甘愿做如此的牺牲？同病相怜吗？不，仅仅这一点，似乎并不足够。

"这不是，项维？"

项维在失神中被一个声音唤醒过来，他看到叫住自己的是夏春好，一段时间没见，她整个人都衰老了很多，眼窝更深了，皱纹更多了。

自从自己珍藏了几十年的全家福相片在李忠国的房子里被发现，并以那么隐蔽的方式跟那么多孩子的相片一起被藏了起来，夏春好心里大概在那一刻已经明白发生过什么事情，即便那一刻不明白，在接下来的新闻报道里，估计也知道了李忠国的真面目。

她是怀着什么样的心情，怎么撑过来的？

项维坐到了夏春好身边，看着解散的合唱团成员一个接一个地走了。

"夏阿姨，你还好吧？"

"好，好。"夏春好点着头，给了项维一个笑容，背后不知道隐藏了多少年的悲伤，"你还在找那个凶手吗？"

项维点点头。

"你啊，要是找到了，帮我跟他说一声，谢谢了。"夏春好说着，眼圈忍不住一红，眼泪就落下来了，"他是做了一件大好事、大实事，我感谢他，不然，我这个老糊涂的家伙——"

项维伸手，在夏春好后背拍了拍。

"我就是个老糊涂，东东被他骗了，我也被他骗了。"夏春好悔恨地摇头，"现在想想，太不应该了，我就不应该相信他的。"

项维找不出话来安慰夏春好，只静静地陪着她，同时在注意从跑道上经过的路人，守了许久，却再没见到唐成周的身影。

奇怪？

"夏阿姨，你这几天的这个时候也在绿湖公园吗？"

"对啊，不拣垃圾了，也习惯了这个点来这坐坐。"

"那你还见过唐成周吗？"

"谁？哦，就是你怀疑的杀了李忠国的那个小伙？"

项维点头。

"没了，这几天都没见着他了。"

是因为不需要利用晨运以及借道文荆小区，所以再没有来这里的必要了吗？或者是，因为识破了他的诡计，干脆不再演下去了？

夏春好这个时候撞了撞项维的胳膊。

"项维，她们，是不是也被他骗过？"

项维看到了推着荧光绿的山地车，与母亲何燕一起朝这边走来的叶海兰。

"为什么这么说？"

"我，碰见过一次，她们找他，说话很凶的样子，那个时候没能理解，现在，想明白了，她们，是不是认出了他就是个人贩子？"

项维搔起了头。

三

何燕跟叶海兰也是为李忠国所害的牺牲者？

不对啊，李忠国是人贩子，他干的是拐卖儿童的勾当，叶家只有两个孩子吧？叶海兰跟叶小虎，他们都还好好的吧？叶海兰母女怎么会跟李忠国起争执的？

再度登门造访的项维，开门见山地问出了这个问题。

"那是因为他，就是他，他害惨了我们小虎，你看看，我家小虎，他还躺在病床上，起不来。"何燕的神情惊慌同时激动起来，死死地抓住了女儿的胳膊。

"我知道的，妈，别生气，你别生气。"

"我去看小虎，我要去守着小虎。"何燕说着，飞快地折身跑进了儿子的房子，把门死死地关上，"不能让那个弥勒伯再伤害小虎。"

"你看你，大惊小怪的，把我妈害成什么样子了？"叶海兰生气。

"你妈？"

"还不就是那个弥勒伯害的，叫李忠国对吧？他当年就是想要把我弟弟拐走，我妈妈才出事的。"叶海兰的鼻子瞬间红了，"因为这事，我妈妈都有心理问题了，每次一听说小虎跟弥勒伯，就会过度紧张，看了这么多年的心理医生也没好转。"

李忠国试图拐走叶小虎？本性难移吗？难怪。

项维恍然，而后意识到了什么，看着叶海兰，惊奇之意溢于脸上，随即，视线便再次落到了圈着日期的挂历上。

上一次来的时候，他就注意到了，挂历上的每个周五，都圈了起来，写了些什么，而此时，他很有一股冲动，想看看某个日子，是不是也被圈了起来。

"那是？"

叶海兰看了一眼挂历，再看了一眼项维，没吭声。

"兰兰？"

"那是我妈妈的看病记录。"

"你妈妈的心理医生是谁？"

"唐成周医生。"

项维稍有呆滞地，站了起来，走到了挂历前面，一页一页翻到了六月份，然后指着圈起的"12日"上面的"4点~6点"，问："这一天？"

"啊，那天是我妈妈去见唐成周的时间。"

"你确定吗？"

"当然确定，虽然时间段可能有差池，每个星期去看唐医生的时间都是固定的，偶尔才会变动，再说，大多数时间我都会陪我妈去的，错不了。"

四

苏见心的不在场证明被击破了。

六月十二日那一天，也是周五，下午四点到六点，在唐成周诊疗室的病人是何燕，不是苏见心。

唐成周一定没有想到，他的病人，何燕的女儿叶海兰也认识戴乐，甚至是戴乐一案的目击证人吧? 所以他在给苏见心制造伪证的时候，没有担心过有人会查到何燕的看诊记录上，而使得他们伪造的不在场证明不成立了。

或许，他也不知道李忠国曾经拐带过何燕的儿子叶小虎? 不，应该知道，何燕是他的病人，他需要了解病人发病的原因，因此，他知道何燕也是李忠国的受害人之一，这也是促使他对李忠国下毒手的动机之一吗?

在得知了病人苏见心的谋杀事件后，为了保护病人，所以为其制造虚假的不在场证明，然后，为了帮自己，也为了给病人何燕报仇，杀死了李忠国，这简直是一箭三雕的事：一能掩盖苏见心的杀人事件，二能为自己报仇，三能给何燕出气。

这就是唐成周做这一连串事件的心理吗?

项维阐述着自己的见解，末了，看着呆呆地坐在地上的苏见心："六月十二日那一天，你去过戴家，对吧?"

苏见心渐渐从震惊中平复下来，摇头，"不，没有。"

"警方调查的时候，已经找到目击证人，证明你那天确实在戴家附近出现过，我也拿你的相片找他确认过，你还想狡辩吗？"

"我——"苏见心一时语塞。

"再加上你跟唐成周配合提供的虚假证明，你觉得警方会相信你吗？"项维追问，"你以为你能隐瞒下去？"

"我，是的，我那天，去见过戴乐。"苏见心无奈承认。

"你杀了他。"

"不对，我没有杀他。"苏见心急切地解释，"我真的没有杀他。"

"那你为什么隐瞒你那天去见了戴乐呢？"

"我说了，我怕自己有嫌疑，所以才不想跟戴乐的死扯上关系的。那一天我就是去见了戴乐一面，那是，最后一面。"苏见心把抱枕抓得死死的，"他要结婚了，也要离开这个城市了，虽然我还没完全恢复，但是，唐医生有帮我，以后，我的情况应该可以好转的，我也用不着再依赖他了，所以，那是我最后一次见他，我不想让别人知道我在那一天去见了他，就是因为我害怕你们会以为戴乐是我杀的。"

说谎。

项维不信。

那么大费周章地跟唐成周设计不在场证明，一点儿不像是跟谋杀毫无关系的人会做的事情。

这女人已经说过太多谎话了，此刻她的说辞，不足为信。

五

唐成周的脸色铁青得有点可怕，他眼里的叶海兰的那张脸，在视网膜上扭曲变了形。

"你说什么？再说一次？"

"那个叫项维的记者，到我家调查戴乐被杀的事情，问起了我妈妈的情况，所以我就告诉他了。"叶海兰不明白地看着唐成周。

"你，认识戴乐？"

叶海兰点点头。

唐成周吃惊不小，用手托住了下巴。

叶海兰跟戴乐的妹妹均是现场的第一目击证人，苏见心不知道，报纸上面，也只提及了死者的妹妹及其同班同学，他压根儿不知道叶海兰就是这个同班同学。

这真是，糟糕。

六月十二日那一天下午四点到六点，是何燕的诊疗时间，他移花接木地把这时间伪装成是苏见心的，本以为没有人能够查到这一点的，却偏偏，叶海兰把这时间记录了下来，而且她还是戴乐一案的关系人，项维因为戴乐一案找到了叶海兰，得知了何燕是自己的病人，并查到了自己在六月十二日那一天真正的诊疗安排，真的是……，不，不仅这一点，项维还知道了何燕、叶海兰跟李忠国有所关联，如果……

"唐医生，我妈她，没事吧？"

唐成周看着叶海兰，许久，才点头，"没事，带你妈妈回去好好休息。"

"唐医生你，也没事吧？是不是我说了什么不该说的话？"叶海兰有点胆怯地问。

"没有。"唐成周摇头，"下一次，如果项维再找上门，你们最好，尽量别说话，说多，错多，明白吗？"

叶海兰笑了一声，"怎么会呢？"

"他在调查'十二日的肖邦'，你觉得，抓住了制裁之手的人，不足够敏锐到看出点什么吗？"

叶海兰的笑容一下僵硬在脸上。

没错，像项维那么聪明的人，如果继续追查下去，他会察觉到一切的。

他已经推翻了六月十二日那一天苏见心的不在场证明，自己必须做点什么，阻止项维查下去。

可是，有什么办法呢？

唐成周看着桌子上的台历。

今天恰好是十月十二日。

他转动椅子，透过打开的落地窗，望向了被红色的木棉花遮去了半边的某个窗户。

手机在这个时候响了，他接了。

"阿周，项维他，刚找过我，他已经知道了六月十二日那天下午四点到六点那段时间，你看的病人不是我，他已经怀疑到我身上了，怎么办？"

"没事，他只能证明那一天你见过戴乐，但却没有证据证明你杀了戴乐，不会有事的。"

唐成周看着那个窗户，缓缓地站了起来。

没错，他要做点什么，让项维，还有警察，都不会追查到她们身上。

他不会让她们出事的。

这是，他生命里最重要的事情。

是他的使命。

第十三章 兄长之责

一

"十二日的肖邦"落网的消息在十月十二日晚间新闻跟报纸上，都成为了头条。

当6点半的晚间新闻上播报出警察在中西医药医院逮捕真凶的一幕时，项维正把饭菜往嘴里送，愣怔过后是大惊，而后是恍然大悟，慌忙找出手机，拨通了钟克之的电话。

"啊，项维啊，你说对了，是唐成周这小子没错。今天不是十月十二日吗？这小子又犯案了，不过被抓个正着。"

"十二日的肖邦"这一次的目标是连香泠。

根据项维后来调查到的资料，住在疗养院的连香泠不日前与唐成周发生争执，医院里有多人目睹了这起冲突，大概因为如此，所以导致了唐成周后来的痛下杀手。

命案现场是疗养院的一个护士发现的。

下午大概三点左右，护士注意到从来不踏足疗养院看望养母的唐成周医生竟然进去了301房——这正是连香泠的房间，出于好奇，于是偷偷跟过去，结果发现了唐成周把连香泠推倒在地，用床头的木雕砸破了她的脑袋，护士当即尖叫起来，惊动了旁边的老人与护士，他们冲进去阻止了唐成周，同时，报了警。

"十二日的肖邦"最终落到了警察手里。

而审讯亦没有浪费多少唇舌，大概因为是在现场被人撞破的，唐成周对犯罪事实供认不讳，承认自己就是"十二日的肖邦"。

不可能。

项维心里说着，连连摇头。

戴乐一案不是唐成周干的，唐成周是杀李忠国的凶手，但他不是"十二日的肖邦"，不，确切地说，这压根不存在连环凶手"十二日的肖邦"。

而且，像唐成周那么缜密的人，也不会犯这种低级错误，想想，在杀害李忠国之前，为了不引人注意，他用了多少个月的时间造就那个让人习以为常的路人假象，而这一次选择的时机也实在非正常凶手的思维，三点左右，刚好是医院午时后正常工作不久，人流是最多的时候，在这时候闯进连香泠的房间行凶，无疑是自取灭亡。

不，他确实是自取灭亡。

项维忽然意识到了什么。在他推翻了苏见心的不在场证明后，即将找到真相时，唐成周便行凶被抓，随后承认自己是"十二日的肖邦"，将所有的罪行——杀害戴乐，杀害李忠国，杀害连香泠的罪行，全部揽上身，他是故意的。

为了替苏见心掩饰罪行，他是故意被抓的。

也正如项维所料，在得到唐成周的自白书后，警察宣布找到了这三起袭击案件的真凶，戴乐一案以及李忠国一案告破，再无人怀疑戴乐案的真凶另有其人。

二

"我不相信，就因为当众的一场口角，会让你对母亲动了杀机。"

项维看着一夜之间憔悴了许多的唐成周，实在不明白他的做法。因为密室恐惧症，被拘留后，唐成周几次休克，最终不得不适应这里的环境。

为了替苏见心受过，居然以自己的养母为目标，以被拐儿童的受害人身份解释他的动机，项维亦理解不了。

"为什么？她毕竟是你母亲啊！"

唐成周看着项维，额头渗出了细细的冷汗。

一开始是恐慌，而后是眩晕，最终因为无法呼吸失去意识昏迷过去。

然而，拘留所，不同于一般的外面的环境，在他苏醒过来后，又被关了进去，于是，又一次，被狭小密闭的空间所胁迫，感觉窒息，难以冷静，复而又全身抽搐着休克过去。折腾了几次，终于，身体被迫之下，能渐渐适应这种环境了，即便，依然很难受。

此刻，他大口大口呼吸着，竭力缓解自己的紧张，听项维这么一问，居然忘记了难受，冷冷地笑了起来。

为什么？

三

二十多年前，唐成周被连香泠带回了家，不久，便被连香泠要求着叫她妈妈。

妈妈。

原来那个妈妈的样子在他的脑海里早模糊得记不起来了，但眼前的这个是他的新妈妈，还有新爸爸。

爸爸妈妈对他很好。从他到这个家那一天起，就为他张罗了一切。

独立的房间，大床，新衣服，玩具，还有很多很多的食物。

他不用怕吃不饱了，也不怕挨冷受冻了，更重要的是，每天，他都是在爸爸妈妈亲切的歌声中或者是故事讲述中入睡的，黑暗，再也没有来找过他了。

"看我们阿周，真是太乖巧了。"他的新妈妈，连香泠疼爱地看着儿子的睡脸，高兴。

"对啊，你挑人还真有眼光。"连香泠的丈夫，唐正德也笑，"我还怕你带回个粗俗鄙陋的乡下野孩子，没想到是个这么机灵的孩子，做我儿子我也满意。"

"一开始你还不乐意呢！"连香泠瞥了唐正德一眼，得意，"看，多好的一个儿子，也不认生，他开口叫我妈妈那一声啊，哎哟，我真是高兴死了。"

"行了行了！别吵醒了成周，我们出去吧！"

有了新的爸爸妈妈后，生活就如同在童话里的天堂，时间也过得飞快。名字已经叫唐成周的他，眨眼在这个新家过了一年有多，气色、言行，完全跟之前判若两人。

"妈妈妈妈，看，这是爸爸今天给我买的变形金刚，看，还能变成一辆汽车呢。"唐成周抓着一个机器人闯进了盥洗间，正要示范如何把机器人折叠成汽车，看到连香泠趴在边上呕吐，焦急："妈妈，你怎么了？是不是不舒服？爸爸，爸爸，快过来看，妈妈生病了！"

唐正德把连香泠送进了医院，唐成周抓着机器人在候诊室外面等着，时间有点长，但最终唐正德夫妇还是走出来了，他一下跳下了椅子，跑了上去，"爸爸，妈妈她没事吧？"

"没事没事，是喜事，成周啊，你要做哥哥了。"

"哥哥？"他一怔。

"对，妈妈怀上了，是你的弟弟，或是妹妹。"

哥哥，这个词对唐成周来说很沉重。

他已经几乎忘记了妹妹的事情了，也忘记了自己曾经做过哥哥的事情。

但不知道为什么，哥哥这个词，对他有特殊的含义。或许是，约稀的兄妹之情，没有最终消逝，已经融入了骨子里跟血液中。

看着妈妈越来越圆的肚子，他越来越觉得责任重大。

他轻轻摸着妈妈的肚子，不止一次地问，"能不能给我生个妹妹呢？"

"为什么一定是妹妹呢？你不喜欢弟弟啊？"爸爸笑。

对，为什么一定是妹妹呢？他不知道理由，只是觉得，如果是妹妹，他或许能弥补一些遗憾。

多少个夜里，他摸着孕育着妹妹或弟弟的肚子，轻声喃喃："我会好好对你的，我会好好保护你的。"

他开始设想将来做哥哥时的光景，为未来的弟弟或妹妹准备玩具，用黏土做的礼物，用彩铅画的全家福，放在了婴儿房。

唐正德看着婴儿房里儿子做的一切，笑："阿周啊，你怎么比爸爸妈妈更兴奋啊？"

他使劲点着头，"我要做个好哥哥。"

四

然而，身为妈妈的连香泠却没有两父子想象中那么喜悦，临产期越近，她心情越低落，背着唐成周不知道跟丈夫谈论了什么多少次，每一次，两夫妻总是不欢而散。

"爸爸，你跟妈妈，没事吧？"敏感的唐成周察觉到后，不止一次惴惴不安地问。

"没事。"

"爸爸你不要欺负妈妈。"

"我哪有欺负你妈妈？"唐正德哑然笑了，摸了摸儿子的头，叹气，"阿周啊，你放心，爸爸不会让你受委屈的。"

就是那个时候，唐成周大概猜到了爸爸妈妈的争执，是因为他本身。

为什么呢？我没有干坏事啊！我也没有闯祸，我从来都是乖孩子。

唐成周纳闷。

孩子善忘，虽然唐成周对于过去的记忆模糊了，但那时候，学到的一些东西刻骨铭心，比如说，不能吵，不能闹，要听大人的话，他们让你干什么，你就得干什么，不然，下场会很糟糕。有多糟糕，唐成周已经很久不知道了，因为他一直恪守着下意识记住的教训，从来对爸爸妈妈言听计从，做个乖孩子。

只是，很快，他就要重新面对如此糟糕的后果了。

那一天已经是弟弟诞下来两三个月后了，唐正德不在家，他趴在摇篮车外，看着弟弟的当儿睡了过去，门开了，妈妈带着一个阿姨回来了。

"阿周，你在哪里？快出来。"

他一下骨碌起身，犹豫着要不要出去。

自从弟弟生下来后，他就满心欢喜地帮忙照顾着弟弟，但不知道为什么，妈妈对自己的态度却怪怪的，让他心里很不舒服，偶尔一些小事，也会让她臭骂自己一顿。

而现在，她想找自己干什么呢？

他忐忑不安地走了出来，看着妈妈向那个阿姨介绍自己："看，这就是我跟你说的阿周，怎么样，是不是很可爱？"

"阿周啊，你过来。"

他走了过去，那个阿姨笑着看着他："你一个人在家啊？在玩什么呢？"

"在照看弟弟。"

"看，我说了阿周是个乖孩子，对吧？"连香泠笑了起来，"阿周又听话，又聪明，在班上还经常被老师赞扬呢。"

"是啊。"阿姨越看他越欢喜，"阿周你要不要去阿姨家玩呢？"

某段记忆在唐成周的脑海里复苏了，他充满恐惧地摇了摇头。

阿姨的脸色一下变了，连香泠笑得尴尬，抱着他肩膀的手使劲用力，"阿周，你不知道阿姨家很好的啊，有很大的房子，还有很多玩具，阿姨还会做很多好吃的，比这好多了。"

唐成周不知道从哪里来的勇气，一把摔开了连香泠的手，"不去不去，我要照顾弟弟。"

"你——阿周你不听话了是不是？"连香泠脸色变得铁青，一把抓住了要跑进婴儿间的唐成周，"你弟弟有我照顾着呢，你瞎掺和个什么劲儿？"

"我说不去就不去。"唐成周使劲挣扎着，被连香泠抓着不放，他一急，张口便咬在了她手上，连香泠登时痛叫起来。

"啊，我还是下次再来吧。"那个阿姨见情势不对，赶紧走了。

她人一走，连香泠毫不客气地一巴掌甩在了唐成周的脸上，"你反了天了你？竟然敢咬我？"

他低头不吭声。

"你敢咬我？你竟然敢咬我？你知道是谁把你带回来，给你吃，给你穿的吗？"连香泠劈头就是一顿打，"没有我，你以为你有吃的，有穿的吗？你现在翅膀还没硬呢，就学会咬人了，了不起啊！"

"妈，别打了，我知道错了。"

"别叫我妈，我才不是你妈呢！"连香泠不依不饶，"谁知道你是那些人从哪拐来的野孩子，毕竟不是正路的，是吧？平时装得乖巧，现在露出原形了是吧？给我进去，今天晚上不许吃饭不许睡觉，好好反省反省你错在哪儿了。"

唐成周被关进了杂物房里，他在里面又哭又叫："妈妈，不要，放我出去，我以后一定听你的话，放我出去，放我出去。"

灯啪嗒一声灭了，屋子一下被黑暗笼罩了，他哭喊了好一会儿，外面什么动静也没有，他放弃了，心惊胆战地蹲了下去，偎依在墙角。

他的头开始如炸开一般地疼，浑身颤抖不已，有什么可怕的东西，从黑暗里正朝自己爬了过来。

不，妈妈，爸爸。

他抱着头，冒着虚汗，死死地闭着眼睛让自己不去多想。

他不敢睁眼，他害怕，一睁眼，他就会看到可怕的事情。

然而，眼睛闭上了，耳朵却无法堵上，他听到了黑暗里传来的哭泣，听到了那一声，让他莫名恐惧的："哥哥，我饿。"

五

那以后，挨打受饿再度成为了他的家常便饭，唐正德在的时候还好，连香泠不敢表现得那么过分，但也都是冷言冷语，从不忌讳地不给好脸色。至于唐正德不在的时候，那连香泠就更不客气了，总之，无论他做了什么，都做得不对，再加上他每次在连香泠带来的客人面前撒泼捣乱，关进杂物房的次数多了起来。

最严重的那一次，连香泠直接用木棍把他抽得直接晕厥过去，唐正德接到妻子以为自己闹出人命的电话赶回家，第一时间把他送进了医院。

他迷迷糊糊地醒过来的时候，浑身抽痛，隐约听到一边医生在训斥："亏你们还是知识分子，有你们这么揍孩子的吗？看看，他浑身上下没一处好的，非得闹出人命是不是？"

"医生，你不知道，他是我收养的，可脾气不好，我管教不行，只好打了，棍棒底下出孝子嘛。"连香泠委屈地辩解，"我一个女人带着两个孩子，哪想得到那么多？"

"你啊，你们看看，你儿子的命根子，恐怕不行了，今后你让这孩子怎么办？你们说？"

"这，真有这么严重？"连香泠迟疑着道，"你们查清楚一点儿，我给你们多点钱，治好他。"

"你以为这是开玩笑呢？有这么轻易说能治就治得好的吗？"

门哐当一声开了，又关上了。

"正德，我没想……"

"你闭嘴，我现在不想听你解释，也不想见到你，你给我出去待着。"

脚步声远去了，他睁开了眼睛，看到爸爸坐在一边，懊恼地抱着头，他叫了一声："爸爸！"

"阿周，你醒了啊？怎么样，是不是痛得厉害？爸爸叫医生回来？"唐正德抓住了他的手，愧疚地问。

"爸爸，是不是我做错了什么，让妈妈一直那么生气？"

"没有，阿周什么也没做错，是妈妈不好。"

"爸爸你能不能告诉妈妈，我以后会乖乖地听她的话，她别不要我好不好？"他每次一动，身体就痛得厉害，他皱着眉头，忍着，"你让妈妈不要送走我好不好？我不想离开爸爸，离开弟弟。我会做个好哥哥的。爸爸妈妈你们别不要我。"

唐正德看着儿子，眼睛噙着泪，许久，什么话都没说，转身出去。

"爸爸？"

唐成周听到了病房外面的训斥声，还有连香泠的咒骂，心头发慌，却什么也做不了，只能抬头，看着天花板，眼泪终于流了下来。

可是他抿着嘴，没有哭出声，他大概，能预测到，自己的将来，或许，就是很久以前，待在那个黑暗的车厢里的将来。

病重的他还是被送走了，送到了外婆家，在外婆家一个月，他都无法下地走路。从女婿口里得知了外孙一切的外婆摇着头叹着气，竭尽所有地照顾着唐成周。

唐成周一开始生气，绝望，他不吃，不喝，抗议自己被抛弃，但外婆每一次都不厌其烦地劝着说着。

身上的伤，加上饥饿，让他的病情加剧，几次昏过去而不自知。而每一次醒来，他都发现自己的嘴巴被撬开，外婆一口一口地往自己嘴里送粥水。

"你啊，还小，什么都不懂，等你慢慢长大了，就什么都清楚了，都是命，怨不得。"外婆说。

他眼泪一下就流了出来。

什么是命，他不知道，他只知道，他又一次失去了爸爸妈妈，还有弟弟。

跟外婆渐渐亲近起来是在那一次，他被留在床上，一个人，屋子锁了，窗户关了，灯灭了，他一个人看着黑暗在眼前倾倒下来，无法呼吸到窒息得又要晕过去的时候，灯亮了，外婆站在他床前，看到他苍白的脸上布满泪痕。

"你这孩子是怎么回事？"外婆伸手探了探他的体温，"你怕黑吗？"

他没有吭声，只是颤抖着看着老人。

"是怕吧？"外婆抓住了他的手。

他感觉到从枯瘦的手传来的温度，抓得紧紧的。

"确实是怕啊！"外婆用另一只手抹去他脸上的泪水，拍了拍他的手，"这不是城里，你别怕。有什么跟我说，我不打你，也不骂你。"

他终于哭出声来了，第一次，真正像个孩子一般哭了起来。

"哭吧，哭出来，心里舒服点。"

他哭了好久，握着外婆的手睡了过去。

六

外婆家确实不在城里。

外婆家在海边一个偏僻的小村里。

外婆知道了他对黑暗的恐惧，每天晚上，开着门窗，点着灯，等他睡着了，自己再睡。

病好后，他就在外婆家住下来了。外婆有三个孩子，两个儿子、一个女儿，都离开了家，所以外婆家就只剩下他跟外婆。但这对他来说是幸运的，他跟外婆相依为命，没有人会跟他争外婆对他的爱。

爸爸寄回了他的学费跟生活费，他在村里的小学上课，也结识了村里不多的几个孩子，日子就这么一天天过去，他也一天天长大。

他似乎完全挣脱了第二场噩梦，日子过得平和，家里有慈祥和蔼的外婆，学校里有友好亲切的老师，村里有结伴而行的小伙伴，一切，仿佛都预兆着命运还给了他一个光明的未来。

妈妈基本上不会到村里来，只有爸爸，还会偶尔过来探望他。听说弟弟很健康，很活泼，也很聪明伶俐。想到弟弟，一股悲伤就堵在他的胸口，他可以在脑海里想象一家三口和乐融融的景象，他明白，那个家，已经跟他没有任何关系了。他已经丢弃了往日的奢望。他知道，他如今还有一个爱他的外婆，已经是莫大的荣幸了。只是，五年后，当外婆告诉他，弟弟在一次意外中溺毙的时候，他的心还会痛。

他想起了弟弟刚生下来的时候，闭着眼睛蜷着小手的模样，想起自己抚摩着他的脸的感觉，想起抱在怀里时依靠着自己的小小身子，他跑到海边，哭着大喊了几声弟弟的名字，声音很快被海浪卷走了。

事隔五年，妈妈第一次回到了村里。

是跟爸爸一起来的。

他们跟外婆说明了来意，是来接他回城里的。

他看着那个对自己来说已然陌生的女人的脸，拒绝了，头也不回地跑到了海边。

他只想避开他们，他只想好好在这活下去。

前几次，外婆尊重他的意思，让女儿女婿无功而返。但后来，随着爸爸妈妈回来的次数越来越频繁，随着外婆身子越来越衰弱，外婆动摇了。

"阿周啊，你要知道，这村子里没有其他学校了，你要留在这就不能继续上学了，你跟他们回城里去，你可以去新的学校，你那么聪明，将来你可以考大学，做医生，好好治理你自己的病。"外婆躺在病床上的时候对他说，"外婆没那个本事送你上学。"

"外婆，我不要上学。我只要跟你待在一起。"

"外婆一把老骨头，没什么时日了，要我去了，你就待在村里一辈子不成？去吧，跟你爸爸回去，虽然你被拿走了一点儿东西，可世界上还有很多美好的东西，你去见识见识，也能弥补那点遗憾，你还小，等你长大了，是个男人了，你会懂的。"

"阿周啊，别恨他们，有些事情，就是命，你看开点，啊？别恨他们，好好跟着他们过日子。"

外婆说完这番话不到一个月就病逝了，他不得不跟着所谓的爸爸妈妈回到了城里。

但他，再无法像以前那样跟连香冷亲近起来。

因为他身上，带着因为这女人所导致的无法磨灭、亦难以挽回的伤害，而这伤害，等于是把他作为男人的整个生命，都给毁了。

七

项维许久没有说话。

唐成周看着地面，也没有说话。

如他所承认的，他早就想杀李忠国了，杀死连香泠，也在他预谋之中。

这两人，是导致他的一生被毁灭的罪魁祸首，他早就没有活着的意向了，向这两人复仇，成为了他活着的最大动力。

"戴乐呢？"

唐成周抬起头，直视着项维。

"戴乐，你没有理由杀死他。"

"有。"唐成周点头，"就如你所说，我爱苏见心。"

"不对，你之前不是这么说的。"

"我爱她，但不敢承认，因为……我不配。"唐成周停顿了一下，"男女之情，对我来说，只是徒增烦恼的东西，意识到这一点之后，我就不曾去寻找，亦不主动接受。但遇见苏见心之后……我想给她幸福。"

项维苦笑。

"我想给见心幸福，但我知道，我没有办法给苏见心幸福，戴乐也是，他更糟糕，他甚至是，见心获得幸福的阻碍，所以，我杀了他。"

"那么，你是怎么谋杀了戴乐的？"项维质问，"你能把那经过跟我详细说一遍吗？"

"要说的我都跟警察说了，你想知道，大可以去问警察要我的口供，我没有义务再跟你讲述一遍。"唐成周拒绝。

看着项维碰壁后，灰溜溜地离开，在被带进拘留室之前，唐成周长长地深吸了一口气。

外婆，抱歉，我杀了你女儿。

但是，她该死。

第十四章 破绽

一

苏见心看着报纸上连篇累牍报道的关于"十二日的肖邦",这一连环凶手的消息,把报纸合上,过了一会儿,又忍不住摊开了,一篇一篇报道,一行一行,一句一句,一个字一个字地读下去,读得心惊胆跳。

就这样,结束了吗?

唐成周被抓了,这所有的一切,都可以终止了,是吧?

苏见心五味掺杂。

她可以,坐视不管吧?

按照跟唐成周约定好的,无论发生什么事,她都可以,不,她都必须置身事外,不是吗?

在苏见心胡思乱想的时候,门铃响了,苏见心木然地打开门,看见了项维的那张脸,那一刻,苏见心冷静了下来。

"戴乐是唐成周杀的,他已经认罪了。"

不知道为什么,项维的脑海里浮现了唐成周的那张脸,竟然觉得舌头有点苦涩。

"能让我先进去再说吗？"

不等苏见心允许，项维便走了进去，脱鞋的时候，一眼瞥见了铺在地上的报纸，他坐到了地上，拿起了那几份报纸，旁若无人地看了起来。

苏见心无可奈何，关上门，坐到了一边，等着。

唐成周说过，项维不会善罢甘休的，但只要坚决不承认，警察有供认的真凶在手，他是毫无办法的，所以，若无其事地打发他走就好了。

"你应该知道的吧？当年唐成周被拐走的时候，还有一个妹妹。那个妹妹，死了，所以，唐成周才会杀死了李忠国为妹妹报仇的。"项维把报纸放下，搔了搔头，看着苏见心，"那你知道他为什么承认自己杀了戴乐吗？"

苏见心不吭声。

"一开始我以为他爱你，不过，我说错了，他并不爱你。"

苏见心惊讶，张了张嘴，始终什么都没有说。

"你是，三四岁的时候被人收养的吧？那个年龄，刚好是唐成周的妹妹死去的年纪，我想，当你成为他的病人，跟他倾诉关于你的一切的时候，唐成周就把你当成是他死去的妹妹了，因为如果他的妹妹没死，那她也应该在三四岁的时候被人收养了，他或许是，因为在你身上看到了她妹妹如果活下来，被人收养后的可能性遭遇。"

"你胡说什么？"

"你难道一点儿不怀疑唐成周为你做这一切的原因吗？这就是动机。"项维道，"保护假想中活下来的妹妹，不惜一切代价。因为，无论在过去，还是现在，唐成周都在懊悔没有尽到哥哥的责任。妹妹死了，随后，养母生下的弟弟，也死了，他痛恨自己，就连他的密室恐惧症，除了外人的迫害，更大的原因是他对自身的内疚与悔恨造成的。"

"在唐成周眼里，你是他妹妹，他无法接受保护不了你而让妹妹再受伤害，但，他没有杀害戴乐，如果有机会，他或许确实会为你杀戴乐，但他没有，所以，换一种保护妹妹的方式，他揽下你犯下的凶案，为你脱罪。"项维解释，"毕竟，他早就预谋杀死李忠国跟连香泠了，多一件凶案无所谓，或许还能成功扰乱警方的视线，这，他也成功做到了。"

"我完全不知道你说了什么？"

"你知道我为什么能那么笃定唐成周不爱你吗？你们在宾馆那一次，是唐成周设局故意引我过去的吧？为了制造成是唐成周对你因爱生嫉，有杀死戴乐的动机。原本我也是这么怀疑的，但，现在反而不这么想了。"项维苦笑着摇头。

苏见心想起了宾馆发生的事，心猛地一沉。

"你知道为什么唐成周的最后一个目标，是连香泠吗？"

苏见心摇头。

确实，她不知道，唐成周甚至没告诉她，他会再去杀一个人，来造成连环凶手的事实，当然不会知道唐成周这一次杀的，竟然是他养母。

项维慢慢地，把唐成周与他养母的过往说了出来，看着苏见心的反应，从震惊，到悲泣。

二

"唐成周他，他所遭遇的这些，是李忠国、连香泠这些人一手造成的，确实，这些人应该遭受谴责，甚至，我可以理解他对他们施展报复的决心，但是你，我不明白。"项维摇摇头，"不明白，唐成周已经是这么可怜的一个人了，你依然还忍心，让他背负不属于他的罪责？就因为他已经杀了李忠国了，是凶手了，多一条人命的凶案也无所谓吗？他是这么想的，你也是？"

苏见心哽咽着，捂着自己的嘴巴，眼泪簌簌地不停往下掉。

"告诉我，苏见心，你觉得，自己的罪孽，被他人承受了也无所谓，是不是？"项维揽住了苏见心的肩膀，看着她，"告诉我，只要唐成周为你背负了罪责，你就可以把所有的一切都放下了，对吗？反正他杀了人都是死罪的结果，他死了你就安全了，你能接受这种保护吗？"

"因为都是唐成周自愿的，所以，一切都是他自找的，跟你没关系，对吧？"

苏见心想甩开项维的手，却被项维抓得死死的。

"看着我，苏见心，你跟唐成周一样，都是被收养的，在被收养后，都有着那么不愉快的经历，后来，你遇见了唐成周，他帮你打开心结，帮你治愈心理疾病，帮你承担杀人的罪过，而你，都能坦然接受，对不对？"

"不是。"

"反正，你一直以来已经受够了，现在你的病好了，杀人的事情也不会有人追究了，所以你能忘记一切轻轻松松地生活下去了，对吧？或许，换个城市，换个职业，忘记唐成周，当一切都没有发生过……"

"不是，我说不是。"苏见心叫了起来，"我不会忘了他的，不会忘了他的。"

"苏见心？"

苏见心哭了起来，好一会儿，才边哭边抹泪："是我，是我杀的，戴乐是我杀的，不是阿周。"

三

苏见心从来没有去过戴家，那一天，六月十二日，是她第一次，走进那个既陌生又熟悉的房子。

那还是她鼓足了勇气，才踏进了戴家的门。

戴乐，看起来并不意外，直接把她请进了门，

苏见心知道戴乐与原子慧的婚约，也知道戴乐婚后远赴奥地利的计划，但这一切，都是从报纸、电视上看到的。

表面上，她与戴乐毫无瓜葛，然而背地里，她收集着一切关于戴乐的消息，对于这些消息，她询问过戴乐，而戴乐总是有他的解释，但这一次，戴乐明显在敷衍了事。

意识到戴乐在减少与自己联系的苏见心惊恐起来。

苏见心的心理问题还没有彻底解决，她对戴乐，依然如此眷恋与依赖，即便唐成周说，她应该彻底切断与戴乐的联系，但她做不到。

而戴乐，他听说了苏见心见心理医生的事情，一开始是反对，随即是赞成，但后来，表现得若即若离，若不是唐成周说服她坚持下去，她或许早就依了戴乐所言，放弃继续治疗自己的恐惧症。

去戴家见戴乐之前，戴乐明确表示，自己与原子慧的婚礼是真的，赴海外就职也是真的，以后不想再与苏见心有任何的瓜葛，随即切断了所有联系，惶惶然的苏见心在难过了半天后，终于还是去了找他。

或许如果她识趣，便不会有两人的见面，也不会发生后来的事情。

"戴乐，你说过，你不会离开我的。"苏见心看着戴乐开了电脑Hi-Fi，按下了播放键，"你说过，你不会丢下我不管的。"

"冷静点。"

肖邦的小夜曲如流水般从Hi-Fi里倾泻到了房间里，听着熟悉的音乐，苏见心原本的紧张、焦虑，甚至是气愤与怨恨，都渐渐消散在音符里。

她看着戴乐走到了面前，揽住了她的腰，俯身，抚摩着她的脸颊。

"我们认识，不，应该说，我们，像这样，有多久了？"戴乐说。

"六年。"

"是的，六年，这么长时间了，你不觉得，我们的关系，应该有所

变化了吗？"

　　苏见心的心失去平衡般，一下坠落到不知去向，"你想，分手？"

　　"我们早就分手，不，我们一直都没公开在一起过，算不上分手。"戴乐松开了手，坐到床沿上，看着苏见心，"对吧？是你一直在缠着我。"

　　苏见心无言以答，好一会儿，才说，"可是，你却没有拒绝我，你愿意的。"

　　"对，我当然愿意。"戴乐咧嘴笑了，笑得灿烂。

　　苏见心是，只属于他的女人。

　　这些年来，亏了那个心理问题，他知道苏见心这么长时间以来，只属于他。

　　如果，不是她坚持去见心理医生的话，或许以后，她都永远只属于他。

　　听说她的恐惧症在渐渐好转，也就是说，以后，她能够跟别的男人正常对话，她再也不能像以前一样，仅能跟他进行交流。

　　她会对别的男人笑，会对别的男人倾诉，也会跟别的男人，做跟他一样亲密的事情。

　　戴乐注视着束手无策的苏见心，把她的手牵了起来。

　　真是可惜。

　　明明，她只属于他的。

　　"如果，你真的跟原子慧结婚的话，会去奥地利，对吧？所以，如果是那样，那这是我见你的最后一面了。"

　　"见心，你确定这是最后一面吗？"

　　"不是你的意思吗？是你说不要再联系你的。"

　　"我说了不要再联系，但你却来了，还找到我家里来了，所以，你的意思呢？"

苏见心看着戴乐，感觉到握着自己的手在渐渐用力。

"我，想见你，可是，我也知道，我们不能一直这样下去的，我不能一直这样下去……"

"这样下去有什么不好？我们相处得很愉快，不是吗？"戴乐抱住了苏见心，"我们会一直这么幸福下去的。"

"这才不是幸福，这样子的交往，对我来说才不是幸福。"苏见心挣开了戴乐的怀抱，看着戴乐，忍不住哭了起来，"你不是不知道的，这不是。"

"我知道你想要什么，见心。如果我告诉你，我能安排你也去奥地利呢？"

"你说什么？"

"我会把你带到奥地利，在那里，我们可以像现在这样一起生活下去。"

"你胡说什么？你想要我，在你结婚后，一直，一直……"后面的话，苏见心说不出口。

"是的，反正你有这个病，只能跟我在一起。"

"胡说，医生说我的病症在渐渐好转，我才不要……"

"不要什么？做第三者？备胎？"

"我才不是备胎，你明明先答应我做我男朋友的，你说，我们会有将来的，所以我才……可是，你骗我。"

"但我真正的女朋友，还有未婚妻，一直是原子慧，你说你不是备胎，你是什么？"戴乐冷哼一声，"苏见心，你别太天真了，一直以来你不过就是偶尔帮我暖床的备胎。"

苏见心死死地看着戴乐，脸涨得通红。

"我说错了吗？你……"戴乐的话没有说完，苏见心瞥到了柜子上的奖杯，一下抓了起来，使劲便往戴乐头上砸了下去。

"我不是备胎，不是，不是。"

苏见心看着戴乐倒在了床上，好一会儿没有动静，怔了。

"戴－戴乐？"她凑上前，看到了戴乐头部挨着的床单染上了渗出的血，奖杯登时从手中掉落，人则一下傻了，无法相信自己刚刚做了什么。

苏见心醒悟到什么的时候，慌乱地夺门而出，一直踉跄地逃出了戴家，回到家，剩下的时间都是在忐忑不安中度过的，而后，在当地新闻上，她知悉了戴乐的死讯。

死者疑被重物击破头部，重伤导致死亡。

是她干的，她杀了戴乐。苏见心惊恐地想。

她的噩梦重启了。

四

"啊，有点——"听苏见心说完事情的前后经过，项维搔起了头。

"是我干的，不是阿周干的，阿周他一开始只是想帮我而已。我，我不应该把这件事告诉他的，更不应该答应让他帮忙，结果令他想杀别的人来为我掩盖真相。"

"不，杀李忠国是他一早预谋的事情，与你无关，可是——"项维摇头，"这就是你杀死戴乐的全部经过？"

苏见心抹了一下脸，点点头。

"没有撒谎，也没有任何隐瞒？"

"没有，我都说了，我承认了，那我，是不是现在应该去公安局自首，找警察说清楚？"

"不，先等等。"

先等等?

苏见心回答着项维跟他确认的几个细节,惊讶,"你,不就是你想要劝我自首的吗?"

"对,你必须自首,然而,不是现在。"

"但阿周在牢里……"

"他杀了人,无论你自不自首,他都必须被关起来,跟这个无关——"项维说着,意识到了什么,不对,有关。

唐成周跟这件谋杀案有关。

"总之,我知道你都干了些什么,但还有一些事情,我必须先弄清楚,等弄清楚了,我陪你一起去公安局,行吗?"

苏见心使劲地点头。

五

当看着电视上报道"十二日的肖邦"落网始末的消息时,叶海兰与何燕都在信记,她们看着被捕的那个人居然是唐成周的时候,均睁大了眼睛。

"他就是'十二日的肖邦'?"

"什么?"叶海兰的父亲,信记的老板,叶信雄看着电视上那张脸,"我认得他,他不就是天天早上来我信记的那个人吗?晦气。"

"爸。"叶海兰叫了一声。

"怎么,我说错了?你看看,这家伙,可是个连环凶手啊!不就是他杀了你的戴乐哥哥吗?虽然他杀李忠国杀得好,但他连自己母亲也下得了手,那就有点丧心病狂了吧?"

叶海兰抿着嘴,没有说话,何燕惊慌地抓住了女儿的胳膊。

"妈妈，没事。这其中一定有什么误会，唐医生不是这样子的人……"叶海兰的话没说完，看到信记的门被推开了，项维把渔夫帽抓在手里走了进来。

"项维？你来做什么？"

项维看了一眼新闻，再看看叶海兰，"能跟你单独谈谈吗？"

"你谁啊？为什么要跟我家兰兰单独谈谈？谈什么？"叶信雄挡在了女儿面前，用怀疑的眼光上下打量着项维。

"爸，不是啦，他是记者。"

"记者？记者跟你有什么好谈的？他要采访你吗？"

"不是，他是在调查戴乐的事情。"

"戴乐？哦，是调查戴乐被杀一案的吧？那还有什么好谈的？凶手不是已经被抓起来了吗？就是他，跟杀死了拐走我家小虎人贩子的凶手是同一个人的，这个，叫唐——成——周的？"指着电视画面叫出凶犯名字的叶信雄，声音迟疑起来，似乎想起了什么，"哎，唐成周，这名字我是不是在哪里听过？"

叶海兰与何燕对视了一眼，没吭声。

叶信雄成天忙于信记的生意，知道自己妻子看的心理医生是唐医生，但全名却从来没在意过。

"拐走？"项维愣了，看着对视中似乎另有深意的母女，想起了两次拜访叶家的情形。

叶小虎不是还在房间里吗？他什么时候被李忠国拐走了？项维正要发问，被叶海兰拉到了一边，"好了，你别在我妈妈面前多说些什么不该说的话，她受不了刺激。你有话跟我说好了。"

何燕不安地站了起来，看着女儿跟项维坐到了一边，惴惴然地说："那，我，还是回去，先去看着小虎吧！"

"好的，妈，你路上小心。"

"你也是。别忘了做功课，不然会被吴老师家访的哦。"

"知道了，妈。"

<h1 style="text-align:center">六</h1>

"吴老师？"

项维看着何燕离开，问。

"啊，我读初中时的班主任，那时我还是整天上课就不听话，是班上最拽的学生呢！"叶海兰点头，笑。

"这？那？"项维不明白地搔头，许久，才问："你弟弟，叶小虎被李忠国拐走了？"

叶海兰点点头。

"那是什么时候的事情？"

"四年前吧！"

"可是你妈，还有你，为什么说叶小虎还在家里？还有刚才？"

叶海兰眨了眨眼睛，吸吸鼻子，才道："小虎出事那天，我妈晚了去幼儿园，迟了接小虎，结果听说他被一个笑起来像弥勒的人带走了，后来知道是出事了，她受不了这个打击，精神上就崩溃了，一直幻想弟弟没失踪，但却被那个弥勒伯害得瘫痪了。"

"你们见过李忠国？"

"见过。当时他经常在以前我们住的小区出没，看起来和蔼可亲，小虎很喜欢他，谁知道他会把小虎拐跑呢？一听说小虎是被个笑起来像弥勒的人带走的，我们在附近小区里找了个遍，连他姓什么叫什么都不知道，人影都找不到一个。"叶海兰说起李忠国便满脸怨愤，"我妈出事后，我爸就给她找了心理医生，医生说最好离开引起她心理压力的地方，我们就搬家了，离开了原来的小区，找了个离我爸爸的铺子不远的地方，因为这里离绿湖公园近么，所以我也经常带我妈妈去公园走走，然后凑巧地，就重新见到了李忠国。"

"所以，你说，李忠国，什么弥勒？鬼都不是，我妈的情况一直没有好转，都四年了，都是他害的。"叶海兰握紧了拳头。

项维知道何燕在看心理医生，如今才得知何燕的心病所在，一个疑问却在心里升起了，他看着叶海兰，某个思路猛地跳了出来，"兰兰，关于戴乐？"

"什么？"

"你都知道些什么？"

"我能知道什么？"叶海兰笑了笑，看项维不太相信，一下腼腆起来，"你以为我知道了什么？"

"你跟戴小玉很熟吧？"

"对，上了高中后我们就一直是最好的朋友。"

"那戴乐呢？"

"什么意思？"

"啊，你经常出入戴家，对戴乐的事情应该也略知道一二吧？平时有没有注意到什么不对劲的地方？"

"戴乐会有什么不对劲的地方？"

"比如说，戴乐除了未婚妻，还有第二个女朋友，那他跟原子慧平时相处的时候，有没有什么反常的行为？"

"这些事情，你不是应该去问子慧姐吗？"

"她是当事人，你是局外人，很多时候，当事者迷，旁观者清。"

叶海兰有点迷惘，"你，还问戴乐的事情做什么呢？凶手不是已经被抓了吗？"

"你相信凶手是唐成周吗？"

叶海兰摇摇头，又点点头。

"我怀疑，杀死戴乐的另有其人。"

叶海兰的脸在瞬间变得苍白，等最后项维离开的时候，她伸开了握住的拳头，手心都是汗。

项维他，到底还知道了些什么？

七

"你瘦了很多。"

项维再次去了见唐成周，看唐成周形容枯槁，跟入狱之前简直判若两人。

唐成周看起来似乎不大想理会项维，一言不发。

"我这次，是想问问你，关于何燕的事。"

唐成周盯着项维，"你找她们两母女做什么？"

"对于案子，我还有些疑点，所以，想查清楚。"

"没什么好查的，干出这些案子的人是我，就在你面前。"

项维忽略唐成周语气里的不耐烦，"你直接告诉我何燕的病情，或者我直接去医院解封何燕的病症记录。"

唐成周干笑了两声，眼睛眯缝起来，"何燕的病是因为儿子被拐卖，她无法接受现实所导致的，是医学上称为PTSD综合征的一种，即创伤后应激障碍。以何燕本人的经历来看，这其实是一种患者保护自身的手段，大概叶小虎的出事让她觉得负有责任，对家人内疚，对自己悔恨，再加上失去儿子后的痛苦，当患者的精神无法承受的时候，会下意识地触发保护自身的机制，就何燕的个案，是导致选择性失忆，极力避免接触儿子被丢的事实。"

"其实就是精神崩溃？"

"这跟精神崩溃还是有点不同的。精神崩溃会造成神经错乱，便不再是心理疾病的范围了。"唐成周委婉地解释，"其实是何燕为了避免自己精神崩溃，于是忘记了自己的儿子被拐卖，自我建造了一个虚假的空间，即儿子并没有消失，而是受伤卧病在床，而她一直在日日夜夜地照顾他，这也是一种补偿心理在作怪。一是儿子受伤不在外人面前出现，吻合儿子失踪无法露面这一事实；二是她本人看管不周导致失去儿子这一点的歉疚，用自己细致入微的照顾来弥补这一过错。除了这一点外，何燕其他的所有认知都很正常。能走，会动，旁人只要配合何燕所捏造出来的这一事实，其实她是能维持正常生活的。"

"她的病情一直没有好转吗？"

"时好时坏。就我负责的这四年来看，她的思维总是陷入儿子失踪前的那段时间，所伪造的也只是反复儿子五岁那一年的事情，直到为儿子庆祝完生日后，又自动回到了年初，循环往返，算算她大概已经为儿子庆祝过4个五岁的生日了，每一年的生日礼物，都是蓝猫书包。"

"就是说，在她的认知里，叶小虎永远只有五岁？"

"对，何燕的认知时空停留在了儿子五岁那一年，一是那一年的事是对她打击最大的；二是五岁的模样是她对儿子的最后印象，她无法想象儿子六岁、七岁、八岁甚至更年长时的样子，因此也伪造不出来她跟儿子后来的生活，所以何燕一直生活在四年前。"

"什么时候她才能好呢？"

"除非她的时间感回来了，那就意味着何燕在慢慢好转，思维开始从臆想的世界中剥离，接受现实。"

八

项维看着钟克之递给过来的资料，仔细地翻阅着。

"我说，项维，'十二日的肖邦'这案子应该已经结了吧？你还想查什么？不会是想帮唐成周那家伙翻案吧？"钟克之问。

"证据确凿的话我想翻也翻不成吧？"

"当然确凿了，唐成周本人承认了是他干的啊，还有，我们也找到了他杀死戴乐的凶器。"

"是吗？"项维随口应着，看着李忠国遇害现场的记录。

"对，就在他医院的看诊室找到的，那个奖杯，上面的指纹已经处理掉了，但戴乐的血却还留着，鉴证科的同事已经证明这一点了，另外，袭击连香泠的凶器是个木雕，因为是当场抓获的，所以毋庸置疑，上面有他的指纹跟连香泠的血，而李忠国一案的凶器虽然没有找到，他说已经扔掉了，但供认是用玻璃烟灰缸砸死李忠国的，符合我们掌握的凶器的信息，这些证据，已经足够证明他就是凶手了，不会错。"

"克之？"

"是？"

"李忠国遇害的时候，现场播放着肖邦的音乐？"

"对。"

"CD机跟MP4都在播放着肖邦的音乐？"

"没错啊。"

"这有点奇怪呢！"项维想，自己之前怎么忽略了这一点。

"哪里奇怪了？"

"唐成周对于这一点怎么说？"

"哪一点怎么说？"

"就是在李忠国的现场播放肖邦的音乐这一点。"

"啊，这一点啊，他说之前杀死戴乐的时候，碰巧现场播放着肖邦的音乐，所以他在选择自己的杀人模式的时候，沿用了这一点。"

"现场的CD唱片是他带去的？"

"对，他早就预谋着要杀李忠国了，所以踩点的时候发现李忠国家里有CD机，在动手之前就准备好了CD。"钟克之解释，"连香泠的袭击现场也是，他知道他母亲病房里有一个黑胶唱片机，所以一早预备了黑胶唱片。"

"那，MP4呢？"

"李忠国的MP4？"

"你们确定MP4是死者的？"

"有什么问题吗？"

"李忠国表面上是个建筑工人，随后是个门卫，然后实际上是人贩子，以他的这几个身份，他会喜欢听肖邦的交响乐吗？"项维问，"不排除有这个可能性，但这个可能性是不是太小了？结合他的生活环境与时代背景，我不觉得他接触得到这种音乐。"

项维想起了夏春好跟自己提过的，李忠国平时喜欢在绿湖公园听合唱团唱歌，他喜欢的，应该是类似于那种音乐才对。

"好吧？就算你说中了，李忠国不爱听肖邦的音乐，那又怎么样？"

如果是这样，李忠国是不大可能会在自己的MP4里存放着全部是肖邦的交响曲的。

"这个MP4不是李忠国的。"

如果是这样，啊，这两个案子，果然，很有意思。

项维想通这一点的时候，难得地笑了："我想，我知道真相了。"

"什么？"

"你能帮我把这几个人都请过来吗？"项维唰唰地写下了几个名字。

钟克之看了一眼，"我说，项维，你想干什么？"

"把'十二日的肖邦'耍的诡计，彻底揭露。"

Ladys and gentlemen, here comes the challenge:

　　关于"十二日的肖邦"犯下的连环案件，所有线索均已给出，你们能推理出真相，指出凶手是谁吗？

一

按照项维写下的名单，被钟克之请过来的人有四个人：原子慧，苏见心，叶海兰及其母亲何燕。

"原子慧？"

"兰兰？你怎么在这？"原子慧首先看到的是苏见心，原本脸色便变了，看到叶海兰，勉强把脾气遏制下来，"项维，你把我们请过来做什么？"

"你委托我追查'十二日的肖邦'嘛，所以，现在是时候给你一个结果了。"

"不是已经逮捕了吗？那个唐成周？"原子慧惊讶。

她刚说完，莫老大便带着铐着手铐的唐成周出现了，他看着眼前的四个女人，一怔之后，恼怒地看了一眼项维，掉头就走，被莫老大拽住了。

"阿周，你没事吧？我已经……"

唐成周制止了走到他身边急切坦白的苏见心说下去，冷冷地问："项维，你还想搞什么名堂？我都已经认罪了，难道你还不罢休吗？"

"啊，是的，你已经认罪了，不过，我想把真相原原本本地告诉大家。"项维示意唐成周坐下，而后介绍："大家都是第一次聚在一起吧？或者，其中一些人彼此都不认识，不过，某些人是存在一些联系的，所以，我来简单说一下。"项维示意钟克之把白板推过来的时候，莫老大也坐在了唐成周身边，跷着二郎腿等着看项维唱哪一出戏。

白板上是关于两件凶杀案的相关关系人，是项维在众人赶到之前写好的，一目了然。

"我这一次是受原子慧委托调查'十二日的肖邦'的案子，想必你们也认识她，她是第一件案子的受害人戴乐的未婚妻，也是我的老邻居了；至于苏见心，咳，她是戴乐的第二个——恋人，维持了几年的关系，同时是唐成周，就是真凶的病人。"

项维介绍到这里的时候，原子慧与叶海兰都一起把视线投向了苏见心，苏见心低下头，咬着唇。

"接着，是叶海兰，她是戴乐一案的目击证人，而这是她母亲何燕，何燕也是唐成周的病人……"

"项维你到底想干什么？你莫名其妙地把我妈叫来好不好？你明知道她不能受刺激的。"叶海兰不满地埋怨。

"很快，一会儿你就明白了。"项维笑了笑，转过头去看白板时，问，"对了，兰兰，你喜欢听肖邦吗？"

"什么？"

"我是说肖邦的音乐。"

"喜欢啊。"叶海兰应着的时候，看清楚白板上所有信息的何燕下意识地抓住了女儿。

"好。"项维轻轻敲了敲白板，"大家，可以清楚地看到各自在'十二日的肖邦'犯下的两桩罪行里的位置吧？甚至，彼此间的联系？"

众人没有作声。

"需要补充一点的是，何燕跟叶海兰与第二件案子的受害人李忠国的关系，叶海兰的弟弟，叶小虎，被李忠国拐带走了，与唐成周一样，她们母女也是受害者，然而，"项维看着叶海兰，"正因为这个关系，你们母女，不，叶海兰，你是除唐成周以外，第二个跟两个案子都有关系的人。"

众人讶异，顷刻明白过来。

叶海兰的脸一下变得惨白，"那又怎么样？"

二

"'十二日的肖邦'，要犯下这两件案子，需要具备的一个关键因素是，必须知道第一件案子的所有情况，选择下手的时机，现场播放的音乐，被重物袭击而死的致命伤，以及现场的清理情况。因为熟悉这一切，所以才能够在犯下第二起凶杀案的时候，把这些相似的因素运用到现场，才构成了连环性质的凶杀案件，我说得对吧？"项维望向莫老大。

莫老大与钟克之均点头。

"而供认的唐成周清楚知道这些情况。"项维看着脸色铁青的唐成周，"他供认是自己杀死了戴乐，因此，假定他就是'十二日的肖邦'，那他对这些案件的细节再熟悉不过了，然而……"

"假定？什么意思？"莫老大听出不对劲来了，问，"你要怀疑唐成周，这家伙不是'十二日的肖邦'吗？"

"如果不是呢？"

莫老大与钟克之吃了一惊，而其余人也露出了惶然的神色，只有苏见心，这个时候抬头，看着唐成周。

唐成周意识到了什么，微微摇头，但这没有阻止苏见心开口说话。

"阿周，对不起。"苏见心看了一眼项维，看他点头，承认，"戴乐，是我杀的。"

"你？"莫老大跟钟克之异口同声叫出声来。

"是的，是我杀了戴乐，阿周他是从我这里知道了我杀了戴乐，所以才会去杀人的，他只是想替我隐瞒罪行而已，是我的错。"苏见心看着消瘦了许多的唐成周，眼睛湿润得视线模糊起来，"要是我不把自己杀了人的事告诉他，他不会去杀李忠国的，也不会去杀连香泠。"

"你是说，你杀了戴乐，而这家伙从你口里知道了真相，所以借用你的杀人现场，制造了'十二日的肖邦'？"莫老大站了起来，问。

苏见心点点头。

"是这样吗？"钟克之反问唐成周。

唐成周不说话，他知道，苏见心这个时候已经把原委告诉了项维，无论他再怎么辩驳，都没有用了，所以他只是冷冷地看着项维。

"表面上看是这样。"项维并不退却，也直视唐成周的眼光，"这才是真相吗？唐成周在给病人看诊的时候，得知了病人杀人的详细情形，于是运用到自己蓄谋已久的复仇里？"

"唐成周有复仇的动机，也有实施的能力，更有案发后绝妙的不在场证明，对吧？明明找不到任何线索可以追查到他身上的，只要他一直躲藏下去，谁也不会知道'十二日的肖邦'是他，然而，他却在犯下第三件案子时，因为纰漏百出被抓了。为什么呢？"项维看着苏见心，"因为我找到了证明苏见心是第一件案子的真凶的线索。"

"是什么？"

"六月十二日那天，戴乐遇害的时间，苏见心的不在场证明是假的。之前我调查的时候，唐成周给苏见心做了伪造的不在场证明，说苏见心在那段时间里在他的诊疗室里，但其实，在那个时间里真正在诊疗室的人是何燕，而不是苏见心。我找到了叶海兰与何燕可以证实这一点，而唐成周慌了，只好主动跳出来承担罪行，而唯一能让警察不起疑，百分百相信他就是'十二日的肖邦'的办法，是再犯下同样性质的案子，并当场被捕，这样就是如山的铁证，告诉别人自己就是那个连环凶手了。"

"你说，他，是故意的？他故意被我们抓起来的？"钟克之无法理解，看着唐成周，再看看苏见心，摇头，"荒谬。"

"苏见心是杀害戴乐的凶手，唐成周是杀害李忠国与连香泠的凶手，是这样吧？"莫老大问。

"真是这样吗？"项维问。

"什么？还不是这样？"原子慧似乎也被听到的事情有点吓到了，问，"项维，他们两个人，都认罪了。"

"对，他们一个是心甘情愿认罪，一个是以为自己有罪。"

"啊，项维？你，这是什么意思？"

在场的人糊涂了。

"苏见心，你把你杀死戴乐的经过再说一遍。"

三

莫老大听完苏见心的坦承，半晌没说话，而钟克之翻着自己记录下来的案件情况，束手无策。

"你们，看出什么不对劲了吗？"项维问。

"嗯，她不是凶手。"莫老大点头。

"什么？"其他人忍不住叫了起来，就连唐成周，脸上也露出了难以理解的表情。

"可是，明明是我……"苏见心也不知道自己哪里弄错了。

"不是你杀的，这就是为什么凶案过了那么久，没有人，甚至连警方也没有追查到你头上的缘故，因为戴乐不是你杀的，你根本就不是凶手。"

"我不明白。"苏见心求助地看着唐成周，唐成周则看着项维。

"你们没注意到吗？现场，被人清理过，然后，最关键的一点是，戴乐是遭受连续重击才死去的。苏见心，你再说一遍，你是怎么杀死戴乐的？"

"我，用奖杯砸了戴乐的头，戴乐倒在了床上，我看到他没反应，头还流了血，以为他死了，所以，我害怕，就逃走了。"

"你砸了几下？"

"一下。"

"你有找东西清理过现场吗？"

苏见心摇摇头。

"但现场却被人清理过了，我的推测是，当时被你砸了一下，戴乐只是被你砸晕了过去，并没有死，是后来有人，进入了戴乐的房间，把戴乐杀死的，随后处理过现场，把可疑的指纹都擦干净了，这掩盖了凶手留下的痕迹，同时也把你到过戴家，在戴乐房间里待过的痕迹抹去了，所以警方才一直没有找到线索把你跟命案联系起来。"项维觉得苏见心有点可怜，"这些案发现场的细节都是保密的，你不知道真实的命案现场，所以一直误会了自己杀了戴乐。"

"不是我杀的？真的不是我杀的？"苏见心难以置信，激动得快哭出来似地看着唐成周，"我，我没杀人？"

"是的，你没有杀人。但是，你没杀人的前提是正确的话，问题来了。"项维叹了口气，"唐成周，你还从别的地方——除了苏见心的讲述还有电视报纸，病人也好，朋友也罢，还有其他人，告诉过你案发现场的真实情况吗？"

唐成周不语，眉头却紧锁起来。

"我觉得你没有。你知道的命案现场的一切情况，都是苏见心告诉你的话，你得到的就是个谬误的命案现场的资料，你按照这些资料，怎么可能在谋杀李忠国的时候，仿造得跟真正的命案现场一模一样呢？"

其他人，包括莫老大跟钟克之，嘴巴一下都张大了，瞪了一眼项维后，齐唰唰地看着唐成周。

四

"这个问题……"回过神来的钟克之想了想，答，"其实唐成周就是杀戴乐的真凶。"

"不，按照戴乐遇害时的情况，以及唐成周与死者的关系，凶手不可能是他。"项维补充，"别忘了这是有证人的，戴乐遇害的时候，唐成周有不在场证明，那个时候他在诊疗室为何燕看病。"

钟克之作罢。

听项维提到自己名字的何燕，神情紧张起来。

"当我意识到这一点的时候，我去调查有没有人，跟两件案子都有联系……"

"你错了，李忠国是我杀的。"许久没说过话的唐成周开口，"我策划杀死李忠国已经好一段时间了，你们在看文荆小区的录像的时候就应该知道，我在文荆小区每天很规律地出入，但其实，那是在为杀死李忠国做准备，那是我原本想用的不会引起怀疑的，接近李忠国后离开的手段。"

"确实，你有杀死李忠国的预谋，你的杀人动机很充分，但具体谈到命案现场，你觉得你就凭着苏见心告诉你的那些，可以伪造出一个完美的现场？"

"她说得确实不详细，我问了几次，然后按照我的推测，完全可以做到。"

"比如说？"

"既然警方没有追查到她到过戴家，那意味着她没有在现场留下证据，所以我只要小心，不留下自己的指纹或者其他物品就可以了，要做到这一点，只要清理了现场就能做到，这很简单地就能推测到吧？日期，六月十二日，我也选在了十二日，而袭击李忠国的话，我知道他家里有玻璃的烟灰缸，就选那个作为凶器好了，至于其他的，对了，肖邦的音乐，我在听苏见心说了戴乐房间里播放着音乐的事情就去买好了CD，所以，这些因素加起来，就是我制造的完美现场了。"唐成周道，"随后我还删除了录像，像你说的，原本不可能会追查到我身上的，天衣无缝。"

"对，肖邦的音乐。"项维笑了，看着叶海兰，"漏洞，就出在关键的音乐这里。"

"什么意思？"

项维朝钟克之招了招手，钟克之把档案递给了他，项维把两张李忠国的遇害现场相片抽了出来，分别递到了唐成周，还有叶海兰面前。

"现场，有一个很大的破绽，就是肖邦的音乐。"项维指着相片里的MP4，"我们已经知道了，李忠国被人发现遇害时，CD机里播放着肖邦的音乐，然而，我们还发现，现场有这么一个MP4，装满了肖邦的交响曲，也在播放着肖邦的音乐，发现矛盾的地方了吗？"

唐成周的脸顿时变得阴沉，他下意识地看向叶海兰，而叶海兰也脸色煞白，刚好也抬头看着唐成周，两人的视线一接触，便马上别开了。

"我找了夏春好，当时李忠国最亲近的老伴问过了，李忠国不喜欢听肖邦，也没有MP4，这个MP4却莫名其妙地出现在他的遇害现场，不，不是莫名其妙，是有人蓄意而为的。"项维看着叶海兰，"有人，知道戴乐遇害现场的情况，先你一步，杀了李忠国，或许他没有你准备得如此充分，带了肖邦音乐的CD，但他却恰好有保存着肖邦音乐的MP4，所以在杀人后把自己的MP4留在了现场，播放着肖邦的音乐，并清理了现场，以此吻合第一件命案现场的所有情况，而你是在真正的凶手离开后，才进入现场的，你没有注意到现场还有一个形成完美现场的MP4，却以为凶手匆忙离开了，于是不留下自己的痕迹地，补充了能造成连环凶杀错觉的因素——肖邦的音乐，你把早预备好的CD放进了CD机播放，然后离开，删除录像之余，关闭了摄像头。"

所有人都听呆了，包括当事人唐成周。

"你以为完善了现场的CD，却恰好是完美现场的破绽，多此一举。"

五

"这么说，我们抓错人了？"

钟克之与莫老大面面相觑。

"那，那个，先唐成周一步杀了李忠国的人是谁？"原子慧忍不住问。

"最大的可能，是另一个，知道戴乐遇害现场的真实情况，又有动机谋杀李忠国的人。"项维显得有点无可奈何。

"那个人是？"

所有人，在之前项维讲述被打断时，都已经明白了这个人是谁。

被李忠国拐走了弟弟的人，妈妈因为此事患上创伤后应激障碍心理疾病的人。

戴乐遇害现场的第一目击证人，叶海兰。

叶海兰已经知道所有人都在怀疑她了，她忍不住看了一眼母亲，发现何燕捂着嘴无声地哭了起来，她脸上露出了与年纪不符的成熟，展开双手，分别按了按自己的双膝，深深呼了一口气，才抬头看着项维："是的，是我杀了李忠国。"

"他该死。就是他拐走了我弟弟的，他还不承认。在绿湖公园我们居然又遇到了他，在认出他的时候，我恨死他了，他不但害我没了弟弟，还把我妈害成那样，所以，那天我去他家，杀了他。"

"你——，你能详细说说作案经过吗？"

"没什么好说的。"叶海兰嘴唇都发白了，还微微颤抖着，语气却显得非常轻描淡写，"我跑进他家，质问我弟弟的事，追问我弟弟的下落，他不说，我一时气愤，就抓起桌上的烟灰缸朝他脑袋砸了下去，好几下吧！我也记不清楚了，反正他就是出了很多血，倒在了地上，察觉到他已经死了的时候住手已经晚了。"

"你是直接去到他家的？"

"对。"叶海兰补充，"我去到的时候，他不在门卫室，所以我就直接去他家了。"

"你知道他家在哪里？"

"知道。因为绿湖公园的人跟那家伙都很熟，一问就问到了。"

"杀了他以后呢？"

叶海兰双手交叠着握在了一起。

"兰兰？"

"我，我知道戴乐的凶案现场的情况，发现李忠国死了以后，我发现刚好也是十二日，所以就清理了现场，然后把自己的MP4开着，丢在现场，反正我也恨那个杀死戴乐的凶手，所以就想嫁祸给他。"

"凶器呢？"

"我扔了，扔进珠江去了。"

六

没有人作声。

没有人想到杀死李忠国的居然是个不到十八岁的学生。

不，这其中或许有人想到了，但是，没有人愿意说出来，比如说，唐成周。

当众人被这个出乎意料的事实所震撼的时候，没有人去注意这一点，因为项维，很快地，把事情导向了另一个众人均无法想象的方向。

"兰兰，现场留下的那个MP4是你的，对吧？"

叶海兰点点头，何燕此刻站了起来，双手紧紧地抱住了女儿的肩膀。

"是因为戴乐的遇害现场播放着肖邦的音乐，所以，你为了能成功仿造那个现场，把自己的MP4故意留下来的？"

叶海兰继续点头。

"你非常清楚戴乐现场的情形，是因为，你杀了戴乐？"

"不，我没有。"叶海兰脸色大白，使劲摇头，"我不会杀他的，我怎么可能会杀戴乐呢？我……我喜欢他还来不及呢……"

"不是你杀的？那你怎么会知道戴乐遇害现场的那么多细节？"

对的，原本，所有的一切，都应该是真正的凶手才能知悉的才是，叶海兰既然成功拷贝了这个现场，按理来说，应该是凶手才是，但她既然否认，那她如何做到，能将所有的细节，都运用到第二个谋杀现场呢？

"我知道的事情，大家不是都知道的吗？"叶海兰对杀害李忠国的事实丝毫不恐慌，却害怕别人把自己当作是杀害戴乐的凶手，有点语无伦次起来，"戴乐被杀了以后，我是第二个目击证人啊，所以，我当然知道，什么现场播放着肖邦，戴乐是被人用奖杯打死的，那一天是六月十二日戴乐的生日，还有警察没有找到凶器跟指纹，这些，不是大家都知道的吗？新闻报道、电视报纸上，不应该都有吗？"

"不对，我们从来没有将这么详细的信息披露给任何人，不管报纸还是电视台，你……"这个时候莫老大不再严守在唐成周身边了，而是走到了叶海兰旁边，"你是目击证人，啊，我们这还有你的证词，你当时说的是'听到肖邦的音乐声从戴乐房间里传出来，知道戴乐在家，于是就跟戴小玉一起去到了戴乐的房间，结果看到戴乐倒在床上，头破血流'，所以，你能掌握的情报，只有肖邦的音乐，头部受伤，还有，发生在六月十二日而已，其他细节，你怎么知道的？你怎么知道凶手清理了现场，我们没有找到嫌疑人的指纹？"

"我是听……"叶海兰狐疑着，视线投向了原子慧。

原子慧双唇发白，竭力让自己不去看别人，而是求助地看着项维。

项维显露出前所未有的小心，大气也不敢出地看着原子慧。

"我是听原子慧说的。"

七

"原子慧？"

在惊讶的众人当中，最为震惊的莫过于苏见心与唐成周。

苏见心一直嫉妒，甚至有点怨恨原子慧，正因为她的存在，才让戴乐舍弃了自己，甚至，在一年前知道戴乐跟她订婚的消息时，她还满肚子酸意地跟戴乐吵过，可惜一想到自己对戴乐的毫无帮助，以及，自己的那个疾病，她不得不压抑下对原子慧的恨意，或者说，她在心里憧憬着原子慧，希望自己也像她一样，出身音乐世家，以及，能与异性正常交往，最关键的是，获得戴乐的倾慕。

她希望有一天，能像原子慧一样，光明正大地与戴乐走在一起，那也是为什么，她想要治好自己的心理疾病的原因之一，只是在接受治疗以来，事情产生了太多的变化，其中之一便是戴乐的态度的转变。

她以为原子慧已经获得了戴乐的全部感情，所以才想跟自己彻底决裂的，却没想过，戴乐是原子慧杀的，这怎么可能呢？

"原子慧，项维说的，是真的吗？"

原子慧鄙夷地看了一眼苏见心，依然望着项维，"项维？"

"原子慧，告诉大家，你怎么会知道现场的这些细节。"项维却问。

"我是戴乐案的第二目击证人，现场的一切，我都注意到了。"原子慧答。

"不对，你跟叶海兰知道的东西应该都一样才是，我们当时跟你录口供的时候，你也没有提及你知道戴乐是被重物砸破了脑袋而死的，更没有说到，你知道现场被凶手清理过。"莫老大摇头。

"对啊，我们没有在现场找到凶手的指纹，还有凶器是奖杯，都是我们鉴证科的同事经过现场勘验后才得出的结论，而这个现场报告并没有透露给任何人，那你怎么可能知道这些并告诉给叶海兰的呢？"钟克之也点头，"原子慧，坦白交代。"

"你们警察一直没有嫌疑人的目标，而且调查也一直没有进展，我推理出来的，你们一定是没在现场找到凶手留下的痕迹，所以凶手清理过现场，对吧？另外，凶器是奖杯的话，我会知道也很简单，现场不再被封锁后，我去了戴乐房间收拾遗物，然后发现他少了一个音乐大赛的奖杯，所以就估计应该是凶手拿奖杯袭击了戴乐，然后带走了。"

"这？"

莫老大跟钟克之都看着项维。

一直没作声的项维无可奈何，"原子慧，说实话吧。"

"我说的就是实话啊，你们怀疑我是怎么知道这些细节的，我也说了啊，不是吗？刚才的解释你觉得不合情理吗？我知道这些，并不代表我就是凶手吧？项维，难道你也跟他们一样，怀疑我吗？别忘了，你可是我特意委托过来调查'十二日的肖邦'的，如果我是凶手，我怎么可能会找你调查自己呢？"

"不，你是看到出现了'十二日的肖邦'，因为现场与戴乐的遇害现场相似，被误认为是连环凶手，所以你才想利用我的调查，混淆视线，让这个杀害李忠国的凶手将两件凶案的罪名坐实来洗清自己的嫌疑的。而唐成周恰好地，为了苏见心，甘愿成为连环杀手，正中你的心意。"

"胡说，项维，你认为我有能力在你眼皮底下动手脚吗？"

"有。在唐成周被捕的时候，让所有人都确信他是'十二日的肖邦'的，有最关键的一点。"

"是什么？"钟克之问。

"在唐成周的心理诊疗室找到的凶器。"莫老大很快察觉到了。

"对。我们已经排除了苏见心的杀人嫌疑，她没有从凶案现场带走袭击戴乐的奖杯，警方在凶案现场没有发现凶器，所以奖杯应该在真正的凶手手里，但，我们也知道，在戴乐遇害的那段时间，唐成周有不在场证明，戴乐也不是唐成周杀的，可凶器却偏偏在唐成周的看诊室里发现了，这不是很奇怪吗？如果说唐成周甘愿成为连环凶手，而苏见心也是杀死戴乐的人，那唐成周的诊疗室发现凶器很正常，因为这或许是苏见心拿给唐成周的，但，事情却恰恰相反，所以，这是怎么回事呢？"

项维注意到唐成周满脸诧异，似乎根本没料到凶器一事。

因为是犯罪现场被抓，逮捕后配合地承认一切罪行，警方以为在唐成周的看诊室搜出凶器理所当然，而唐成周亦对凶器一事心知肚明，自然都没有过多留意这个细节。

"你知道凶器在你的诊疗室里吗？"

唐成周摇头。

"那，原子慧曾经去见过你，对吧？"

唐成周点头。

"对，我曾经去见过他，那又怎么样？"原子慧的手抓着衣袖在桌面反复地摩挲起来，"我去看心理医生，不可以吗？"

"偏偏在我告诉你，唐成周是杀害戴乐的嫌疑人之后？"

面对项维的质问，原子慧没有吭声。

"原子慧，你一直在利用我，知道了我怀疑苏见心，你就马上告诉警察，让他们去调查苏见心，知道了嫌疑人或许是唐成周，于是你赶紧地把凶器放到了他的心理诊室，随后在知道我依然相信苏见心才是真凶的时候，你是在后悔把凶器过早地送出去了吧？那个时候，你说了什么？你还记得吗？"项维问，"'要是现场没被处理得太干净，留下了苏见心的蛛丝马迹就好了'，这是，你的懊恼吧？"

原子慧桌子上摩挲的手停了下来。

"你怎么会知道现场被处理得太干净了呢？"项维问，看着原子慧的手，"因为现场是被你处理过的，从小，你就有严重的洁癖，所以每次的清理工作，你都是做得最彻底的，你杀了戴乐之后，在清理现场时，也是因为这样，所以才把第二个女人，也就是苏见心留下的痕迹也清理掉了，你很后悔，对吧？"

原子慧想摇头，被项维的话制止了，"别撒谎了，子慧，在我意识到，苏见心不是杀害戴乐的真凶之后，已经考虑过出现在唐成周看诊室的那个凶器的疑点了，同时……"项维有点不忍说下去，"同时，也让人，把你的指纹跟礼品袋上留下的所有指纹匹配，结果出来，不过是迟早的事情。"

原子慧直直地看了项维，许久，才深深地叹了口气，笑了，"啊，看来，依然是你比我聪明呢！本来想着可以隐瞒过去的。"

"子慧？"

"是的，是我杀的，戴乐是我杀的。"原子慧很干脆地说，"他生日那一天，我提早过去想要布置生日聚会的现场，结果看到有个女人从他家里出来，觉得很奇怪，进到屋子的时候看到他晕倒在床上，吓了我一跳。我摇醒了他，追问他那个女人是谁，被我逼问下，他告诉了我地下恋人的事情，一听说他竟然背着我跟另一个女人在一起，维持了六年，我就……"

"就杀了他？"

"就觉得他好脏。"原子慧说着，剜了苏见心一眼，"他们都脏。"

苏见心脸色惨白。

"是的，我杀了戴乐。要是他爱这女人的话，我会成全他的，可是他还想借助我家的势力，太脏了。"

所有人都没说话。

"还有，她也是，她也很脏，明知道他那么脏，还跟他在一起，把自己也弄脏了，我讨厌他们，尤其讨厌戴乐，但他还一个劲儿地说他是爱我的，不肯解除婚约，不肯让我离开，所以，我就杀了他。"

八

"原子慧你骗人，戴乐才不脏，戴乐是个好人，他明明对我很好的，他会教我读书，教我弹琴，还会带我去游乐园。"一直静静听着的叶海兰看着原子慧，恨不得把她撕碎，"你为什么要杀了他？你赔我戴乐，你赔我。"

"兰兰。"何燕把想要站起来扑向原子慧的女儿压在座位上，"兰兰，别冲动。"

"不是的妈，戴乐真的对我很好的，你陪着小虎的时候，他一直都陪着我，我不高兴的时候他会弹肖邦给我听，我难过的时候他会讲笑话逗我开心，他还答应我……答应我等我长大了会让我当他的新娘子的。"

"兰兰，兰兰。"何燕把女儿抱在了怀里，难过地轻轻拍着她的后背。

"这就是，全部的真相吗？戴乐是被原子慧杀死的，而杀死李忠国的其实是叶海兰，那他……，真是。"钟克之摸着自己的光头，看着唐成周。

唐成周此刻心里却是五味杂陈，看苏见心又是忧虑又是欣喜地看着自己，他不知道第几次地望向了项维。

"既然是这样……"莫老大打算抓人的时候，项维举手，示意等一下。

"何燕？"

何燕看着项维，叶海兰则一下子静了下来，也望向他。

"你，没有话说吗？"

何燕身体一僵。

"现在在你面前的，是你女儿，你儿子被人拐走了，你可以精神失常，逃避现实，丢下你女儿不管不问四年，可现在你女儿出事了，她说她是杀人凶手，你也打算继续精神失常逃避现实，眼睁睁看着她坐牢吗？"

"项维，你说什么？你别胡说。"叶海兰马上醒悟过来，大叫，"你知道我妈受不了刺激的吧？你想害她吗？"

唐成周首先意识到了什么，想伸手，手却被铐着，而接下来的其他人，却似乎懵了，事情，还没完？

"你还想陷在你那无可救药的幻想里，陪着你那虚幻的儿子吗？你刚才听到你女儿说什么了吗？四年了，你一直都没关注过你女儿，而你女儿却一直陪在你身边，忍着你那无可救药的幻想，你想想这四年多的时间里头，你为你这个女儿做过什么？身为母亲的你，不仅仅只有一个儿子的，你还有一个女儿，就是她，兰兰。"

"项维，你别说了。"叶海兰看着哭出来的妈妈，急了，吼了起来。

"你看看兰兰，看清楚了吗？这就是你丢下不管四年的女儿，而现在，她却心甘情愿代人受过，年纪轻轻地就要被判上杀人的罪行，何燕，这样可以吗？何燕，你看看你女儿，她还不过是个孩子啊！"

叶海兰终于忍不住了，哇的一声大哭起来。

何燕看着女儿的布满泪水的脸，哭着，颤抖着双唇，说出了口，"是的，兰兰是我女儿，是我女儿，我对不起她。是我，李忠国是我杀的，不是兰兰干的。都是我的错。"

众人的神情，用震惊已经不足以形容了。

九

一切，都要从叶海兰母女在绿湖公园偶然遇见李忠国那一天开始说起。

那天天气很好，何燕的心情也不错，于是叶海兰带着甚少出门的母亲到绿湖公园散步，原本，两母女还有说有笑的，当看到前面那个背影的时候，何燕仿佛被人施了定身法一样定住了。

在见到那个背影的时候，一些很模糊的事情开始冲破混沌，想要从她脑海深层浮现出来。何燕只觉得脑袋似乎是想要裂开一般地疼。

"妈，你怎么了？"叶海兰惊慌地问。

"兰兰……"何燕看了女儿一眼，一手抚着头，一手指着前面那个背影，"他……"

"他怎么了？"

终于，一个名字脱口而出，"弥勒伯。"那一刻，何燕脑海里关于弥勒伯的一切，儿子的一切，都清清晰晰地回忆起来了，她跌跌撞撞着跑向前，把那个背影一把揪了过来，"弥勒伯？"

"你们，干什么啊？认错人了吧？"很惊愕地看着两人的李忠国的脸瞬间变得煞白，"神经病啊！"

"你，你——"何燕说不出话来。

叶海兰看着李忠国，张了张嘴巴，什么都还没说，看到母亲脚一软就往地上摔下去，赶紧扶起了母亲，"妈，他不是弥勒伯，我们认错人了，对不起。"叶海兰扶着母亲坐到了乘凉的长椅子上。

"莫名其妙。"李忠国拂袖，看着后面急匆匆跑过来的一个女人喊："春好，还没行啊？"

"哎，好了，就来就来。"夏春好飞快地把几个空饮料瓶扔进了麻袋里，扎口，背上，经过叶海兰母女时望了几眼，跟上了前面的李忠国，"咋了？"

"认错人的，没事。"

何燕看着李忠国跟夏春好渐渐走远，抓着女儿的手握得死死的。

是他没错，他就是弥勒伯。那张脸，虚情假意的那张脸，化成灰她也认得。

就是他拐走了小虎的。

8月12日下午，何燕只身一人到了文荆小区，走到了门卫室前。

"弥勒伯，我知道你叫弥勒伯，你不认识我，没关系，但你认识我儿子小虎吧？"何燕冷冷地看着李忠国。

"你是不是……"

"你别不承认，你敢不承认，我就在这里站着，等每一个人经过，我就告诉每一个人，你是个拐卖儿童的拐子佬，我看你还能怎么装下去？"

"你，不是，大妹子，我们，屋里说话，屋里说话。"李忠国的屁股下仿佛烧起了一堆火，坐不住了，看看四处没人，赶紧拉着何燕进了自己屋里。

"我说，大妹子，何苦呢？那事真不是我干的，我没拐了小虎啊，是他可能那天见你没去接他，自个儿回家，在途中迷路，走失了！"

"你胡说，我问过学校的人了，他们说是有个笑得像个弥勒的老人把小虎领走的，小虎不会跟陌生人走的，小虎认识的笑得像个弥勒的老人，就只有你，你还狡辩？"何燕气愤，转身就走，"你不说实话，我马上报警。"

"哎，别，别，有话慢慢说。"李忠国把何燕拉住了，"妹子你听我说，我帮你把小虎找回来，行么？找回了小虎咱这事就两清了，好不？"

"果然就是你干的，你这混账，畜生。"何燕恼怒地啐了李忠国一口，"你放手。"

"你听我说，妹子，你就放我一马吧！"李忠国虽然老了，但毕竟是男人，力气大，竟然生生把何燕又拉了进去。

何燕又气又急，一眼看到桌子上的玻璃烟灰缸，一把抓了起来就往李忠国头上砸，"我要你放开我，你没听见吗？你这个畜生，混账，没良心的败类。"何燕砸红了眼，直到察觉到李忠国倒在地上一动也不能动时，才意识到自己做了什么，哐当一下扔了手里的烟灰缸，呆了一会儿，便跌跌撞撞地逃了出去。

十

"那以后，我就在提心吊胆地过日子，生怕哪天警察就会找上门来，可是，警察一直没有找上门来……"何燕捂住了脸，"我不知道为什么自己杀了人，却跟戴乐的案子联系起来了，说是连环杀手干的，我根本闹不清这是怎么回事。"

"于是我想，这不是我在做梦吧？或者，人不是我杀的，我只是在潜意识里杀了他，并没有在现实生活中杀了他，我是精神错乱了吗？所以我装作什么都不知道的样子，继续装糊涂，可是……"

"可是，我没有想过，别人没怀疑到我身上，是因为兰兰，兰兰她原来，一直知道的，还为了我……，真的是，难为她了。"何燕泣不成声，"我这个当妈的，真的很糟糕，太糟糕了。"

"妈。"叶海兰哭红了眼，被何燕抱在怀里。

在同一天，担心母亲的叶海兰来到了文荆小区，发现母亲杀死了李忠国，于是利用自己在戴乐一案现场看到的一切，伪造了现场，为了不让人怀疑到母亲身上，当被项维质疑时，主动揽下了一切罪行，想替母亲受过。

十一

唐成周看着抱成一团的两母女，连同原子慧一起被莫老大和钟克之带走，眼眶也不禁泛红，完了，一切，都完了。

"非常抱歉，把你的计划全部打乱了。"项维站在唐成周面前，"你知道多少？"

唐成周想笑，笑不出来，听项维这么问，抬头看着他，有些疑惑。

"我知道，你不知道戴乐是原子慧杀死的，否则如果是为了原子慧，你不会设计出'十二日的肖邦'，但对于李忠国的死呢？你是想杀他的，对吧？不过是等你想下手的时候，却已经迟了一步，你当时出现在李忠国家的时候，以为她们错手杀死了他，但因为不知道现场已经被人动过手脚，所以还是把你的CD放进CD机播放肖邦，让人把前后两件案子联系起来，对吧？你想把她们母女的罪行一并揽下，因为，原本你就是想杀李忠国的，然而，你以为谁才是凶手呢？叶海兰还是何燕？"

"有区别吗？"

就是说，无论，是母亲干的，还是女儿干的，他都已经决定承担罪责了吧。所以无所谓，可惜，棋差一着，被他识破了。

唐成周之所以这么做，是基于同情吧？

叶海兰跟何燕，毕竟都是李忠国的拐带儿童案的受害者，跟他本人一样。

"你怎么知道何燕的病已经痊愈了？"唐成周问。

"第一次见面的时候，何燕说兰兰正在复习，准备高考，但在信记那一次，她却说起兰兰初中的老师，后来我不是有咨询过你吗？以何燕的状态，是不应该能感知时间的，她已经知道兰兰在高考了，就是说，她知道距离叶小虎被拐事件过去已经四年了，而后来却否认，所以我估计她在假装自己尚未痊愈，为什么呢？她的病好了，对她自己，对丈夫，还有女儿，都是好事，没必要瞒着所有人吧？一开始我还不明白，当叶海兰急于承认自己是杀死李忠国的凶手时，我忽然意识到了，如果是何燕杀了李忠国，却假装让自己继续处于患有癔病的状态呢？"

"所以，你利用叶海兰，让何燕主动站出来，承担罪行？"

"对。"

唐成周无话可说。

苏见心坐在他们对面，静静地听着。

项维看了一眼苏见心，再看着唐成周。

"你想死吗？"

"你觉得我的人生还有意义吗？"

"替苏见心去死，替叶海兰还有何燕去死，你的人生就会有意义吗？"

唐成周沉默了。

"我，很同情你，换成是谁，谁都不愿意有你那样的遭遇，然而，事情已然发生了，他人加诸在你身上的错误已经无法抹灭，但你不应该延续那种种错误带给你的悲痛，以错误应对错误，而是想办法好好利用这一生。"

"不需要你说教，我有好好利用我的一生。"如果，不是被你破坏了的话。

唐成周说这话的时候，不敢正视朝自己抛过热切的目光的苏见心。

"我想杀死戴乐，也想杀死李忠国，还有连香泠也是，我的一生，如果杀死了这三个该死的人，便已经不算是浪费了。然而——"唐成周顿了顿，哀伤，"既然被你查出来，戴乐与李忠国不是被我杀死的，那只能算了，只是，太抱歉了。"

"对谁抱歉？"

"对何燕，还有叶海兰。"

他的一生都被毁了，首号的罪魁祸首是李忠国，原本，他就是要杀死李忠国的，不想让何燕或者是叶海兰背上杀人凶手的罪名，就跟，他不想苏见心背上杀人凶手的罪名一样。

生无可恋，浑浑噩噩中，不知道什么时候起，她们成为了他活下去的动力。

已经残缺的人生，如果再失去她们，那他继续拥有也毫无必要。

他是，这么想的。

所以，所有的罪行，让他来背就好了，那样，她们还可以各自幸福地继续生活下去，而他，也总算有一次，保护了对他来说最重要的人。

他原本是这么想的。

结果——

十二

"我觉得，或许，你该觉得抱歉的人，是她。"项维站在了苏见心旁边，看着唐成周。

唐成周看着苏见心，耳朵里忽然想起了那个童稚的声音，那个，无数次，在黑暗中，在耳边呢喃了无数次的声音。

他把头偏到了一边。

"阿周，虽然……可是，依然谢谢你。"苏见心把他依然拷着的手紧紧地握住了，眼泪流个不停。

唐成周想把手缩回去，苏见心执拗地没有松手。

"我，都听项维说了，你的事。"苏见心看着唐成周，"阿周，不是的，你的人生是有意义的，你救了我，不管是我做了傻事，还是我的心病，你都是救我的那个人，你不应该放弃你的人生的。"

"别随便替我放弃人生啊。"唐成周有点不自在，皱眉，"我利用我的人生，做了我最想做的事情，这不叫放弃，而是项维说的，好好利用，这就是我使用我人生的方法。"

项维苦笑，"那，今后呢？"

"今后？我会好好吃，好好睡，在拘留所这几天，难得克服了封闭空间恐惧症，好好度过剩下的这段日子，然后离开这个世界。"唐成周摇头，"毕竟，我也亲手杀了自己最憎恨的连香泠，也算是了却了一桩心事吧？"

"那，还真是遗憾呢。"项维笑了，"你还不知道吗？"

"什么？"

"你妈，不，连香泠她，没有死。"苏见心哭着笑了起来。

唐成周愕然。

"是因为你想着替苏见心与叶海兰背负罪行，不能不在犯罪现场被人识破的缘故吧？所以你袭击连香泠的时候，手下刻意用轻了力量，以防在你被人发现之前她就死了，或者是你当时，即便是想揽过别人的罪行，但在潜意识里并没有杀死养母的念头，总之，连香泠受了重伤，但并没有死，因此，你并没有杀死连香泠。"项维解释，看着唐成周，

"你的人生，并没有完结。"

唐成周此刻的表情先是怨恨，而后是惶然，接着是茫然。

"阿周，我们重新来过，好吗？"

项维离开了房间，回头，看了一眼急切问着唐成周的苏见心，把房门关上，一转身，看到莫老大跟钟克之就在门外不声不响地等着他。

"还有什么事吗？"

莫老大什么话都没说，竖了一下大拇指，走了。

钟克之学莫老大，也不吭声，竖了一下大拇指，跟在莫老大后头，走了。

项维笑笑，把手里的渔夫帽戴上，正了正，跟在钟克之后头，也走了。

透过门上的玻璃视窗，看得见屋子里的两个人，唐成周低着头，而苏见心神情激动地不知道在说着什么。

无论最终如何，从六月十二日的谋杀拉开序幕，关于"十二日的肖邦"，这一虚构出来的连环凶案，最终在这一刻，落下了帷幕。

十三

项维看着坐在自己对面的原子慧，注意到她一直不停地揉着自己身上的囚服，心里颇不是滋味。

原子慧神情慌乱："项维，好脏，这个地方，这里的人，都好脏，你帮忙把我弄出去好不好？"

项维摇摇头："将就一下吧。唐成周跟你一样，还不是被关起来了？听说他的心理问题因此治好了呢，你也应该学学他才是。"

"胡说，那个没有毅力的家伙，白痴。"原子慧愤然，"他要想承担罪责，就不应该露出那么多破绽的。"

"那样就能帮你顶罪了吗？"

"对。"原子慧恶狠狠地剜着项维，"你也是。"

"我也是？"

"没错，你啊，项维，你……我恨你。"

明明，你可以救我的。

"都是你的错，如果你，如果你……"原子慧咬着唇，欲言又止。

如果你，发现我的嫌疑的时候，不再追查下去，那我根本不可能落得现在这个下场。

"如果我什么？"

"如果你，当时，你不搬走的话，那该多好。"原子慧眼眶一红，"那样，或许你就能早点发现，戴乐的真面目，那样，我就不会……"

项维没有吭声。

"为什么呢，项维？为什么那个时候，你一声不吭地，就搬走了呢？"

因为你跟戴乐订婚了，你跟他在计划着你们的将来。

你的将来里没有我。

抱歉，我不是那种，眼看着自己在乎的女人投入另一个男人的怀抱，还会笑着说祝你们幸福的那种男人，我没有那么大的器量。

所以，我搬走了。

项维静静地看着原子慧，好一会儿，反问，"你明知道的，不是吗？"

原子慧脸一阵红，一阵白。

"所以，你才故意找我调查'十二日的肖邦'的，对吧？"

原子慧似乎换了一副面孔，冷静下来，幽幽地叹了口气，"啊，这你也知道了？所以，你就是故意不让我达成心愿的，对吧？"

"你的心愿是什么？让别人因为你做的事替你受过，自己安然无恙吗？"

"当然了，如果你对我的感情是真的，那么，你不是应该千方百计保护我才对吗？像唐成周保护苏见心那样？"

"你了解我吗？"

原子慧摇摇头。

"对我来说，这种事情，不行。特别是谋杀，绝对不行。或许别的男人，比如说唐成周可以做到，但我项维，做不到。"

"因为对你来说，正义最重要吗？"

"不，事实最重要。"

原子慧苦笑，"看，项维，这就是你不得女人欢心的原因，一直以来都是，明知道我喜欢的是什么，憧憬的是什么，但你却偏偏不给我喜欢的，不满足我所憧憬的，如果，在戴乐之前，你稍微做点什么，或许，我们现在的境遇就不大一样了。"

"所以，你是因为戴乐做了你喜欢的事情，满足了你的憧憬，才爱上他的？"

"不对吗？"

"所以说女人根本没有真正的爱情，谁对她好，她就跟谁走。"

"啊，真是奇怪了，女人不爱对她们好的男人，去爱什么事情都不肯为她们做、只在口头上说爱的男人就对了？这次轮到我抱歉呢，我不是受虐狂，我只爱对我好的男人。"

"所以，这就是今天你坐在这里的原因。"项维的语气酸酸的。

"那是因为那男人不够爱我的原因，而我，真幸运，还有一个足够爱我的男人。"

"谁？"

"你应该知道的，每个女人都有一个最爱她的男人，那就是她们的爸爸。"原子慧笑了，"你知道吗？我们当中的很多人，都很憎恶像戴乐这种那么脏的人，所以，很快，我就能出去了。"

尾声

　　信记的门被推开了，项维走了进来，他四处看了一下，随即找了个靠窗的座位坐下，把渔夫帽摘了下来，而后拿起了菜单。

　　"你好，请问……"在店里帮忙的叶海兰拿着下单的纸跟笔快步走了过来，看到是项维，一怔，随即掉头就走。

　　"兰兰。"项维叫住了她，"我听说信记的牛三星很好吃呢，能帮我拿一份吗？"

　　叶海兰低头，唰唰唰在下单纸上写上一行字，转身啪地一下把下单纸放在了项维那张桌子上，而后把另一份下单纸递进了后厨，自己则大步走出了信记。

　　她讨厌那家伙。

　　讨厌项维。

　　如果不是他多事，她跟妈妈，怎么可能出事？

　　她已经失去了弟弟，接着失去了戴乐，现在，又失去了妈妈。

　　叶海兰回头恶狠狠地瞪了项维一眼，眼眶湿润起来，她举起手使劲地擦了擦眼角。

　　"兰兰，要振作。"

一个熟悉的声音在耳朵边响了起来，叶海兰站了起来，"是。"

从叶海兰的视界里，出现了半倚在门前的戴乐，正温和地看着叶海兰。

"幸好还有戴乐哥你陪着我呢！"叶海兰显得有点担心，"可是，这一次，你不会再出事了吧？"

"不会，只要兰兰愿意，我会一直陪着你。"

叶海兰破涕为笑，"真的吗？那太好了。"

项维看着端上来的牛三星，拿起了筷子跟汤匙，在开动之前，他望了一眼玻璃门外，看到自言自语的叶海兰兴高采烈，摇摇头，用汤匙舀了一匙清汤，送进了嘴里。

好喝！

未遂的杀意

一

"东西都带齐了吗？"

陈辉点着头，把旅行袋拎进了车尾厢，合上，把妻子李家晓揽入怀里紧紧地抱了一下，而后松开了，扬了扬手，"那我走了！"

"路上小心点！"李家晓看着陈辉钻进车里，关上门，她凑上前，透过车窗再次问道："药，你记得带药了吗？"

陈辉点点头，拍了拍自己带的腰包，"放心吧，在这呢！"

陈辉是家海鲜酒家的经理，这次外出公干，是要到花城的几个水产交易市场寻找海鲜供应商。

当他开动车子时，看到李家晓依然站在原地，脸上明显带着担心地缓缓摆手，他笑了笑，踩动油门，驶了出去。

车出了住宅小区，陈辉哼起了欢快的小调，带点自鸣得意。

陈辉是两年前跟李家晓结婚的。

当时陈辉已经三十七岁，名下拥有从父亲手上继承的几家酒店，照理说，他人长得不差，又事业有成，有许多女人青睐，若陈辉有这个心，早该成家了才是。

然而陈辉却一点儿不急，若不是父母催促得紧，他这辈子或许也就黄金单身汉一生了。

只是父母仅有自己一子，陈辉又是个孝子，他不得不考虑父母的想法，于是听从父母的安排，相了一个又一个女人。

虽然说陈辉愿意听从父母的意见成家，但并不代表他对自己的妻子什么想法也没有。

陈家家底厚实，不需要娶什么能干精明的媳妇，所以首要的一条是温顺、听话。

陈辉很快在自家分店注意到了24岁的服务员李家晓。

李家晓外貌并不十分出众，因为性子温和，沉淀出了一身娴静的气质，身为酒店招待，这一点让客人很满意，而与同事相处，也很融洽。

看中李家晓后，陈辉特意派人调查了她的身世，得知李家晓也是家中独女，父母均是本地人，以经营一家小商铺为生，当即便认定了李家晓是自己想要的妻子人选。

陈辉的父母得知了儿子的心意，很快也同意了李家晓这位准媳妇。

陈辉与李家晓交往三个月后，便闪婚了。

两年的婚后生活，证明了陈辉并没有看错人，李家晓孝敬父母，服侍自己，从没有出现过争执，唯一美中不足的是，至今，李家晓都没怀上孩子。

"爸，妈，这事急不来，你们别担心，晓晓还年轻，迟早会让你们抱上孙子的，别担心啊，我打包票。"

每次父母看着媳妇扁平的腹部，谈及他们的忧虑的时候，陈辉就这么安慰。

陈辉心里清楚李家晓怀不上的原因，但他已经想好了对策。

一想到这事能同时让父母满意，让自己满意，同时也能让李家晓满意，陈辉便觉得自己简直是天才。

陈辉从后视镜里看了自己一眼，笑了，口中的调子唱得愈发欢快。

二

项维已经住到石坪镇半个月了。

这是个非常幽静的小镇，没有大城市的喧哗纷扰，非常适合静养休息。

说是镇，其实就是个不到两百平方千米的小山村，最繁华的地段是两条街道，两条街道之所以繁华也只是因为两条街的交汇点是连通着外面那个大千世界的汽车站。

项维原本就为了远离人群而来的，落脚点当然不会选在那两条街道，因此他入住的地方是个靠近大山丛林的郊区民居。

时间是在十二月初，镇上的青年外出淘金未归，留守在镇上的不是务农的父母辈，便是还在求学期间的儿童辈。而项维入住的民居，是一个叫张伯的房子，家里独子与媳妇都工作在城市，一幢三层的楼房有很多空房间，被简易装修了几下便当作是旅馆出租了。

镇上很多人家这么出租着自己家的空房间。

石坪镇四面环山，镇民靠山吃山——尚未开发深藏闺中的自然景观吸引了不少旅游爱好者前来一探究竟，但，因为偏远，加之不为人所知，能探究到石坪镇来的驴行者一般是骨灰级的游客，即不单纯凑热闹，走马观花到此一游便罢了的与人众乐，而是讲求精神与自然相通，摈弃人工景观的与己独乐，而这些人，比起游客这一称呼，更偏向于探险家的性质。

来石坪镇的探险家很少，但每次一来，总会住上一年半载，最短也是半个月，进山探险时住在山里，吃在山里，回到镇上一般也就为了补充日常用品，因此镇上入住的民居反倒成为了他们的大本营。

项维倒不是为了探险而来的，单纯是想随便找个小镇，过一段与世隔绝的生活。

他在石坪镇的作息也很规律，每天早上五点起床，穿上运动服从楼房外的山林穿过去，绕一圈后，爬上半山腰，可以观赏到日出，随即再穿过山林跑回来，接着沐浴，换上便服，吃过早餐，到镇外的河边钓鱼，一钓就是一个上午，有时候有收获，有时候没收获。

有收获的时候把鱼带回去，借用张伯的厨房，下厨弄自己的午饭。没收获的时候，则随便在镇上哪家小店，闻着哪家的饭菜更香，便到哪家吃上一顿。下午呢，则整理自己带来的那些资料跟卷宗，用断了网的电脑抄抄写写，直到晚饭。

镇上基本上没什么夜生活，一般也就是三四个人凑在一起打打牌，看看电视，放放影碟，信息滞后的镇民们到现在，看着四年前的电影也依然是津津有味的。

而这个时候，项维则一般上了顶楼，躺在张伯给他弄的躺椅上，带点小吃，喝几口啤酒，很悠闲地欣赏夜空：山镇别的娱乐没有，但夜空里那颗颗分明、闪亮明耀的星星，增添多了几分乐趣，这是在大城市里体味不到的。

这样的日子过得很快，一晃便过去了半个月，察觉到时间流逝的项维这天早早地起来，心里计划着还打算住多少天，一边换上了运动服，穿上跑鞋，打开门跑了出去。

项维一跑出去，原本待在院子里狗窝里的张伯家的狗，也飞快地跟了上去。

镇上有很多狗，家养的、野生的，都混在了一起，在镇上、也在山林里晃荡，只有到了夜晚的时候，看哪条狗是回家了，哪条狗是钻进丛林里了，才分辨得出哪些是家养的，哪些是野生的。

镇上的人对狗都很好，见到狗了，无论是谁家的，无论是家养还是野生的，只要手里有吃的，就都喂给它们，久而久之，能跑到镇上去的野狗对人也很温驯，当然，只在山林里称霸的野狗除外。

镇上人家给狗取的名字也很随意，大部分是看毛色，黄毛的叫阿黄，黑毛的叫阿黑，白毛的叫阿白，所以每次镇上的人唤自家的狗时，一声"阿黄"会引来一群黄毛狗，一声"阿黑"也会引来一群黑毛狗。

原本狗应该分辨得出自家主子的声音的，但镇上人家一叫自家的狗都是在喂食的时候，大概狗们也深谙这个道理了，所以无论谁叫，都呼啦啦屁颠屁颠地赶过去，或许它们心里想，反正能多吃几顿！

张伯家的狗叫阿黄，项维来这没多久就跟阿黄混熟了，不，应该说，是跟一群阿黄混熟了。

每次他去钓鱼的时候，身边总跟着一群黄毛狗，为的是他钓上来的鱼。

垂钓有收获的时候，项维总爱分几条给阿黄们。

扔在地上活蹦乱跳的鱼，需要阿黄们努力才能吃进口里，相当于激发了它们的猎捕本能，让它们非常兴奋，或许一番劳苦后的食物特别美味吧，所以每每一看项维提着水桶渔竿往镇外走，那些黄毛狗们食髓知味，总不约而同地就跟了上去。

估计，镇上的狗也很懂得打发悠闲的时光！

不过早上跟着项维去跑步的，只有张伯家的阿黄。

镇上的狗不比城里的狗，城里的狗要准养证，要看病，要定点洗澡，要准时溜达，镇上的狗不需要任何证件，有病扛着过几天就好了，脏了没人管，有人管的话钻进河里抖擞几下就行了，至于溜达，需要吗？不需要啊！

阿黑阿黄们可是每天都在外面撒野的，夜不归宿也不怕，要不是在外面找不到吃的，它们可以接连消失几天的，但怜惜自家主子担心之情，卖个面子每天按时回家罢了。

所以对于项维每天早上的跑步，没多少狗应和，至于张伯家的狗跟着，大概是因为有主人家意识吧，好歹是自家的客人，得好好看着。

项维每天跑的线路都是一样的，一进林子里，阿黄便远远地跑在了前头，项维在后面跟着，看着阿黄的尾巴在自己前方晃啊晃的，没跑多久，那尾巴忽然不晃了，阿黄叫了一声，而后偏离了每天的跑步线路，跑到了另一个方向。

"阿黄！"

项维跑到阿黄忽然不见的地方，停了下来，听到阿黄邀功般又叫了几声，连忙走了过去。

在一个土墩前面，阿黄冲着后面叫个不停，项维走上前去，看到了一个男人，脸色苍白地躺着，项维愣了，缓缓地蹲下，伸手去探了探男人的鼻息：死了。

三

当镇上派出所的警察接报赶到现场的时候，日头已经高高升在天空了，才刚刚复苏过来的阳光并不热，不足以照暖林子里的晨霭。

在警察来之前，项维已经对现场做了观察，并用手机拍下了案发现场。

土墩靠近一条山道，那条山道是介于石坪镇与毗邻的坪田镇的山道，容得下一辆小车的宽度，但因为是边郊野林，平时人迹稀少，项维注意到山道上的脚印凌乱，还有车胎碾过的痕迹，估计如果有死者的鞋印留下，恐怕也被破坏掉了。

至于死者，从容貌上看，是一位青壮年的男人，穿着质量上等的便服，外面套着一件logo是哥伦比亚的青色防晒服，手上带着一个防水的卡西欧运动手表，还有脚上穿着的是一双骆驼登山鞋，全身衣物整洁，乍看是名户外爱好者。

死者随身携带着一个黑色的腰包，还有距离尸体不到两米的一个运动背包，链子都拉上了，里面的东西在警察赶过来后便当即打开了：腰包里是望远镜、手电筒、纸巾、药油等一些便携式的户外用品，此外便是钱包、个人证件以及钥匙，钱包里发现了大约三千左右的现金，此外还有一张信用卡，似乎没被动过。至于背包里，则装了一台便携式手提，以及相关的电子配件，还有就是雨具、毛巾跟饮水等琐碎的必备品。

尸体暴露在外面的皮肤，面部、手腕、手掌等，都没有发现损伤，再加上死者随身携带的财物没有被动过，似乎，不像是被人袭击或遭受抢劫的样子，但也不像是意外事故。

自杀吗？

但也没发现药瓶或是其他毒物，唯一发现的饮用水是背包里尚未开封的一瓶矿泉水，难道是之前在什么地方服用药物后走到这里才死去的？

法医做了初步的诊断后，推断死亡时间是昨天深夜到今天凌晨。

昨天深夜？

死者是扎营在深山里的探险家么？但这是距离石坪镇不到一公里的山林，若是探险家的话，应该在更深的山里才是，或者，他是从深山里返回大本营的？但若他是想回大本营的话，大可以选在白天，并不需要挑选深更半夜的时间回来，而且中途还死在了这里，说不过去吧？

项维蹲在尸体旁边，看到了卷起的裤脚上，夹带着一点儿黄色的什么东西。

他把那黄色的什么捏了起来。

是片扇形的叶子。

银杏的叶子。

项维意识到了什么，望向死者的脚底：鞋子底部的纹路上沾着褐色的泥土，其上还有些微黄色，依稀辨得出也是黄色的树叶。

"死者是花城人，估计是来观光的。"警方从腰包里找出了死者的身份证跟名片。

项维之前一直没有私自翻找死者的遗物，这个时候凑上前，用手机快速地拍下了证件上的死者信息：陈辉，1979年3月25日，花城市白云区广园东路××号。

"哎，你干吗呢？你是目击证人，私自拍什么拍？"

项维递给警察一张自己的名片，然后道："这人不是到石坪的探险家，而是隔壁坪田镇的观光客。"

"你怎么知道？"

"这个时候，隔壁坪田镇的银杏之乡正是叶黄的时候吧？但石坪这里是没有银杏树的，只有那条山道过去的那边那个姜塘小村落才有，死者应该是从那个方向来的，他鞋底也沾上了银杏叶的碎片。"

项维把发现的银杏叶放到了警察手里。

四

李家晓接到电话，被告知丈夫死讯的时候很是错愕。

丈夫离家之前，跟自己说的是去花城两个水产贸易市场联系供应商，而据她所知，酒店平时联系的海鲜供应商，不是黄沙码头的那个海鲜市场，就是番禺五湖四海国际水产贸易中心，但现在，通知她的警方说，丈夫死在了石坪，一个远在千里之外的陌生山镇，她连听也没听说过。

这是怎么回事呢？

怀着满腹疑虑，李家晓来到了临时安置尸体的南江市医院。

因为死亡时间不长，而且尸体保存良好，所以死者相貌清晰可辨，李家晓一眼认出了那就是自己的丈夫陈辉，一下捂住了嘴巴。

真的是丈夫？

"他，他是怎么死的？他怎么会？你们，有查清楚这是怎么回事情吗？"李家晓语无伦次地问。

"我们的法医初步鉴定你丈夫是因为心力衰竭而死的，至于导致心力衰竭的原因，我们还在调查中，不过，在那之前，我们听说，你丈夫原本并没有计划到我们南江市来？"负责调查的梁警官问，"能告诉我们警方一些具体的情况，好让我们尽快查清事实吗？"

在证实了死者的身份之后，梁警官便派人去调查了李家晓在死者遇害当天的行踪，发现李家晓有确凿的不在场证明，排除了妻子的犯案可能性。

"好，当然好。"

"你丈夫是什么时候离开家的？原来的目的地是哪里？"

"就前天中午，他跟我说，要去花城的水产市场，去找几个水产供应商，我们是做海鲜酒家的，最近供货的几个水产商因为生意不景气，都不干了，所以我们只好去找别的能提供货源的海鲜供应商，不然，我们酒店的营业也会受影响。"

"这是你丈夫跟你说的？"

"对，我们的酒店的海鲜主要是直接从海外进口过来的，但平时酒店的顾客也有很多主要是消费本地海鲜的，所以，这方面的货源也需求很大，再加上我们有几家分店，所以，不得不抓紧时间找到足够的供货源，因此他才去寻找新的海鲜供应商的。"李家晓显得很困惑，"他跟我说会去黄沙跟番禺的，大概要花四五天的时间，可是现在——"

"你没听他提起过石坪吗？"

"没有。"

"那么坪田呢？"

"从来没有听说过，他也没跟我提过。"

"那你丈夫平时，喜欢旅游吗？或者是参加户外活动？"

"没有。酒店的生意很忙，他也不是喜欢把时间花在没有任何意义的游乐上面的人。就是我们结婚，蜜月也没有去旅行，不过是把我带到了每家分店品尝海鲜而已，同时他也不忘兼顾酒店的运营。而婚后的生活，我一次也没跟他出行过，他不是喜欢旅游的人。"

那么，一个不喜欢外出的人，怎么会浑身一副户外爱好者的装扮，而且还深夜跑到荒郊野外去的？

看来，是丈夫在瞒着妻子自己的兴趣爱好，捏造了自己出行的真正目的，结果却在途中遭遇了什么，出事了。

"对了，你说，你丈夫是驾车出行的？"

"对，是辆银色的威兹曼的三厢车，我把他的车牌号码给你。"李家晓说着，拿笔写了起来。

"车上有装GPS导航系统吗？"

"没有。"李家晓摇摇头，"他说，他不喜欢那种东西，装了那东西就好像每时每刻都能被人监控到似的。"

原本还想靠GPS定位查看陈辉这两天的行踪的，顺便找到那车子，知道他最后去过什么地方，现在看来，还是得靠人力了。

"我丈夫他，到底出什么事了？"

"除了他向你隐瞒了真实行踪，在陌生的地点出现，以及因心力衰竭导致死亡这三点，其他的，我们暂时都不清楚，不过，综合以上疑点，我们认为对你丈夫的死因应该进一步深查。"

深查的方法便是尸体解剖。

听梁警官说了这一提议后，李家晓面露难色，犹豫了片刻，最终还是同意了。

稍后的解剖结果证明，陈辉的右心室心壁狭窄，冠状动脉支血管里形成血栓，循环障碍引起心肌梗死，导致发作性刺激死亡。在得知死者生前便患有轻微的心脏病后，因为没有在尸身上发现其他的任何不明疑点，而从尸体发现现场综合来看，也没有殴打的迹象，亦没有任何金钱遗失，没有其他任何线索证明陈辉的死是与任何犯罪活动相关联的，警方推论是陈辉隐瞒着妻子到坪田镇银杏之乡旅行，后从坪田镇游走到石坪镇的丛林后，突发心脏病导致死亡。

警方最终让李家晓领回了陈辉的尸体。

至于为什么陈辉要对自己的妻子隐瞒自己的行踪，那是丈夫与妻子之间的隐私问题，警方认为与陈辉的死无关，倒是在寻找车子方面，遇上了麻烦：去坪田观光点的几个停车场查找车子的警方人员，在找到有这个车牌号码登记的停车场时，被告知车子失窃了。

因为正值银杏之乡的旅游旺季，这类游客失窃事件常有发生，警方当作在陈辉长时间不取车的情况下，被起了贼心的小偷盗走了车子，是一件普通的汽车失窃事件。

五

坪田。

时值仲秋，寒意渐浓，银杏却黄得灿烂，一大片满眼的金黄，染得每个山头都暖意弥漫。在遍地金黄色的叶子上盖起的红砖或黄砖墙的土房子，因为有了这美丽的背景做提升，无论从哪个角度看，都成为了图画或照片中的艺术品，难怪有那么多人不惜千里而来，摄影或秋游。

陈辉是这众多游人中的一员吗？

项维从停车场离开，看着三三两两的行人时，这么问自己。

陈辉妻子李家晓来认领尸体的事情，项维从警方口中得知了。

毫无疑问的，陈辉是个经常外出户外活动的人，从他一身的穿着打扮便可以判断出来了，然而陈辉却向妻子隐瞒了这一点，背着她借口外出公干来到了旅游之地，有必要吗？

这并不是什么见不得人的喜好，即便告诉了妻子，也没见得有什么害处吧？

此外，最耐人寻味的是，陈辉本人竟然患有心脏病，这不是很矛盾的事实吗？

一般心脏病者并不能进行激烈的户外活动，因此大多数病人都不会有此爱好，即便是有，也是遵照医嘱进行一些活动量不大的休闲活动，这么一来，就说明陈辉应该不会从坪田镇游走到石坪镇——坪田银杏之乡的秋行，非常休闲温和，是种适合心脏病人的散心活动，而石坪镇的探险运动量大，地势崎岖，对心脏病人来说负荷太大，会危及到自身健康的，因此，陈辉不应该有想离开坪田镇游走到石坪镇的举动。

此外，一个心脏病患者，来如此偏僻的山村活动，若有突发事件可没人照应，他可能是一个人来的吗？

从停车场的登记人员得知的消息，当时陈辉是一个人过去停车的，填写资料的也是陈辉本人。

所以陈辉是一个人过来的？

项维看着拿着式样不一的单反、摄影机还有手机拍照的游人，看到了其中有个女人，落寞地坐在一边，半眯着眼看着从树枝缝隙里透过来的阳光，认出她是谁的项维慢慢地走了过去。

"你好，你，你是，陈辉的妻子吧？我叫项维，是发现你丈夫尸体的第一目击证人。"

李家晓听了项维的自我介绍，脸色带着茫然，明白他在说什么后慌忙站了起来："你好，我丈夫的事情，麻烦你了。"

"不算麻烦，只是凑巧，碰上了。"

这个时候，一对夫妇放开了儿子的手，那儿子似乎还在蹒跚学步，在满地的黄叶中跌跌撞撞地碎步走着。

李家晓看着那小孩，再看看挂满金黄色叶子的银杏树，苦笑："他竟然来这里观赏银杏，他这人，应该最没资格来观赏银杏的。无论这里再怎么漂亮，都与他无关的。"

"？"项维看着李家晓，想了想，问，"我听办案的警察说了你的情况，能问一个问题吗？"

"请说。"

"听说，陈辉有心脏病？"

"对。"

"可是，我记得——"项维搔了搔头，"当时并没有发现他随身携带着治疗心脏病的应急药。"

李家晓的脸色微微变了，"啊，有啊，我记得他离开家的时候，我还叮嘱过他记得带药的，是吃完了吧！"

"吃完了？"

"那个，我也不清楚，可是，他的心脏病并不严重，平时也带着特效药在身边，但很多时候是用不上的，但我记得他是有带药的，还是我给他带上的，或许是放在车里了吧？"

项维点头，看着对着银杏树多角度拍照的游客，"那，那么，他的摄影机也放在车里了吗？"

"啊？"

"你丈夫是来游玩的吧？一般游人出外，必不可少的装备一定会有摄影器材，但发现你丈夫死去时，清点物品的时候没发现任何单反、照相机，或是手机之类的东西呢。你领他遗物的时候有发现这点吗？"

"没有啊，或许你说得对，他是放车上了，或许是压根儿没有，也或许，他把单反给弄丢了吧？就跟他把车弄丢了的原因一样。"李家晓渐渐露出了戒备的神色，"又或许他是用手机拍的，而手机也被盗了，或者也落下在车里了，谁知道呢？他可是瞒着我说要公干的，结果却来了这种地方，我连他有没有照相机都不知道，怎么能回答你的问题呢？"

"也对。"项维点了点头，"那么，你觉得他是一个人来的？还是跟别的什么人一起来的？"

项维拿着陈辉的相片想去查找陈辉落脚的酒店或是民宿，却没有任何发现，因为这里的入住手续很简易，只要交了足够的押金，不需要任何身份证明，或许是陈辉用了假名登记，只是为什么陈辉要用假名登记呢？无论任何理由，这显得有点奇怪。

但，还有另外一个可能的原因是，陈辉是跟其他什么别的人一起来的，或许，是用跟他一起来的人的名字登记入住的，如果这个可能性存在，那他是跟什么人一起来的呢？

"不清楚。"李家晓摇头。

"能帮忙到电信厅查一下你丈夫手机号码的最近联系人吗？"

"为什么？"

"你丈夫究竟一个人、还是跟别的其他什么人来这里的，查查他的通话记录就清楚了，对吧？既然找不到他的手机，最快的方法自然是去查他的通话记录了。"

"知道了又怎么样？"

"我怀疑你丈夫的死并不单纯是心脏病突发死亡，如果他是跟别的什么人一起来这里的，或许他知道你丈夫身上究竟发生了什么事。你不想知道吗？"

李家晓沉默了片刻，摇头，"不，警方已经有结论了，我和他的父母，都已经接受了这个结论了，我们不喜欢节外生枝。"

"是他父母不喜欢节外生枝，还是你不喜欢节外生枝？"

李家晓的脸色青一阵白一阵，却没发作，而是很快地转身，离开了。

六

李家晓的反应有点问题。

或许她跟她丈夫的死有关系。

然而，从现场怎么看，都没有发现异常，警方以心脏病突发为因结案并非无道理的。

只是，现在知道了陈辉随身是有带药的话，那当时陈辉怎么会没带药呢？

是药被人拿走了？还是药真的忘在了被盗的车上？

说来，这事情也透着一股凑巧。偏偏死者的车在事发后没多久被盗了，按照停车场的说法，陈辉的车子只缴纳了一天的场地费跟看管费，第二天时间过了陈辉没来取车，那他的车被盗，停车场是毫无责任的。

停车场没有监视录像，车子具体什么时候被盗的也没人清楚，这种说法或许是停车场的人为了推卸责任才这么声称的，毕竟那车子市价就两三百万，因看管不力赔偿要费挺大一笔钱。

正因为车价昂贵，不排除有识货的小偷盗车，所以警方才认为这是一起普通的汽车失窃案，但项维倒不这么认为。

如果，陈辉是跟别的什么人，比如说，情人出来游玩的话，恰好这情人知道陈辉死了，于是把车开走了，也符合逻辑吧？

是不是这样，其实问问李家晓车钥匙还在不在就知道了。不过如果车钥匙本身是有几把的话，那也难说。

项维拿出手机，把自己拍下的陈辉的相片，从坪田到石坪的方向，一路问人，看是否有人见过陈辉。

既然酒店跟民居无论如何找不到入住记录的话，还有一个可能，就是他在野外搭建帐篷过夜。

来这的游人流动性大，很多游客都是当天来当天走的，问这些游客大概也是毫无线索，所以项维主要是问散落在各村落的小店，或是一些小商贩，这些人每天固定地出现，曾经遇见过陈辉的概率较大。

果然，一位在这里卖水的大婶，看着陈辉的相片时，点了下头："啊，是这人啊，我见过。"

"什么时候？"

"就一个星期前嘛，他跟我买水，买了十二瓶，他一开始跟我说买一打，我说，一打是多少，怎么算呢？他告诉我说，一打就是十二瓶。"大婶不好意思地笑了，"哎，我乡下人，没听说过一打这个词儿呢。"

"还记得那天他什么时候跟你买的吗？"

"就傍晚，吃晚饭的时候，我正收了摊打算回家呢，挑那么多水回去，重，刚好他买那么多水，减轻了我的负担，我真要感谢他呢。"

是陈辉遇害当天傍晚的事，发现陈辉时他身上只有一瓶矿泉水，其他还有十一瓶，不可能陈辉在那么短的时间内都喝完了，是放在车里了吗？

"那么多瓶矿泉水，是他一个人全拿走了？"

"不，他还有个伴儿呢。"

"谁？"

"啊，一个年轻小伙子，二十来岁的样子，长得挺精神的，他们两人一人分了六瓶水。"

"知道那小伙子叫什么名字吗？"

"不清楚，我就是个小商贩，只管别人买不买水，怎么可能问人家名字呐？"

那是跟陈辉一起来银杏之乡的吗？还是陈辉在这里认识的随便一个

游客？

项维走到一家野菜馆打听的时候，野菜馆的一位服务员也认出了陈辉，"啊，是他啊？就是跟他弟弟来吃晚饭的那个先生啊！"

"他弟弟？"

"对，我给他们上菜的时候，问了一句，这位先生说的，是他弟弟。"服务员点头，"他弟弟很害羞，那会儿还不好意思地低下头去不敢瞅我呢！"

陈辉的弟弟？

陈辉有弟弟吗？

"那位先生可大方了，叫了很多菜，结账的时候说我服务态度好，还给了我不少零钱，说是什么小费，我们乡下哪有付了饭钱还给我们服务员小费的规矩？我不收，结果他硬是塞给我了，哎，他的心肠真好。"服务员笑得乐呵呵的，随即似乎想到了什么，有点担心，"不过，他们那天，是往姜塘那个方向去的吧？不知道他们有没有事？"

"为什么这么说？"

"你不知道吧？姜塘村子那一天，发生了杀死人的坏事情呢！哎呀，听说闹得都上报纸了。"

命案？

"什么时候的事情？"

"就一星期前啊，那位先生跟我说，他跟他弟弟那天晚上也是要去姜塘村的。"

"你知道那命案具体是什么时候发生的吗？"

"啊，听说就是那天晚上，什么时辰来着？我不清楚，都是听人说的，要不，你去买份报纸看看？"

七

这天清晨，跟往常一样，李婆婆起了个大早，揭开铁锅，将里面泡好的黄豆捞了起来，过水，沥干，拿到了屋外的石磨旁边，她一边把黄豆加进石磨里，转动石磨后一边加水，看接浆水的桶满了，她停下了石磨，把浆水拿进了厨房。

李婆婆把浆水倒进锅里，煮沸，过滤，然后再把滤过的浆水倒进锅里，烧着，然后把烤熟的石膏碾成粉末，等浆水烧开后，按一定比例调好石膏水，浆水稍微冷却后，一起对流倒进了分层的木盆里，接连几次反复装起倒进后，李婆婆用纱布密封起木盆，放到了一边。然后出去外屋，继续把刚才剩下的黄豆磨完，这一次，她煮沸浆水过滤后直接倒进锅里，用稀释的胆水放进铲子里沿着锅边，慢慢倒进整个豆浆锅，而锅里有碎碎的豆花出现了，随着胆水越放越多，白花花的豆花也越来越多，李婆婆烧起了火，文火加热至沸腾，而后关了，把过多的淡黄的糕水舀走，就成了满锅的豆花了。

李婆婆把豆花装进了干净的木桶里，用布盖着，然后将早准备好的糖、辣椒、姜、葱、蒜、香菜等等分开容器装着放到桶盖上，而后把之前的木盆打开：一盆漂亮的豆腐整齐地出现在眼前。

李婆婆把豆腐、豆花跟佐料，还有一次性碗筷都放上了小推车里：豆腐是供应给那开饭馆的厨房的，而豆花则是当场直接卖给那些来这里看叶子的游客的——这就是李婆婆赖以为生的活计。

李婆婆不知道每年可见的满地的黄色落叶有啥好看的，不过这些人来了，能让她每天卖卖豆腐跟豆花赚点钱，而这些钱又是在白果（银杏）丰收之前，维持自己生活的费用，所以李婆婆也不多去揣测来这里的陌生人的心情了。

当李婆婆推着车子出了院子，往平时游客最喜欢聚集的那一大片银杏林走出去的时候，天色已经白了，阳光透过枝叶照射在满地的黄叶上，煞是好看。

李婆婆看着地上的阳光，想想今天能卖完后的收入，正喜滋滋的，手里的推车忽然慢了下来。

黄色的叶子上，有凝固的红色，斑斑点点的，一直延伸向前，红色越来越厚重，最终停在了两双鞋子底下：是躺在地上的两个人的鞋子，一男，一女，两人的裤子上、衣服上，都沾染上了这浓重的暗红色。

李婆婆看着那对陌生男女惨白的脸，没作声，手里的推车继续走着，走过那对男女三四步的样子，推车停了，李婆婆的膝盖一软，一屁股跌坐在了黄叶上面。

八

死去的那对男女的身份很快查清楚了，是对来银杏之乡秋行的情侣，大概随身携带的财物引起了歹人的邪念，在两人在外幽会之时，被人当场用锐利的凶器捅死的，男尸身上发现了多处抵御伤，致命的一处在胸口心脏处，女尸则是因从后背插入的凶器刺穿心肺而死，从伤口的形状看，均是同一把凶器。

两人身上值钱的东西：手机，相机，手表，首饰，以及钱包里的现金，都被拿走了，现场留下的掠夺的痕迹证实了这一点，而凶手似乎并没有想隐瞒受害人的身份，证实两人身份的证件、驾驶照等文件都在，警方正是依照这一点确定了死者的身份。

作案者似乎过于肆无忌惮了，因此也留下了破绽：在死者身上翻找财物的时候，在尸身上留下了带血的手印，凭借这些血印，警方得到了凶手的指纹，只是暂时无法找到嫌疑人。

根据两位受害人入住的饭馆人员提供的信息，这对情侣是特意选在夜深人静的时候到银杏之林幽会的，离开饭馆的时间大概是在夜里十点三十分左右，那个时候留在银杏之林的人不多了，排查了姜塘村的游人以及当地村民后，暂时没有发现目击者。

引起项维注意的是这对情侣遇害的时间。

深夜到凌晨，刚好跟陈辉遇害的时间有重叠，在同一个夜晚三个人几乎同一时间死去，是巧合吗？

表面上看起来似乎是这样。

受害情侣身上的财物全部被拿走了，很明显是以金钱为动机的抢劫，而陈辉身上没有发现遭袭击的痕迹，财物除了可能留在车里的手机跟单反，其他值钱的东西都在。

根本是两件性质不同的事件。

项维去姜塘那对情侣遇害的地点时，手里依然抓着一份报道这起案件的报纸。

项维搔了搔头，从姜塘这个村落，一直往石坪镇那边走。

在姜塘的民居也没有找到陈辉的入住信息，难道说，他果真是打算在山林中露营过夜的吗？

是，跟那个弟弟一起吗？

九

项维想办法联系上了陈辉的父母。

他知道如果找李家晓的话，李家晓未必将情况如实相告，所以绕过了李家晓，直接找陈父陈母。

令人意外的是，陈辉并没有弟弟，即便是其他关系的后辈，也没有可以让陈辉称为是弟辈的，在陈家的关系族系里，陈辉是辈分最小的弟氏。

所以，这个弟弟，或许是陈辉在生意场中认识的朋友？

"陈辉与李家晓的感情好吗？"

"好，很好，我们一家两辈人住在一起，都看在眼里的。"陈父点头，"两人结婚后从来没吵过架，很融洽，阿辉是孝子，除了前几年贪玩了一点儿，也没做什么惹我们两个老人家生气的事情，就是结婚嘛，也是我们看他年纪不大了，催了几次，他不就把晓晓娶回来了吗？"

"晓晓也是个称职的媳妇，家里家外的，都给我们打点好了，不用我们操心，除了……"陈母说到一半，又是喜又是忧，"这也没啥的，只是，好不容易晓晓有了，阿辉却出事了。"说着陈母便低声啜泣起来。

"哎，这算是不幸中的万幸，好歹，阿辉他也总算给我们陈家留下了血脉。"陈父安慰妻子。

"所以，对于你儿子瞒着媳妇一个人去旅游，你们不觉得奇怪？"

"这事啊，估计是阿辉不愿意我们担心吧！"陈母道，"以前呢，陈辉也发生过这种事情。"

"什么事情？"

"就是瞒着我们，说出外办理业务，其实是自己跑去什么地方旅游去了。我儿子他心脏有问题，虽然问题不大，但是他一往外跑，我们都很担心，所以很排斥他到处去，而阿辉虽然乖，但自己想出去散心的时候，都是先斩后奏，去完了，再回来给我们说他是去哪儿玩了，我们看他平安无事，也就不好多说什么，谁知道这一次……"

因此，陈辉瞒着家人独自出行，并不是什么可疑的事情，这背后也没什么别的内幕，但如果陈辉是跟另一个朋友一起去的银杏之乡，那为什么出事后，这个朋友不出面呢？

假设他们是在一起露营的，或者入住在同一家民居，陈辉一个晚上没回去，他不是应该报警吗？

这人却毫无动静，为什么呢？

或许，他知道陈辉出事了，却有不得已的理由不能露面。

那这不得已的理由会是什么？

又或许，自己猜测错了，陪陈辉去坪田的人，不过是凑巧结伴而行的普通朋友，在陈辉遇害之前，两人就已经分开了，因此这人对陈辉出事并不知情？

项维从陈辉父母口中得知了陈辉的手机号码，想办法查到了在陈辉遇害当天的通话记录：在陈辉遇害之前，陈辉有三个拨出电话，都是同一个号码，这个号码同时还打入了最后的一个电话，看时间记录，是在陈辉死去的那天晚上十一点十分左右。

当时国内还没有对电话号码全部强制执行实名登记，无法确认使用这个号码的人的身份，于是项维直接拨通了这个号码。

然而，电话已经不通了，似乎此号码已经被废弃了。

十

门外放着一张红木桌子，桌子的四边各坐了一个人。

都是他认识的乡里。

借着皎洁的月光，以及从房子里拉出的电线，装在柱子上的灯光，三个人看着第四个人手里洗着的两副扑克牌，等牌洗好了，啪的一声放在了桌子中间。

"刚谁赢？"

"是我们，我们俩赢了，我们先摸牌。"其中一个汉子把放在一边的钱往外推了一点儿，然后抓起了面上的第一张扑克牌。

"好好好，待会儿我们赢了，就把你们桌上的钱都赢回来。"

"你有本事再说。"

他听着四个人的调侃，心里痒痒的，连带着手也不安分起来。

他想起了扑克牌抓在手上的感觉。

薄薄的一片，边缘很锐利，却不是刀刃的那种锐利，而是，手指触上去仿佛是琴弦，能触动神经敏锐度的尖锐，而光滑的牌面，摸上去就像是过年的时候穿的真皮夹克一般舒服。

更让他觉得过瘾的是一张张扑克牌打出去的时候，对手脸上的诧异、惊愕，跟失望，还有愤怒，当牌局尘埃落定，他把对手桌上的钱揽到自己面前时，对手脸上呈现的后悔不甘的神情，那是最让他感到回味无穷的。

好想出去打上两轮。

他的手指弹了弹，仿佛此刻手上就拿着一把决定了输赢的扑克牌，蠢蠢欲动。

不行。

这个时候，绝对不行。

他对自己摇了摇头。

"操，竟然又输了。"外面的一个声音骂了起来。

"我就说了，有本事赢我们再说。"另一个声音笑了起来。

"不玩了不玩了，钱都输光了，不玩了。"

"哎，别不玩啊，你不玩我们可就玩不了了。"

"我不管，反正今天我输够本了，明天再继续。"

"那怎么着？哎，你别走啊，真是！"声音停了一会儿，朝屋子里喊了起来："二柱子？"

他听到了自己的名字，迟疑着，没应。

"二柱子，你在家吧？快出来，我们在打牌呢，缺人。你出来顶一个？"

"二柱子，你是在家啊，快出来，你大伯叫你出来打牌呢！"

他浑身激动起来。

打牌。

那两个字仿佛是魔音，一下调动起了他身体里细胞的活跃度。

"二柱子，打牌咯。"

他终于忍不住了，从里屋大步迈了出去。

"我就说嘛，二柱子是在家的。"

"升级，我跟你是对家，规矩你懂的。"

他点点头，从口袋里掏出一叠现金放在了手边，一张一张扑克牌摸了起来。

果然，扑克牌在手里的感觉，真好。

十一

李婆婆是后来才认出来，自己发现的那对死去的情侣，其实就是前一天光顾过她的两位客人。

发现尸体的时候因为惊吓，再加上死人的脸跟人活着时候相差有点大，所以李婆婆一时半会儿没认出来，直到心情慢慢冷静下来了，她才想起了她见过这对恋人。

那天她的摊位跟往常一样，摆在一棵长满黄叶，摇曳生姿的银杏树下。

这个位置是她上大学的孙女教她的，说什么城里来的游客，喜欢什么小资情怀，又追求什么生活的美感，只要把摊位设在有艺术感的这棵银杏树下，从哪个角度看，都把器具、自己跟银杏树联系起来形成最好的构图，能吸引喜欢瞎拍照的游客，也能触发他们的好奇心，鼓动他们品尝银杏之乡村民亲手磨的豆花，那生意自然就好了。

孙女还说，不仅卖豆花给游客要收钱，要发现了谁给自己拍了照，也应该找他们收版权费的，因为她有肖像权，成别人的摄影模特了就该收点小钱，孙女还告诉她很多其他地方的旅游景点都有人这么干。

李婆婆对于这一点非常不赞成。

她等于是耍了诡计让那么多人来光顾自己的生意了，拍照也找他们收钱心里就过意不去了，要真收钱，他们给自己拍了那么多照片，不是应该反过来，自己掏钱给他们吗？

脑子没有孙女活络，思想也一直没转过弯来的李婆婆在这点上没听从孙女的意见，倒是听说自己很可能会在无意中成为了上相的模特，心里有点乐滋滋的。因此每天都花着心思穿自己认为最好看的衣服，做生意时也注意一举一动尽量随和文雅——李婆婆虽然是婆婆了，心里也是爱美的，她也希望别人拍的相片里的自己，也是美美的。

也正因为如此，李婆婆卖的豆花越发地受欢迎。

那天上午，刚好是阳光最亮的时候，李婆婆坐在凳子后面，注意到一对神态亲昵的恋人一边取景一边拍，朝自己的摊位靠近了。

"婆婆，你好，你能不能站起来，我给你拍张漂亮的相片？"

李婆婆点点头，依言站了起来。

这已经是司空见惯的事情了，很多游客会让自己帮他们拍照，有些游客会要求自己站在什么指定的位置，恭维说给自己拍个家乡照，李婆婆来者不拒，反正事后这些游客为表示自己的心意，总会买她一两碗豆花吃。

这对情侣也不例外，给婆婆拍了照后，凑了上来。

"婆婆，你这是自己做的豆花吗？"

"对，是选用了我们山里最好的黄豆，自己用石磨手工磨出来的豆浆做的，你们知道吗？用石磨磨出来的豆浆啊，比你们城市里机器磨出来的细腻，香味也浓，还不掺多余的水，要尝尝吗？"李婆婆熟练地揭开木桶的盖子。

在对着木桶里的豆花接连拍了几张相片后，那对情侣点头："好，婆婆，给我们来两碗。"

李婆婆盛好的两碗豆花随后也被摄进了几张相片里。

"婆婆你真没骗人啊，这豆花好吃。"

"是吧？我从来不骗人。"李婆婆笑得开心。

"哎，婆婆我想再吃一碗，我能自己盛吗？"

"可以，可以。"李婆婆说着把木勺递给了她。

在女人低头去盛豆花的时，脖子上戴着的金链子一下朝木桶里垂了下去，婆婆手快，一下用手把链子接着了："哎，我帮你托着，掉下去了不卫生。"

"是呢，谢谢婆婆。"

那天的豆花的生意跟往常也一般好，可是，在他们遇害后，到姜塘的游客少了，发生了那样的事情，比起银杏之叶的美，他们更看重自己的钱财跟生命，所以顾忌姜塘村的危险，都跑邻村去了。

如此一来，李婆婆不得不推着小车到隔壁村去卖豆花。

因为没了孙女所说的什么，360度都有生活艺术美感的指点建议，李婆婆的生意也比往常冷淡了许多。

十二

这天，李婆婆推着车子，经由邻村回自己家的时候，看到自己认识的邻村人正围在一张桌子上打牌。

"哟，李婆婆，又来我们村卖豆花了？"

李婆婆点点头。

"辛苦了，卖完了？"

"没呢，没以前我在自己村子里好卖。"

"还有多少？我们四个人一人跟你买一碗豆花吧？"

"那怎么好意思呢？"

"怎么不好意思呢？李婆婆你做的豆花可好吃了，再说，今天我运气好，赢钱了，我请客，请他们吃豆花。"

"那敢情好。"

李婆婆把木桶里的豆花盛了满满的四碗递给了他们。

"哎，二柱子，这碗你的。"

二柱子没看放到自己跟前的豆花一眼，视线却盯着对手桌上的那堆现金。

"二柱子怕是吃不下吧？钱都被大伯赢光了。"

"哈哈哈，输赢乃兵家常事，二柱子，别放心上，吃了这碗豆花，去叫个人来跟你大伯继续打牌。"

二柱子听了这话，看着大伯："不，我跟你们继续打。"

"哟，二柱子，适可而止啊，你之前就一直输，今天也输不少钱了，别玩了。"

"我输得起。"

"谁也没说你输不起啊，不过打牌也得看运气，你手气不好，等手气好的时候再打，准能把你输给大伯的钱赢回来。"

"不，我现在就可以赢回来。"

"好好好，跟你打，就跟你继续打，不过，你钱呢？你得先拿钱出来。"

二柱子看了看在场的几个人，从兜里掏出了一叠厚厚的钱放在了桌子上，同时掏出的还有另一个东西。

那是条链子，金灿灿的，跟银杏的黄叶一般的美。

二柱子看到自己把链子顺了出来，急忙抓起了那条链子，飞快地塞回口袋里。

"那是什么？"

"那是我给我媳妇买的链子！"

"行啊！二柱子啥时候发财了也没告诉我们一声，平时兜里也揣了那么多钱啊。"

一边的李婆婆看真切了那条金链子，倒抽了口冷气。

但忙于开牌的四个人，都没有注意到李婆婆惊讶的神情。

李婆婆认出来了，二柱子掏出来的那条链子，正是曾经被她托在手上的链子。

是光顾过她的游客，那个被她发现死在银杏叶里的年轻女人的金链子。

十三

项维再次回到石坪镇距离陈辉死去后已经有半个月了。

陈辉车子的失窃，以及隔壁姜塘村游人情侣劫后被杀事件，均没有告破，如此再联系上在劫杀案发生的几乎同一时刻，陈辉突然死亡，巧合似乎太多了一点儿。

而陪同陈辉一起到坪田的那个青年竟然在事后就联系不上了，怎么看都有点问题。

或许这四件事情当中有某种联系吗？

陈辉的死暂时查不出什么，陪陈辉来坪田的青年也暂时找不到线索，而车子失窃事件也没有进展，据说情侣劫杀的调查也陷入了僵局，选哪个角度作为突破口呢?

在听说了情侣劫杀事件现场的第一目击证人,是姜塘村一个卖豆花的李婆婆后,项维直接登门拜访了。

李婆婆在劫杀现场注意到的线索会有发现吗?

李婆婆听说了项维的来意,知道他是隔壁村游人突然死亡事件的第一发现者,跟自己有着类似身份,这点让李婆婆觉得亲切。

李婆婆并没有把自己发现了被害女游客的金链子在谁手上的事情通知警方,一方面,二柱子就是隔壁村的人,两个村的人之间来往友好,自己做这种举报的事,在情面上过不去;另一方面,二柱子平时喜欢小摸小偷是几个村子都知道的事情,说二柱子偷了游客的东西,知道他底细的人都信,但杀人,倒不至于。

李婆婆的思想有点保守,觉得凡是跟官家,特别是警察扯上关系的事情都是不好的事情,就是平时打从派出所经过,也会怕出一身冷汗。

那天要不是发现了死人那么重大的事情,她也不会主动去找警察,所以,要她再去找警察说二柱子的事情,她觉得要是二柱子没杀人,却进了号子里,嫌疑恐怕就再也洗不清了。

所以,李婆婆对谁也没说,但这事情藏在心里却窝得慌,憋得李婆婆连续几天寝食不安。

当项维问她在现场有没有发现什么可疑的地方的时候,李婆婆再也忍不住了,"我当时没注意看,不,是,我哪敢看呢?我都快吓得站不起来了,所以那个时候的事情你直接问警察更清楚,不过,我后来倒是发现了……"

"发现了什么?"

李婆婆是决心说出来了,但还是有点犹豫,"我说出来了,可是,你要没查清楚,就不能冤枉好人。"

"当然。"

于是李婆婆把发现二柱子藏着受害女游客的金链子的事情告诉了项维。

十四

项维打电话通知警察之后，在警察赶到之前，先闯进了二柱子家。

当时日上三竿，牌局还没开始，二柱子正在屋子里一个人蒙头睡大觉，冷不防被人连人带被子捆了起来，惊醒过来后扯破喉咙叫了起来："你什么人？你想干什么？大伯……"

在二柱子喊人之前，项维先发制人，问："半个月前在姜塘村死掉的那对情侣，是你杀的？"

二柱子的脸一下惊惶起来，"胡说什么？谁，谁杀人了？"

"别狡辩了，我已经报警了，你不知道警察在现场找到了凶手的指纹吧？他们只要取了你的指纹，拿去跟现场的指纹一对照，是不是你杀的马上就知道了。"

二柱子的脑袋一下蔫了下去。

他不知道项维是谁，又是怎么查到自己头上的，还以为是办案的警察，所以立刻辩解起来："我一开始没想杀人的，就是想，想诈几个钱花花，谁让他们抵抗了？还骂我是强盗，我一气愤就……"

"认识他是谁吗？"项维边问，边把手机里陈辉的相片递给二柱子看，"他在你杀害那对情侣的同一天晚上也死了。"

"可是，我没杀他。"二柱子看着陈辉的相片，神情古怪。

"你见过他？"

"我没杀他，那天晚上我没杀他。"

"哪天晚上？"

"就是，我杀那两人的那个晚上，我也不知道他是怎么出现的，我那时候刚把他们值钱的东西翻出来拿好，一回头就看到他了，然后他不知道怎么的，就倒了下来。然后我……"二柱子舔了舔嘴唇。

"然后你怎么做了？"

"他看到我杀人了，所以我想杀他灭口，本来想给他补上两刀的，可是，我发现他倒下去的时候就死了。"二柱子回忆起当时的情景，依然纳闷，"那人好端端地就死了，真是奇怪。"

是陈辉撞见了二柱子的杀人现场，心脏病突然发作死了？

"接着呢？"

"他人死了，那正好，我就开始找他身上值钱的东西，我拿了他掉在地上的手机，把他挂脖子上的相机也拿走了，谁料到……"

"说下去。"

"那个时候我听到了脚步声，是又有人朝这边过来了，我想，第一个发现我杀人的人莫名其妙地死了，不可能那么运气好第二个发现我杀人的人也会突然死掉吧？所以，我就跑了。"

"跑了？"

"对？"

"那之后你有回过现场吗？"

二柱子摇摇头。

"你没把他的尸体搬到石坪村？"

"没有，绝对没有，我也奇怪啊，他的尸体怎么会出现在石坪的？那天回到家我也担心，想一下被人发现死了三个人，警察一定会连夜跑到姜塘村查案子去的，结果一宿都没动静，我还以为自己那天晚上听错了呢，要真是那样，这人身上还有那么多值钱的东西，我都没拿走，真是亏大了。"

确实，这么看来，为财杀人的二柱子，不可能只拿了陈辉的手机跟相机就罢休的。所以，是发现了二柱子杀人的第二个目击者，把第一目击者陈辉的尸体搬到石坪的吗？

这人是谁？

他为什么要这么做？

"你拿走的陈辉的东西呢？"

"单反我卖掉了，手机还没脱手。"二柱子回答，"我真的只拿了他的手机跟相机，他自己死的，跟我无关。"

项维在屋子里翻出了陈辉的手机，电池显示只剩下5%不到了，他迅速调出了通话记录，找到了之前查到的那个号码的名字：张易成，可惜没有其他的联系方式，当项维退出通话记录后，打开了手机相册，很快看到了首页的一张张相片。

一眼就看出了是在坪田拍的，都是些黄色叶子的银杏景色，其中一张是个站在银杏树下的一个年轻男人的相片。

项维用自己的手机对着相机屏幕拍下了这个年轻男人后，警察及时赶到了。

十五

张易成最近都心神不宁的，总觉得有什么事情要发生一样。

是半个月前做了那件事的后遗症吗？

张易成想起半个月前发生的事情，眼皮跳了跳。

他没有想过会发生这样的事情。

当他把死去的陈辉拖进石坪的丛林的时候，隔着衣服感受到冰冷的尸体，他似乎嗅到了死亡的味道，竟然浑身发起抖来。

张易成闭了闭眼睛，深呼吸了一口气，告诫自己要淡定，脸色镇定地走进了酒店。

没有人知道那几天他去了坪田。

他跟人事告假，理由是私事，对于请假的原因，公司方面从来不会过问，只要档期合理，就会批准，更何况是他这个上下均很受欢迎的公关经理。

因此，假完了，自己回来工作，是很正常的事情。

一切都很顺利，这半个月以来，除了因为丈夫新亡，不得不开始接手酒店业务的李家晓下榻到酒店，偶尔碰见的时候让他大感紧张，深怕她起疑外，没有任何人任何事有半丝异常。

张易成松了口气。

但是，还是必须想办法尽快出手那辆车。

那辆银色的威兹曼三厢车。

陈辉的车。

那天晚上，他不舍得丢下那辆造价过百万的车，终于还是把它开走了。

那个时候陈辉已经死了，所以第二天没有人会去取车的，虽然当时他们为了遮人眼目，是陈辉一个人去停车场停放的车，但他知道陈辉的车停在哪里，以及，他当时手上有那辆车的钥匙。

就放在自己眼前的三百多万，转手卖了估计也有一百多万吧？他不舍得让那么大块肥肉在嘴边溜走，所以，他假装是半夜偷车贼，破坏了停车场的设施，盗走了那辆三厢车。

车是开回来了，但他却不敢轻举妄动。

一是风声正紧，这个当儿陈辉的死还在调查当中，他的车子失窃事件也处于风头上，此刻把车拿去卖，无异于自曝行踪；二是，找个好点的拆车场，好好估个价，才能卖个好价位。

但车没脱手，不好的预感却来了。

是因为事情拖得太久，自己心情焦躁起来了吧？

这天换下西装，穿上便服，下班后的张易成离开了酒店，从这边路口走到那边路口打车的当儿，不知道是失神，还是没留意，一辆车疾驰而来的时候，他还在路上缓慢地走着。

"当心！"

一个声音叫了起来，周围的一些路人也在大叫。

张易成看到车子冲自己撞过来的时候，冷汗猛地冒了出来，脚却仿佛被谁定在了地上，半点挪不开。

"你这是怎么回事？"叫他当心的那个声音的主人眼明手快地扑过来把他拉到了一边，因为惯性，两个人都倒在了地上，而那人就地一滚，滚到了路边，他靠路中心的腿感受到了急驰而过的车子带来的车轮风，吓得动也不敢动。

"这，真是！什么人啊，怎么开车的？"救他的人早坐了起来，望了望路上逃逸的那辆车，伸手，"我说，这位先生，你刚才在想什么呢？过马路就专心过马路，车来了还不知道，小心被人撞死了！"

张易成抓着那人的手从地上爬了起来，惊魂甫定地看着自己的救命恩人。

"怎么？我好歹算救了你呢，怎么一句道谢也没有？"那人不耐烦地看着他，说了两句，看他没反应，悻悻然地走了。

张易成看着他的背影，才注意到救他的人穿着修车店的制服，上面还写着修车店的店名跟电话号码，他愣了愣神，下意识地记住了那个电话号码。

张易成找到那家修车店的时候，已经是两天后的事情了。

他把差点儿被车撞了那件事情看成是命运对他的一个警告，觉得再不能把那辆车藏着不管了，决定折价卖出去。而他选择这家修车店，则是因为他接到那个警告的时候，刚好被这家修车店的人救了。

他走进门的时候，那青年正蹲在地上，百无聊赖地用扳手转着陀螺，看他出现，很惊奇地站了起来："啊，是你啊！我认得你，你是这家修车店的顾客啊？"

"那天，谢谢你。"张易成点头，同时把自己的名片递给了他，"谢谢你救了我一命，我叫张易成。"

"张先生，我也姓张，叫我小张好了，你是来修车的啊，车呢？"

"啊，不是，其实，我有辆旧车……"

"旧车啊，张先生你可以重新上漆改装？或者以旧换新？"小张问，"需要我们提供报废拆解的服务吗？或者直接帮你联系二手车市场？"

"不是，你们管事的人呢？"张易成忽然警觉起来。

"啊，我们的头啊！"小张冲里面喊了几声，便有个店主模样的人出来了，小张看了张易成一眼，识趣地退到了一边。

十六

在跟店主协商完后，张易成把手机里自己拍下的那辆车的相片收了起来，店主则低头刷刷写着几张单子，嘴里喊："小张。"

"是。老大什么吩咐？"

"张先生有辆车要开过来，你跟他过去看看车况如何？"店主说着，把单据撕了下来，递给了张易成，"不好意思，张先生，江湖规矩，我们得先验货。要小张证实了确实是你说的这样，你们把车开到店里来，我们按照整车给你一个价，但要我们觉得整车不行，那我们就零买，拆解了一件一件跟你算钱，怎么样？"

张易成犹豫了片刻，看小张脱了修车店的制服，戴上了渔夫帽，有点不解。

"哦，这种事，别那么张扬，低调点比较好。"

张易成点了点头。

去看车的路上，之前显得有点饶舌的小张什么话都没说，显得很安静，直到张易成把他带到了自己藏车的处所，他才低头仔细看着那车，一眼看到了汽车后座上的一打矿泉水，问："那天之后，你没发生什么事了吧？"

"没事。"张易成摇头，同时有点纳闷，"你觉得我会发生什么事吗？"

"啊，那天在路上，我看着的，那辆车似乎就是冲着你去的。"

张易成心里一惊，脸色都变了。

"你没得罪什么人吧？尤其是……"说这话的时候，小张敲了敲车身，又马上转移了话题："车钥匙呢？给我试试车？"

"现在不行。"张易成摇头，"人太多了，你们老板不是说让你低调吗？晚上再说吧？"

"行。"小张同意，注意到驾驶室车窗前放着的一瓶西药，看了看张易成，"张先生，这车的主人我似乎认识呢！"

"什么？"张易成吃惊。

"叫陈辉对不对？"小张把渔夫帽摘了下来，露出一张得逞的脸，"他是你工作的酒店老板吧？而且那这车胎的花纹，跟他死亡现场附近的山道上留下的车辙印一模一样，我拍下存在手机里了，你要不要看看？"

"你？"张易成后退两步，而后不要车地想跑，被小张叫住了："张易成，你觉得你跑得了吗？"

张易成又气又怕地看着他。

"你是什么人？那天我差点儿被撞，也是你安排的。"

"不，我没安排车祸这个兴趣爱好。"小张说着，把一张名片递给了张易成，"不过，亏了那场车祸，不用我费什么精力想办法获得你的信任，倒是你自己自投罗网了。我估计，大概，你是因为与陈辉的死有关，所以才被人盯上的。"

张易成看到了名片上的名字：项维，《洋紫荆日报》的记者。

"胡说什么，我跟陈辉的死一点儿关系也没有。"

"那你手里怎么会有他的车呢？"

"我，他，是他把车借给我的。"

"那你就不知会他家属一声，就私自把车扣起来卖了？"项维说着，把自己拍下的陈辉手机里的相片递给张易成看："这是陈辉手机里拍下的，相片里的人，是你吧？你就是那个陪陈辉到坪田的人，陈辉向别人介绍说的，他弟弟？"

张易成脸色红一阵青一阵。

"根据我的调查，张易成你是一年前才进了陈辉的酒店工作的吧？一年多而已，你跟陈辉的关系就可以进展到称兄道弟了？"项维表示怀疑，"你跟他到底是什么关系？"

"你们做记者的，嗅觉不是很灵敏的吗？"张易成问，"还需要我说明什么？要是我说，我跟他什么关系都没有，你会相信我吗？"

"所以，你的意思是要我相信自己的直觉？还是要我相信你的说法？"

项维搔了搔头，虽然在陈辉手机里发现张易成的相片时就怀疑两人的关系了。

十七

张易成是在一年前认识陈辉的。

一年前，他到了那家海鲜酒店，应聘公关经理。

那个时候他刚从一场事故中脱身。

是在进藏的驴行路上，意外的车祸事故，与他一起去的几个朋友，死了两个，事故发生后，他在大学时起相恋的女友就再也不允许他去参加什么爬山啊攀岩啊之类的户外活动，即便只是徒步，也禁止去一些高危的地方。

从事故的悲伤中缓过劲来后，他开始本分起来，收起了干几个月工作，而后辞职拿存下的钱去见识世界的流浪之心，打算找份正职工作，恰好陈辉的海鲜酒店在招聘人手，因为陈辉的海鲜酒店颇有名气，再加之自己也是读酒店管理的，于是找猎头推荐自己去了面试。

张易成对自己很有信心，无论才干、智慧，或者是，外表，他相信自己在应聘者中是鹤立鸡群的。

果然，面试官是酒店人事资源总经理，一个看起来非常冷静的女人，张易成感觉到这女人在如商品般把自己上下细细打量了一番后，最后才看自己的履历表，他就觉得自己有戏。

"你的业余兴趣是？冒险？爬山？你爬过喜马拉雅山？"

"对，酒店的公关经理也是一种冒险的爬山工作，比如……"

"行了，你先回去吧，一到两周的时间会有人通知你有没有机会参加复试。"

张易成的话没说完便被打断了，接着几乎是被撵了出来的，让他几乎以为被刷下来了。结果一周后他获得了复试的资格，然后顺利通过了复试，当他得知当时还有另一个海外精英，名校的资深候选人被自己淘汰掉的时候，张易成简直以为自己幸运到家了。

那之后他只见过一次人事资源总管，那个女人，因为是所有分店人事资源管理部的总管，基本上都待在总部，很少在他工作的这家酒店出现，直到有一次，他与酒店的几位同事在电梯里，见到了陈辉，也见到了陈辉身边的她，才知道这女人是陈辉的妻子，他们的老板娘。

不过，李家晓似乎认不出自己面试后选进来的他了，跟她打招呼，她也只是例行公事地点点头，倒是陈辉，显得平易近人，记住了自己的名字，一路寒暄地问了他不少东西。

随后，他才意识到，那并不是陈辉平易近人的缘故。

他在工作的分店见到陈辉的机会越来越多，与陈辉交谈的次数越来越频繁，两人之间的关系似乎也在慢慢变得亲近，但，是有点变味的亲近。

一开始的时候，高谈阔论时陈辉的揽肩搭背，似乎是下意识间的动作，但动作越来越多，他敏感地感觉到陈辉望向自己的眼神里多了一点儿什么的时候，那些动作里所包含的轻抚、摩挲，便显得有点居心不明了。

他开始刻意与陈辉保持距离，但是已经迟了。

"小成啊，你看，其实，我们男性相处起来，比起跟异性相处更加容易沟通，对吧？没有女人的那么什么家里长短，也不用忍受女人的小性子小脾气，心里想什么说的就是什么，多好。"陈辉几乎是挑明说的时候，因为早有心理准备，所以他并不意外。

"哪里呢？陈先生你跟你妻子不是相处得很好吗？夫唱妇随，一团和气。"

"你不知道，那都是我们装的，做样子给家里那两个老人家看的。其实啊，我从来没碰过她，我不喜欢女人，一点儿也不喜欢，但是小成呢……"

当陈辉的手再想揽着他的肩膀时，张易成快速地闪开了。

"不好意思，陈先生，我女朋友约了我今天晚上吃饭，先走了！"

当他快步离开时，眼角瞥到了陈辉并没有丝毫的丧气，而是微微笑着朝他招了招手，示意他放心去吧！

那个时候张易成松了口气。

张易成以为陈辉会借故解雇自己，或者在工作上使手段刁难自己，结果却证明了陈辉一点儿也没这么做，张易成的工作很顺利，甚至还在调整薪酬时加了20%。这让张易成以为陈辉是个正人君子，心怀敬意。

而陈辉隔三岔五地依然会出现在他面前，两人聊几句，吃个饭，除此之外再没别的了，只是陈辉每次总会随意送张易成礼物，手表、笔，等等，都是不起眼的小东西，直到有一天，他招待酒店的一位女顾客看到了他插在西服口袋的那支笔，惊讶地看着他："张经理，没想到你品位那么好啊！"

"做海鲜酒店的，当然品位要高档点，不然，可配不上来我们这里消费的客人的咖位！"张易成满脸笑容。

"那看来，我们也要找个机会，让陈先生帮我儿子在酒店谋个职位才是。"女顾客说着，把他口袋的那支钢笔掏出来，看了看，"张经理啊，其实，你家是做什么的？"

"做什么？哈，就是一般的普通人家。"

"张经理，哎呀，易成，小成啊，你别谦虚了，不过，阿姨我最喜欢你这种又低调又勤奋的年轻人了，有没有女朋友呢？阿姨介绍一个给你？保证是又年轻又听话的。"

"你是在拿我开玩笑吧？不好意思啊，我已经有女朋友了，还打算年底结婚了。"

"是吗？那真可惜！小成的女朋友一定是白富美了，白富美啊才配得起我们的小成，记得到时候请阿姨去喝喜酒啊，我一定包个大大的红包给你。"

"好，一定。"

十八

对于女顾客前后不一的态度，让张易成觉得这支钢笔是大有文章的，当天夜里，他忍不住拍了钢笔的相片，百度了一下，发现是支限量版的派克笔，造价竟然要30多万。

张易成呼了一口气，差点儿没叫出声来。

一支钢笔那么贵？比他一年的薪水还贵了？

张易成知道作为酒店拥有人，陈辉送出手的钢笔看起来很有品位，应该是挺高档的，却没想到值钱到简直可以替他跟女友支付想要结婚买下的小房子的首付了。

张易成在惊讶之余，是兴奋，他把之前收到的陈辉的小礼物，包括手上戴的手表，都拍了照在网上询问了一下价格，发现几乎都是上千过万的，当然最贵重的还是这支笔。

算了算总价的张易成看着手里的东西，忽然意识到了陈辉的邪恶用心，他收拢起来打算明天都还给陈辉，听到床上恋人的梦呓，却又慢了下来。

这些东西算起来的钱，原本自己要花几年的时间，不吃不喝才攒得下来的，要是把它们都变了现钱，他跟女友的婚房就有着落了。

张易成犹豫了。

如果把东西送回去，万一惹陈辉不高兴，自己或许连目前这份算是高薪的工作也没了。要怎么办呢？

为了女友，委屈自己一下？

那天晚上，张易成彻夜未眠，第二天若无其事地照常去上班了。但从此以后，对陈辉的态度更是恭敬。

"小成啊，听说你年底要结婚了？"

"是的，陈先生。"

"酒席挑好了吗？要不要在我们酒店办呢？"

"那怎么可能，陈先生，我们酒店的消费太高了，我们花费不起。"

"没事，你要愿意，我找人安排一下。"

第二天，几份关于婚宴的菜单，甚至整个婚礼策划都递到了张易成手上，张易成看看策划书跟菜单，尤其是菜单上的菜品的名字跟价格，惊讶得合不拢嘴。

"你觉得十二围酒席够不够？或许我们再让员工也参与进来，多开几围？"

"不，陈先生，你的好意我心领了，只是，真的，我们的预算没那么多。"

"没关系，酒店给你打个折，优惠价怎么样？或者，你到时候把账单直接给我，我帮你结账？"陈辉笑。

"不。"张易成摇头，"陈先生，我不需要，而且，我不明白。"

"不明白什么？"

"你知道的，我不是那种人，你不应该花那么多心思在我身上的。"

"哈哈，哪种人？我们不是同一种人吗？"陈辉指着自己道，"我，陈辉，酒店经营者，有健在的双亲，有贤惠的妻子，我是父母的儿子，也是妻子的丈夫，难道我跟世界上的其他男人不一样吗？小成你也是，你，酒店公关经理，你是你父母的儿子，也即将有个美丽的妻子，不也是跟世界上的其他男人一样吗？那我跟你，有什么不一样的？我们不都是同一种人吗？"

"不是，这个，我就更不明白了。"张易成显得有点无所适从。

"我明白，我明白。"陈辉抓起了张易成的手，轻轻拍了拍，很快缩了回去，"我们都需要一个家，我不反对我们都成立各自的家，只是，我是希望我们在拥有各自的家庭之余，我们还是，好朋友，只是不同于一般传统意义的好朋友，你跟我做这种朋友，我就，不仅能安排好你的婚房、你的婚礼，还有你的工作、你的事业，我都能安排好，你这下明白了吧？"

"你知道，我不可能跟你一样，我是个正常的男人，我……"

"我说了，我明白。"陈辉无奈地笑了笑，"我啊，对女人没兴趣，但不会阻止你对女人有兴趣，你跟你未婚妻，可以结婚、生孩子，过正常男人的生活，我不反对，只是……"

张易成似乎有一点儿能体会到陈辉的心情了。

"我就希望，你能明白我的心意，我知道，我这种男人呢，特别是，啊，算是社会上的成功人士吧，父亲母亲眼睛里的孝顺儿子，要是闹出点什么丑事，一定会……所以，也没奢望过什么，也不敢奢望什么，可是，真正遇上了心里的主了，人这一辈子不容易，所以……，不过，你别担心，我不会对你做什么。"

陈辉眼里隐藏着深深的落寞。

十九

"距离我婚礼还有两个月的时候，陈辉那天找到我，说，要不，趁着我还是单身，我们俩出去单独走走。他答应我什么都不会发生的，所以我就去告了假。"张易成道，"我也不想跑太远，一怕未婚妻担心，婚礼前还做什么危险的户外活动；二怕要去了远一点儿的地方，要真发生了什么事情，我也保护不了自己，请假的时候刚好听人事资源部的人介绍说，坪田这地方不错，所以就来了。"

"你们住哪了？"

"没打算住酒店跟民居，就搭了个帐篷。"张易成道，"我以前是户外运动的爱好者，所以基本上，重活都是我干的，陈辉他只是跟着我到处走而已，我跟他计划说，看了坪田的银杏，要有时间，他也喜欢，我们还可以去石坪镇探险。"

项维忍不住眯缝起了眼睛。

"那天夜里，到底发生了什么事？"

"我在姜塘的银杏林背面搭好了帐篷，发现打火石丢了，打火机也没带，于是陈辉就去附近的民居买打火机去了，夜深，我怕他一个人出事，弄好了帐篷以后就赶紧跟了过去。没走多久就跟上他了，我还没来得及喊他呢，便看他一下栽倒了，我吓了一跳，看到有个人影扑到了他身上，于是赶紧跑过去，那人影似乎听到了我的脚步声，逃跑了，我赶到陈辉跟前，发现他已经死了。"张易成的语气还显得有点惊慌，"我后来注意到就在陈辉死去的不远处还有两个人躺下了，我走过去看了两眼，就知道刚才遇上打劫的人了，但陈辉是怎么被他杀死的呢？我没有见到他身上有伤口，后来才明白他是强烈的刺激下，心脏病发作死了。"

　　"你知道陈辉有心脏病？"

　　"那天之前不知道，他没跟我说过。"张易成摇头，"我原本看他死了，就赶紧地把帐篷收了，想开了他的车连夜离开坪田的，在那个时候我看到了车里的特效药，然后……"

　　"然后你做了什么？"

　　"陈辉死了，我忽然意识到，我的房子、婚礼、蜜月旅行，还有他承诺的给我的事业，都没了。要是任由陈辉的尸体留在那，警察发现了的话，一定会把陈辉的死跟谋杀联系起来，那样警察就会彻查陈辉身边出现过的所有人，那一定会查到我头上的。那样的话，他们或许会误会我跟陈辉的关系，我害怕事情会发展到那个地步，所以我就把陈辉的尸体用他的车子搬到了隔壁镇子上，因为我们是瞒着所有人出来的，这里也没有人知道我跟他的事情，所以，只要警察当作他是一个人出游的时候不慎心脏病发作死亡的，那我就安全了。"张易成舔了舔干涸的嘴唇，"还有就是……"

　　"他的车子？"

　　"对，他的这辆车，值多少钱你知道吧？陈辉死了，他就不会帮我支付那些账单了，而那些开销很多都已经交了预付款了，要是我取消的话，我不仅办不成婚礼，还会欠一笔巨款，我不能这么做，所以我开走了车子。"张易成摸着那辆车，"卖了这辆车，我就有钱了。你能当作不知道这件事吗？我很需要钱，卖了这辆车，我分一成给你？"

项维苦笑。

二十

这就是这件事情的真相。

陈辉在姜塘目睹了那对情侣的劫杀事件，心脏病突发死亡了，张易成吓跑了真凶二柱子，为了不让其他人追查到自己身上，移动陈辉的尸体到了石坪，然后盗走了陈辉的车子。

可是，又是什么人在公路上想要撞死张易成呢？

当他查到那个神秘号码的主人叫张易成，拿着他的相片到陈辉父母处打听的时候，告知或许是海鲜酒店的工作人员，于是他一家一家地问过去，知道了张易成的身份。

张易成为什么要隐瞒他跟陈辉一起去了坪田的事呢？联系张易成的背景，很快发现了两人之间千丝万缕的联系，加上听说张易成一个小小的公关经理竟然在海鲜酒店举办婚礼，置了十八围的酒席，项维很快明白了一个事实：陈辉被盗的那辆车，或许就在张易成手上。

张易成没有能力支付如此巨额的账单，是陈辉在背后包办了一切，如果陈辉的死真的是因为目睹凶案发生，心脏病发作而死，那么那辆车子就成了张易成的救命稻草：陈辉没有办法为张易成支付账单了，但他的车子可以。

于是项维假装是市里大型修车店的工作人员，打算借故接近张易成，看看事实是不是如此。

结果却遇上了那场差点儿撞死了张易成的车祸。

那辆车明显是冲张易成去的。

项维看得很清楚，车里的司机穿着难以辨认的黑色服装，头用帽子挡着，因此没人可以看清司机的真面目，在项维等张易成下班的时候，那车也泊在路边，在他发现张易成从酒店出来了，站起来靠近他的时候，车子也发动了，而后，当失魂落魄的张易成走到路中间的当儿，车加快了速度，朝张易成直直地撞了过去。

跟在张易成背后的项维当时也很震惊，叫了一声提醒他，要不是自己见机把张易成拉开了，或许张易成就死了。

让项维确定那差点儿酿成车祸的事故是蓄意的原因还有一个：当他在车子逃逸的时候，想记下车牌号码时，才发现那辆车子的车牌号码被故意遮住了。

有谁要置张易成于死地呢？

张易成的仇家？

还是跟坪田银杏之行陈辉的死有关？

二十一

李家晓走进家门，把鞋子甩到了一边，而后光脚走进客厅，坐在沙发上后长长地舒了一口气。

丈夫死后，她开始接手酒店的行政管理工作，虽然才怀上三个月，身体不便，公公婆婆建议她以保胎为重，但她还是坚持每个星期熟悉一家酒店的业务，好让自己尽快上手。

"肖姨，你在吗？公公跟婆婆呢？他们过来吃饭吗？"

李家晓伸手去拿茶几上的杯子的时候，朝屋子里喊了几声。

肖姨是公公婆婆知道自己怀孕后特意请回来照顾自己的保姆，每天这个时候她都应该准备好了饭菜，跟公公婆婆一起等着自己开饭的，今天却都不见了人影，李家晓正奇怪，听到一个男人的声音响起，脸色一变。

"肖姨，还有陈辉父母，我让他们今晚出去吃了。不好意思。"

"项维？你怎么在我家里？"

"啊，是我说服陈老先生让我进来的，也说服了他们让我留下来，跟你谈一谈。"

"谈什么？"李家晓警惕地看着项维。

"陈辉的车子。"

"那辆车的事情吗？你不需要调查这种事情，保险公司会理赔的。"

"不，我找到了那辆车了。"项维说着，把车钥匙拿了出来，递给了李家晓，看她不接，放到了桌子上，"你知道是谁偷了那辆车吗？"

"是，你上次跟我公公婆婆提起的那个男人吧？"

"对。"

"找到了就好了，真谢谢你，那么，这事情就完了吧？"李家晓站起来，下逐客令。

项维却反而坐下了，把在车上发现的那瓶心脏病应急药掏出来，放在桌上车钥匙的旁边。

李家晓看着那瓶药，怔了怔，慢慢地坐了下来。

"我接近张易成的时候，发现他差点儿被卷进了一起车祸里，而且那差点儿发生的车祸是蓄意的，查了张易成后，我觉得不解，因为似乎他身边的人没有谁有动机需要置他于死地的，考虑到他与最近你丈夫出的意外有关，从这个角度看，我才明白了过来。"项维盯着李家晓，"你早就知道跟陈辉一起去坪田的人是张易成，对吧？"

"不，我不知道。"

"不，你知道。你早就知道陈辉与张易成的关系不简单，但你不愿意说出来，所以，当陈辉出事后，我追问你，你什么都不说，是因为，你想避免被人知道，你与陈辉建立起的家庭，不过是形婚而已，对吧？陈辉他并不喜欢女人。"

"是张易成跟你说的吗？一个偷车贼的话你也相信？"

"你，早在一年前，不，根据张易成所说的陈辉的性格来看，应该是更久之前，大概是，结婚前？还是你们结婚后，陈辉就把这个事实告诉你了吧？要你配合他，做他名义上的妻子？"

"他……"李家晓摇头，但到后面，停止了辩驳，"那种人，陈辉那种人，实在是，可恶。"

"不是你情我愿的吗？如果你不愿意，要是在结婚前知道了事实，你大可以选择不结婚，若是在结婚后才知道事实，你也大可以选择离婚，但既然你能在知道事实的情况下跟陈辉维持两年的婚姻关系，那我是不是可以认为，其实你们双方，是各取所需？"项维一针见血，"陈辉得到了贤惠的妻子，让父母满意，你也从陈辉身上得到了你想要的东西，比如，职位？钱财？"

李家晓没吭声。

"可是，你为什么后来想谋害陈辉呢？"

"你说什么？我没有谋害他，他是心脏病意外死的，与我无关，不是吗？"

"确实，陈辉是心脏病发作死的，不存在其他的致命因素，但，你却有蓄意谋杀的动机。"项维指着那瓶特效药，把一张鉴定表拿了出来："这是，这个药的诊断结果，实际上，这药根本不是治疗心脏病的特效药，而不过是些普通的维生素。"

"那是他不小心，拿错了药吧？"

"可是，你说过，陈辉的药是你给他带上的，还记得吗？你亲口跟我说的。"

李家晓沉默了。

"如果，陈辉当真心脏病发作，吃下这药并不能救他的命，你就是在期待这种事情发生吧？"项维道，"不仅如此，你还加大了这种意外发生的机率。你在婚后就知道了陈辉的本质，于是投其所好，在招聘公关经理的时候，你其实是在给陈辉介绍情人，对吧？张易成刚好是你丈夫喜好的类型。"

"不仅如此，对你来说更好的是，张易成喜欢户外活动，特别是高危险性的攀爬，如果陈辉与张易成在一起时，参与这些活动的时候心脏病发作死去就更好了。张易成以为他是幸运，所以打败了其他候选人获得了这个职位，其实他是你特意挑选进酒店，随时充当那把你借来杀人的屠刀的替罪羊，对吧？"

"所以，终于，张易成与陈辉计划出行时，事先意识到的你，身为人事资源总监的你，或许在人力资源部门说了些什么坪田银杏之乡很美之类的话，鼓动张易成带陈辉到坪田对吧？因你知道坪田旁边的那个小镇，石坪，是爬山冒险的好去处，而你，就等着张易成带陈辉进石坪的深山丛林，对吗？"

"你这话说得太没根据了，就算是我向张易成推荐的坪田，他们去不去石坪，是我能控制的吗？就算陈辉他去了石坪爬山，就一定会出事吗？"

"机率，我说过了，你不过是增加陈辉心脏病发作的机率。你在赌，谁知道张易成会不会兴致高的时候，想去石坪探险？但如果他想去，那陈辉肯定也会跟着去，那他心脏病发作的机率就大了，而且，再加上这个……"项维把特效药拿了起来，"如果陈辉心脏病发作的时候，吃下了这个无效的药，肯定的，陈辉会因为医治无效死亡。"

"你说得很好，可惜，现实发生的事情是，陈辉是因为目睹凶案现场才导致心脏病发作死亡的，与我无关。"

"对，其实你处心积虑计划了那么久，到头来陈辉虽然不是死于你所设想的情况，但他的死却符合你的期待，因此，你应该高枕无忧才是，但，出了点偏差。"项维叹了口气，"张易成偷走了陈辉的车子，而我，想要追查下去。按照你的设想，陈辉死后，张易成为了面子，一定会隐瞒他跟陈辉的那种关系的，所以你明知道张易成偷走了那辆车，也不追究，但问题是，我在追究，我不仅追究，还真查到了张易成就是跟陈辉一起去坪田的那个人，拿着他的相片，找到了陈辉的父母，问他们有没有见过陈辉的这个朋友，你知道了，对吧？所以，你恐慌了！"

"我为什么要恐慌？"

"对呢，你为什么要恐慌呢？如果张易成是在正常情况下被我发现的，至于他与陈辉的关系，像他那样聪明的人，一定会守口如瓶吧？你觉得这对你一点儿影响也没有，可惜张易成是个卑劣的偷车贼，在交代偷自己工作的老板的车子的时候，无可避免地会提及他跟陈辉的关系，于是，对你不利的地方就来了！"

"是什么？"

"陈辉父母说，你怀了陈辉的孩子？"

"对。"李家晓的脸色变了。

"这就是你担心的地方，也就是为什么，你想开车撞死张易成，不让任何人知道他跟陈辉的关系的动机。"

李家晓想说什么，终究还是没作声。

"你原本不必担心别人会从张易成嘴里知道些什么的，但因为你怀了陈辉的孩子，所以你担心了。你担心我会从张易成嘴里知道你跟陈辉相处的真实情况，然后会发现，你肚子里的孩子并不是陈辉的孩子，因此你想在我发现这一点之前，让张易成闭嘴，对吧？所以那一天你才想撞死他的。"

"张易成说了什么,你就信什么吗?"

"重点不在于我信什么,重点在,你敢拿你肚子里的孩子的DNA做亲子鉴定吗?"

李家晓彻底沉默了。

"是因为你有了情人,所以才想除掉陈辉的吧?但你不能跟陈辉正常离婚,或许你跟他有什么协议不能违反,又或者,你为了得到离婚后就会失去的东西,不跟陈辉提离婚,而只能用心脏病发作意外死亡的事故摆脱陈辉。到后来,你发现自己有了情人的孩子,而陈辉肯定知道这孩子不是他的,陈辉想要的是一位妻子,但或许他并不想养你情人的儿子,更关键的是,如果被陈辉发现了你有外遇,或许陈辉会主动跟你离婚,而你想要的一切都没了,于是你想出了一个一举两得的办法:让陈辉消失,同时让肚子里的孩子当作是他儿子生下来,这样你的儿子不就能继承陈家的一切家产了吗?一直想要抱孙子的陈辉父母不明真相,他们会乐意这么干的。"项维摇了摇头,"你的算盘打得很如意,如果我不从张易成了解了陈辉,那一切都会如你所愿地发展下去。"

李家晓盯着桌子上的那瓶药,一直没作声。

"其实,你……"项维有点不忍,"你并不需要做这么多事情的。陈辉他,一直都知道你跟你情人的事情,也知道,你怀了孩子的事情。"

李家晓一下愣了。

"他似乎,并没有责怪你的意思,还打算,把这个孩子当成是他的孩子抚养。"

"不可能。"

"是张易成说的,在坪田的时候,陈辉对他说,总算能给父母一个交代了,还让张易成帮忙取名来着。"

李家晓的肩膀抖动了一下。

"但，罢了！"项维叹息，"至于陈辉父母，我不觉得你应该继续隐瞒他们，你可以不说你曾经想谋害他们儿子的事情，但你必须跟他们说清楚，你肚子里的胎儿并不是他们的孙子，如果你不说，我就替你说。"

迷　藏

一

"小维你知道吗？这就是我们村子里的土地公公。"

进村唯一的一条山路边上，有个神龛，漆金的外壳，比鸟笼大一点儿，里面分了两层，上面一层放着一碟水果、一碟糕点，下面是供奉的香火，面上落满了灰烬，插在中间的是几支香的残支。

第一次听二丫介绍村子的土地公公那年，项维十岁。

"所以呢？"项维有点不耐烦地看着背着家里最小的弟弟的二丫，想尽快摆脱她到村外去。

村子外面，那个帐篷屋子里，有更好玩的事情在等着他。

他想上那里去，而不是在这里听这个瘦骨嶙峋、面有菜色的小姑娘家说什么疯话。

"什么嘛，我是好心才告诉你的，你待在我们村子里的这段时间，可千万不能不乖哦，不然，阿牛哥哥带我们玩捉迷藏的时候，你就会被土地公公抓走了。"

项维冷哧了一声："骗小孩子的鬼把戏，我才不信。"

"你别不信，是真的，土地公公已经抓走了很多不听话的小孩子了，就上个月，谢婶婶家的石头也被抓走了。"

"石头？是那个读书很厉害，画画也了不起的石头吗？"

"对。"

"不可能，石头怎么可能不乖了？我就从没见过像他那么聪明那么听话的小孩了，他才不会被土地公公抓走了呢！果然是骗人的吧！"

"不是啦，大人们说，那是因为石头很乖，土地公公很喜欢他，所以请他去玩儿。"

"所以啊，乖也好，不乖也好，大人们都会说，土地公公会对小孩子怎么样怎么样，对吧？你没发现吗？"

二丫想想，似乎是这样，一下没话说了。

"所以大人的话是不能相信的，他们为了自己的利益，站在自己的立场，总会告诉我们这样那样的，说什么该做什么不该做，其实啊，就是为了他们自己的方便，才说土地公公会抓走小孩子这样类似的话，纯粹是不负责任地骗小孩的，你们还真信了。"

"可是……"

"就跟大人们过年的时候，总是根据自己的需求，来要求我们交或不交压岁钱，一样的道理。"

"什么意思？"

"比如说，要是大人们甘心把压岁钱给我们花的话，就会说，哎，钱好好收着，不过注意别花在不该花的方面上去，其实我们把钱花在什么方面上去了，他们一点儿也不会管。可要是大人们不甘心把那么一笔钱给我们花的话，就会说，哎，这钱我帮你先收着，等你要花钱的时候，再来找我们要，然后这笔钱就等于没有了，因为每次你没长大之前跟他们要钱，他们都会说，就你这年纪没必要花这个钱啊，也不会把压岁钱给你；到你长大了之后呢，你也有自己的工作会赚钱了，哪还会好意思跟他们说，请把过去几年的压岁钱还给我吧这样的话呢？所以呢，那压岁钱就一直是他们的了。"项维解释，"看吧，这就是大人们站在自己的立场，为了自己的利益说对大人有利的话的真实例子，跟拿土地公公来吓唬不听从他们意愿的小孩子的动机是一样一样的。"

"不，我是说，压岁钱是什么意思？"

"你们没有压岁钱吗？"

二丫摇摇头。

项维叹了口气，表示同情，"压岁钱就是……"

在听小维滔滔不绝的解释的过程当中，二丫的视线一直瞟着神龛里的水果跟糕点，偷偷地不知道咽下了多少口水。

末了，注意到二丫的表情，项维一下伸手把神龛里的糕点抓了起来，递到了二丫眼前："吃吧？"

"吃？吃土地公公的食物？"

二丫使劲摇头。

项维把糕点硬塞进了二丫手里，看二丫不敢吃，他伸手把神龛里的一个苹果掏了出来，在衣服上蹭了蹭，看着二丫，大口大口地咬了起来。

二丫迟疑了片刻，把手里的糕点塞进了口里，尝到滋味后狼吞虎咽地一下就吃完了，再接过项维递给她的苹果后，马上大口啃了起来。

二

村子外头，离一畦畦菜田高上几个坡度的平地上，有一间小小的黑黑的帐篷屋，屋前是一围摆成长方形的许多箱子，与周围的山林环境显得有点格格不入。

当项维爬上这块平地的时候，随着一声口哨，听到了一阵嗡嗡嗡的声响，小维抬头，看到一团黄云般的东西哗地一下掠了过去，他一下兴奋起来，拉长声音大喊了一下，但声音丝毫没影响那团黄云凌厉的去势，很快，它们就散在了田野间大片大片的油菜花里。

那是蜜蜂，养蜂人的蜜蜂。

此刻正是初春，南方的气候温和，在这个时节，或许其他地方寒风依然料峭，但在这里，自然界的万物已经呈现出百花齐放的活力。

油菜花是普遍盛开得灿烂的一般作物，此外还有红的桃花、白的李花，即便是在这么偏僻的山村里，这如云霞般灿烂的鲜花还是吸引了不少赶花的养蜂人出现。

项维看到了从帐篷房子里出来、打开蜂箱的一老一少，笑着跑了过去。

这就是这里总是莫名地吸引着他的原因。

采花的蜜蜂，还有养蜂的少年一平。

三

一平跟着爸爸走南闯北的，去过北陲的内蒙草原，停过云南的山林，留宿在西际的荒漠边缘，还涉入遥远的异国，交游广阔。

项维觉得从一平口里听说的关于他们父子俩在赶花旅途中发生的事，比看孙猴子九九八十一难的故事更吸引人。

跟一平混久了，项维学会了怎么清洁蜂箱收集花粉，怎么使用取蜜机和起刮刀，知道了被小蜂蜇了以后除了疼得要死，还能防治疾病，也知道了蜜蜂也会患病发疯，项维还吃过在蜂巢里刚孵化出来的蜂虫和蜂蛹。

好吧，说到这里不得不停一下，一开始项维并没有勇气吃下在白色的蜂巢里、扭动着白胖胖的身子的蜂虫，是二丫先吃了，受不了一平的嘲讽他才不得不吃的，当时的情景是这样的，一平把掰下的一角蜂巢递给了小维："吃吧，这可是好东西。"

项维看着蜂巢里的蜂虫，脸上又是害怕，又是嫌弃："你骗人吧？这东西哪能吃啊？"

一平没吭声，撕了一点儿，放进嘴巴里大口嚼起来，脸上的神情甚是得意。

项维听着一平嘴巴里传出的嘎吧脆的咀嚼声音，想象着那些蜂虫在嘴巴里蠕动中被牙齿碾碎的情景，觉得不忍，又觉得恶心。

"你不觉得，这样，很不好吗？"项维看着依然递在自己面前的蜂巢，嘀咕。

"啧。"一平白了一眼，看到了跟着小维过来的二丫，笑了，"二丫，来，这里有好东西。"

"是什么？"二丫背着弟弟，飞快地跑了过来，然后看到了一平手里的蜂巢，眼睛放光，"一平哥，我能吃吗？"

"能。"一平说着，对半掰开，给了二丫，二丫二话不说，一把放进嘴里，吃得津津有味，然后注意到一边的项维脸色发白，奇怪，"小维，你不吃吗？"

项维还没回答，一平抢在了前头说："他不识货。"

"吃吧，小维，这可是很有营养的。"二丫说着，把蜂巢从一平手里拿过去，递给项维，"很好吃的。"

"别劝了，他就是娘们性格。"

项维听一平这么一说，怒火蹭地一下上来了，勇气也满了，一把抓过二丫手里的蜂巢，眼睛剜着一平放进嘴里，狠狠地飞快咀嚼起来。

一平玩味地看着小维，二丫拍掌。

项维看着一平，嚼着嚼着，慢了下来，脸色渐渐发青，突然低头，哗啦一声吐了起来。

"小维你真浪费！"

在二丫的埋怨声里，一平的笑声爽朗地穿透了天空。

四

即便是不敢吃蜂蛹，项维还是跟一平混熟了。

"像你这样的，肯定不能做养蜂人。"

一平站在树上，看着远处田野那边的花团锦簇。

一平刚给项维说了他跟爸爸在缅甸，一个遥远的地方，小维从没听说过的国家，进山去采望天树上的蜂蜜的冒险。

据说，望天树太高太大，为了够得到树上的蜂巢，他们得先用凹型的铁钉，一个一个打进树身上，形成一个向上的阶梯，才能踩在上面，到达树的高处，在采下蜂蜜后，才又把铁钉一个一个地又拔下来。

"你知道吗？我们爬上望天树的时候，比这里高十来二十米的样子呢，看到的景色可美了，哎呀，我爸说，那不属于美的概念，那叫作震撼！"一平开始往下爬，"不过，花开的时候啊，哪个地方都很美，这里也不赖，不过没达到震撼的地步就是了。"

项维蹲在粗大的枝丫上，看着一望无际的山林，想象着比这里高十来二十米的树上看到的景色是什么样子的，震撼是一种什么样的感觉，或许有一天他也会去缅甸，找一棵望天树爬爬看，然后就知道什么是震撼了，或许……

"哎，你能把在望天树上看到的东西都说清楚吗？"项维也开始迅速地爬下树去。

"当然能了，可是，说给你听你也不会懂的，那要亲眼看过才领会得到。"

"你能说清楚的话，那我就能叫人画出来啊，要是画出来了，就等于我也亲眼看到了吧？"项维理所当然地说。

"你以为真能有人画出那么震撼的景象来吗？"一平笑了。

"能，村子里的石头，你不知道吧？石头画画可厉害了，他能把东西画得跟真的一样，所以你要把你看到的都说给他听，那石头准能画出那什么，震撼的感觉，让我也知道一下。"

"好，那你去找他来。"

五

石头家在村子里靠近祖祠的第三条巷子的第三间房子，石头是家里的第三个儿子，石头还有一个大哥叫大树，一个二哥叫大河，还有一个弟弟叫小石子，不过据说小石子早早地去了另一个世界。

石头家的屋子很逼仄，用石头间杂着砖头盖起来的，缝隙间才用水泥糊上的，石头妈是个掉了两颗门牙矮矮瘦瘦的女人，在项维问石头在哪的时候，石头妈正坐在晒谷场的板凳上，拿着个簸箕筛着长了黑色小虫的绿豆，动作很迟钝，因为她的腹部隆了起来，圆滚滚的。

"你找石头啊？"石头妈手里的簸箕扬起又落下，"石头啊，他跟土地公公玩儿去了！"

"哪有，石头是在家吗？要不，他跟他爸爸下田里去了？还是跟他哥哥上山去了，对吧？"

"去去，都说石头去跟土地公公玩儿去了，一边去。"石头妈一脸的不高兴。

二丫这个时候走过来抓着项维的胳膊就拖到了一边；"小维，我都说了嘛，石头被土地公公请到家里玩儿去了。"

"那你说土地公公的家在哪儿，跟我说，我上门把石头找回来。"项维大声地说。

"你啊，别惹谢婶婶不高兴，她肚子里的小弟弟快生了你知不知道？你那么大声会吓着她的。"二丫道："我都说了呀，石头是在跟我们玩捉迷藏呢，谢婶婶说过两三个月他就会回来了。"

项维不信。

几个月前，石头跟着哥哥大树到城里找活干的时候，住在项维家，那个时候项维就跟石头成了要好的朋友，石头喜欢画画，把项维的蜡笔、彩色铅笔都用完了，画出了一张又一张的画，漂亮极了，石头还给项维画了张惟妙惟肖的肖像画，作为交换，项维送了石头一把玩具手枪，在大树找不到活干，石头不得不跟着哥哥一起回村子的时候，两人约好，项维到村里头的时候，会到石头家看他的。

可现在项维来到村里了，怎么石头总是不在家呢？

"我都说了啊，因为石头很乖嘛，所以石头被土地公公请去玩儿了，就跟其他那些捉迷藏的时候，因为不乖，被土地公公一起捉走的小孩一样，等过一段日子他们就会回来了。"二丫解释。

"还有谁被土地公公叫去玩儿了？跟我说，我一个一个把他们找回来。"项维赌气道。

上村大叔叔家的第六个闺女花子，前村三舅舅家的三儿子二狗，小卖部祝阿姨家的四女儿小小囡，有村里最壮的大水牛的张伯伯家的二儿子阿田……，项维一家一家挨着打听过去，到最后，脚走软了，一屁股坐在了田埂上。

"我家的花子啊？不是去土地公公家玩儿去了吗？"

"二狗啊，他就是不听话，老喜欢惹是生非，谁知道他上哪了？"

"阿田啊，是去玩捉迷藏了嘛，到现在我们都没找到他，所以他就不回家了！"

......

不同的话语同时灌输进了项维的脑子里，连带着浮现叔叔阿姨、舅舅嫂嫂、伯伯婶婶们无动于衷的笑脸，让项维心里慌乱不已。

"他们，他们没事吧？"

"没事啊，叔叔伯伯们都没着急呢！很快石头就会跟他们一起回来的啦，你别担心。"二丫点头，哄了哄抱在怀里的弟弟，"阿牛哥也是这么告诉我们的。"

六

当项维和二丫说起要找找村里的小孩捉迷藏的阿牛哥的时候，一平骨碌地转了转眼珠子，"你们说的那个阿牛哥，是不是长得白白净净，看着像城里人的那个？"

二丫点头。

"啊，是他啊！"一平使劲拍了下巴掌，而后拉起项维推着便走，"我知道这个时候他会在哪儿，走走走，我带你去。"

"去哪儿啊？"二丫连忙抱起弟弟追了几步，又停了，慌忙地把背带给弟弟系上，绑在了自己身上，"你们别走那么快，等等我。"

七

一平推着项维，一直穿过了几块菜田，还有整饬的旱稻田，停在了邻靠稻田的油菜花田前。

这是村里最大的一片油菜花田。

一平放开了项维，挑了挑位置，拨拉开稻秆给自己腾出了点空间，交叉着腿盘坐下去的同时，随手抽了一根青色的稻穗叼在了嘴里，然后扒拉开前面油菜花菜秆，朝项维招了招手："来，这里风景最好。"

项维不明所以地探头望了过去。

他看到了一双白皙的女人的光脚，还有一个晃动颠簸着的白花花的屁股。

他听到了随着风送到耳朵里的些微呻吟，意识到什么的他脸色烧得通红。

注意到项维耳根子都红了的一平扑哧一声哑笑了起来。

"一平哥你笑什么呢？小维你看到了什么？我也要看。"

后头跟上来的二丫也探过了头去，却被项维一把捂住了眼睛，几乎是同时，项维是愤怒地叫出了声："不许看。"

一平终于忍不住大声笑了起来。

油菜花田里那对苟且的男人女人惊慌失措地也叫了起来。

项维趁他们没发现自己之前，拉着二丫就跑，但二丫背上的弟弟却不乐意了，偏在这个时候哭了起来。

一平不动，坐着依然笑着，而后不笑了，扔了口里的稻穗，改吹口哨，口哨声欢快地和着风送到了山野的每个角落。

最后三个人坐在稻田边的田埂上，看着阿牛哥神色慌张地从油菜花田里钻出来。

阿牛哥看到他们三个的时候，张了张嘴，却什么都没说，快步溜了。

随后从油菜花田里钻出来的是张大嫂。

村里人公认的最漂亮的女人。

"阿牛哥跟张大嫂在油菜花田里干吗呀？"二丫低声问。

"多事。"项维没好气地吓退了二丫，转头瞪着一平。

一平耸了耸肩膀："你不是要找阿牛哥吗？我没带你找阿牛哥吗？"

项维的怒气一下就泄了。

八

阿牛哥被打是两天后的事了。

自从发现了阿牛哥与张大嫂的事情后，几次在村子里遇见阿牛哥，项维就觉得无法正视他，更别说有勇气去问问那些捉迷藏的孩子们，到底是去了哪里土地公公的家了。

"我说啊，小维你就是瞎操心，别人家里皇帝大人都不着急的事，你着急啥啊？你又不是太监，啊，或许你就是呢，我看看。"一平说这话的时候，往项维裤裆里抓，被项维嫌弃地甩开了。

"去去去，诅咒你家蜜蜂蜇死你。"

就是这个当儿，一脸红肿淤伤的阿牛哥从他们眼前经过，一平看着他那副滑稽的样子，哈哈笑了起来。

项维也笑了起来，但当看到阿牛哥朝自己抛过来的恶狠狠的眼神的时候，立马不敢笑了。

一平却毫不在意，吹起了那天在油菜花田里的口哨。

"你们别闹了，你们不知道吗？阿牛哥被张大哥打了，打得可狠了。"背着弟弟的二丫不知道什么时候出现在他们身边，后怕地说，"也不知道是为了什么事，突然就打起来了。许多人看着呢，劝也劝不住。"

"活该，打得好。"一平满不在乎。

"小声点，要被阿牛哥知道了……"

"知道了又能怎么样呢？他还能揍我啊？他要敢揍我，我就回揍他一顿更狠的。"一平举起了拳头。

二丫一脸担心，还想说点什么，但看看一平，又看看项维，终于还是没说了。

九

这一天的天气原本还很晴朗的，后来天空里的乌云便渐渐地聚集起来，由晴转阴。

二丫把弟弟放到了妈妈手上："妈，那我，去帮哥哥们种田？"

"已经够人手了，你一直带着弟弟也辛苦了，所以就先好好玩儿去吧！"

二丫看着抱在妈妈怀里的弟弟，心里觉得惶恐，"那，我帮妈你洗衣服去？"

"不用了，你姐姐已经拿去洗了，二丫你懂事，妈知道，好好玩儿去吧！"

二丫不舍地看了一眼弟弟，慢慢走出了家门。

这还是弟弟出生以来，第一次不用看着他了，二丫心里没有半点松了口气的感觉，却有另一种，非常不安的感觉萦绕在心头。

是什么呢？

"二丫，哟，今天不见你弟弟啊？"一平跟小维正在把托盘上的花粉收集起来，然后重新安装上了脱粉器。

"啊，我妈说让我休息一天。"二丫点头。

"那还真好啊。"

"需要帮忙吗？"

"不用了，"一平说着，把一小罐新收的蜂蜜递给了二丫，"来，请你吃这个。"

"啊，是蜂蜜啊，太好了。"二丫赶紧接过去，用手指蘸着吃了起来。

"二丫你也真是的，吃那么猴急干吗呢？好像没吃饭似的。"项维说着，把一边的勺子给她递过去，"拿这个吃。"

"我，在家没敢吃多少……"二丫的声音低了下去，接过勺子，大口大口地吃起来，很快吃完了那罐蜂蜜后，还咂吧了下嘴巴。

"没事，你喜欢吃我多送几罐蜂蜜给你，让你吃个够。"一平阔气地说。

"不用不用，哪里好意思呢！"二丫的头摇得跟拨浪鼓似的。

"别跟我客气呢，我跟我爸爸还有几天就要走了，送你们几罐蜜，算是礼物。"一平说。

"去哪？"

"往北边去，北边的花也要开了，我们得带着它们上北边。"

听说一平要走，二丫的心有点沉重，"那以后我不是找不到你玩儿了？"

"你哪是找我玩儿的呀，你是……"

一平的话没说完，被项维用眼神堵了回去。

"没事，你不是还可以找小维吗？"

可小维，也迟早要回城里的呀！

就只有她，还要继续留在村子里。

炊烟升起的时候，二丫抬起沉甸甸的脚步往村里走，却越走越慢。

"哎，二丫。"

二丫被谁叫了一声，从茫然中清醒过来，发现叫住自己的人是阿牛哥。

"阿牛哥。"

"哎，二丫，我们正要玩捉迷藏呢，你妈说你今天也玩儿，是吗？"

二丫看着阿牛哥的笑脸，慢慢地点了点头。

十

项维带着满袋子的食物跑遍了整个村子也不见二丫的时候，才发现自己有多惦记这个平时老爱黏在自己身后的小姑娘家。

怪了，平时她总不请自来，自己还有点厌烦老是被个小女孩缠着，不能跟一平去干男子汉能干的大事，今天自己想要找她了，她怎么就偏偏不见人影儿了？藏哪儿去了？

提起"藏"字，项维的心猛地跳漏了半拍，一口气小跑到二丫家。

"啊，小维啊，你找二丫？二丫她今天一大早就出去玩儿了，还没回家呢！"二丫妈妈怀里抱着平时背在二丫背上的弟弟，笑着说，"你找别家的孩子玩儿去吧！"

"我找过了，村里没见着她。"

"啊，对，大概上隔壁村的婶婶家去了吧！走亲戚去个半年一个月，很平常，你别担心。"二丫妈的脸色丝毫不见担心，笑得温和。

不知道怎么地，在项维脑海里，二丫妈的笑脸，跟之前他去找石头花子二狗阿田时，他们家里人的笑脸，诡异地重叠在一起了。

项维抑制不住地恐慌起来，他转身便跑，见一个村里的小孩子就逮住一个问：

"你们见过二丫吗？"

"知不知道二丫在哪里？"

——

"二丫姐啊，我有见过她啊，她今天跟我们一起玩儿捉迷藏啊，被土地公公捉走了呢！"

项维手里的食物一下全掉到了地上。

准又是阿牛哥干的好事。

十一

一平听项维说了二丫可能被阿牛哥捉走的事情，半晌没作声。

"一定是阿牛哥他因为我们知道了他干的好事，所以把二丫藏起来了，对吧？"项维着急地问："你知道在哪里能找到他吗？找到他就找到二丫了。"

一平点点头。

十二

一平跟项维找到阿牛哥的时候，天空被黑压压的乌云填满了，冷风吹起，闪电不停。

在昏暗的光线下看到的阿牛哥那张异常雪白的脸，让项维莫名地觉得害怕。

"你们找谁来着？"

"二丫，你知道的，村里的孩子说，今天二丫跟你玩捉迷藏了？"项维质问。

"啊，是吗？我记不清楚了呢！跟我玩捉迷藏的孩子们那么多，我不知道这其中有没有二丫。"

"喂，你给我想清楚一点再回答，不然我要你好看。"一平说着，一手握拳，一手按得拳头上的手指关节咔咔地响。

"喂，你们这两个小子给我放精明一点，你知道你们什么身份？外乡人还敢干涉我们村子的事情？狗捉耗子多管闲事！"阿牛哥丝毫没把一平放在眼里。

一平举起了拳头，朝项维使了个眼色："揍他。"

十三

跑出村外找到后山的时候，闪电把天空撕成了两半，雷鸣由远及近地擂响，夹带着来势凶猛的暴雨。

项维与一平最终站在了山里一处废弃的石头房子前面。

这是很久以前，村子中心还在这里时的村民的屋子，循水源迁徙后，这里就没人住了，留下的稀稀落落的泥沙墙一年年颓败下去，此刻在雨中，废址荒芜的凄凉一览无遗。

"混蛋，那个阿牛说把二丫带到原来的旧村落了，是这里吗？到底是哪里？"项维此刻浑身上下都湿透了，他摸了一把脸上的雨水，扯动了嘴角裂开的伤口，疼得他恶狠狠地问。

同样淋得浑身湿透的一平，看了看四周，最后眼光落在了用茅草盖住的那块地面。

上面还用几块砖头压着。

一平迟疑了片刻，走上去把砖头抛到了一边："找找，看是不是这里？"

项维与一平两个人最后把茅草揭开了。

茅草下面是口井。

已经干涸的老井，估计是以前村落的水源所在。

老井很深，足有十几二十米的样子，井里黑漆漆的，看不到井底是什么。

"二丫不可能在下面，阿牛怎么可能把二丫藏……"项维心惊肉跳地说，说到一半，却不敢说下去了。

"二丫，你在里面吗？我们是一平跟小维，是的话回我们一声。"一平扯开喉咙冲井里大声地喊，声量大得盖过了雨声。

雨直直地落进了井底，却没有任何声响，一平与项维不甘心地死死地瞪着，好一会儿，才隐约听到了夹带着哭腔的呻吟："我在，在这！"

一平跟项维一下笑了起来，随即两个少年马上手忙脚乱起来："绳子绳子，快找绳子。"

十四

一平在上面拉着固定好的绳子，项维抓着绳子的另一端，慢慢地爬下了老井。

老井的井壁滑溜溜的，都是被雨水淋过的青苔，项维费了好大的劲儿，才终于摸下了井底。

恶臭扑鼻而来，还有什么腐烂的味道令人作呕。

项维带着一平的打火机，点了，总是没维持多久，便被雨水淋熄了。

借着一点两点的光，他看到了井底都是腐泥，还有什么白森森的石头，项维的注意力贯注在找二丫上，没有细看，他终于看到二丫闭着眼睛一动不动地躺在井底，嘴里喃喃地嘀咕着什么。

"二丫，你是怎么摔进这里来的？"项维一下把二丫拉起来的时候，才发现二丫浑身上下都是伤，在井底连站也站不起来，似乎摔下来的时候腿折了、头破了，人也意识不清。

"二丫！"项维还想说什么，一道闪电劈了下来，项维瞥到了刚才二丫躺下去的地方，赫然是具腐烂的尸体，倒抽了一口气。

又一道闪电下来的时候，项维看真切了，井底都是白骨，看骨头的形状大小，似乎都是些孩子。

项维的眼睛死死地看着那具明显看起来是新近腐烂的尸体，那具尸体的腰间，腐烂得生了蛆虫的腰骨上，别着一把玩具手枪。

那是他的玩具手枪。

是他送给石头的那把玩具手枪。

"小维，好了没？"

项维僵硬地把二丫背在了背上，用绳子绑紧了，然后飞快地抓着绳子向上爬。

"妈，别让我去玩捉迷藏！"

"我会好好干活，我会干好多好多活儿！"

"我会帮你看着弟弟，我会帮哥哥下田，我会帮姐姐洗衣服，我会帮你做饭！"

"等我长大了，我会嫁一户很有钱很有钱的人家，拿很多钱很多钱回家！"

"别让我去玩捉迷藏，妈！"

项维听着背上陷入昏迷的二丫无意识的胡言乱语，眼睛红红的，抓着绳子的手一直在发抖。

"小维，别像个娘们磨磨叽叽的，给我爬快点！"

项维擦了擦眼角，嘴唇颤动着，好久才使劲应了一声："好！"

一平把项维跟二丫从井里拉了起来，俯身下去的时候，闪电劈过来了，照亮了井底。

一平似乎是第一次注意到井底的光景，一下呆住了。

片刻后，一平回头，看看一边坐在地上、任由雨水淋在身上、默不作声却浑身发抖的项维，意识到了什么，用双手胡乱地摸了摸脸，好不容易冷静下来后才咒骂了一句："妈的。"

十五

一平与项维把二丫带回了帐篷屋子里。

在这过程中，二丫一直没有恢复意识。

项维看了一眼躺在一平床上昏迷不醒的二丫，转身，打算去找二丫的家人想办法，刚掀起帘子，便听到了外面一平与一平爸的对话：

"没用，找谁也没用。"

"怎么没用呢？她家在这呢！家里有她爸爸还有她妈妈啊！"

"一平啊，你真是糊涂，你知道吗？以前啊，古时候吧，人老了，没用了，会被村里人扔到山里的事，你没听说过吗？"

"——，你是说，他们都是没用的？"

"——，养不起啊！"

项维抓着帘子的手一下拽紧了，而后松开，走到了一平父子面前。

"小维！"

项维瘪着嘴，许久，才吐出了几个字："你们，你们大人都这样，就知道做一些不负责任的事情，站在自己的立场，说对自己有利的话。"

一平爸无语，幽幽地叹了口气，才开口："那，小维，你说，要是你，站在我的立场，我该说些什么呢？"

项维沉默了，好一会儿，不知道为什么，哇的一声号啕大哭起来。

"哎呀！"一平爸摇头。

"小维，你真娘们。"一平走到了项维身边，伸手紧紧地揽住了他的肩膀。

哭声传出了帐篷屋外，很快被雷鸣与雨声淹没了。

十六

雨一连下了三天，三天后，一平父子走了。

带走了二丫。

他们离开那一天，项维站在平时跟一平一起蹲着玩儿的树干上，看他们的身影消失在山野里了，这才从树上爬了下来，朝村子走去。

经过村口那个土地公公的神龛时，项维弯腰，把里面的香全拔了，把供奉的食物一把扔到地上，使劲踩了个稀巴烂。

刚进村子，便听到了恐惧的几声尖叫："死人了！"

项维脚步一滞，赶紧地朝呼叫声处跑了过去。

在一间存放柴火的屋子里，草垛上躺着已经开始僵硬的尸体，脸色苍白得可怕。

项维认得那张脸。

是找孩子们玩捉迷藏的阿牛哥的脸。

看着死人脸的项维听到自己的心怦怦跳了起来，他凑上去，在尸体旁边拣起了什么，然后缩起身子，从越来越多的围观人群里退了出去。

项维跟跄地快步走着，直到走出了村子，穿过了菜田，爬上了那个草坡，才停下了脚步。

他竭力让自己不要喘得太急促，抹了一把汗，才低头，颤巍巍地把握成拳头的手展开。

手心处，是一只死去已久的蜜蜂。